André Blum

Halt auf offener Strecke

Roman

Königshausen & Neumann

Bibliografische Information der Deutschen Nationalbibliothek

Die Deutsche Nationalbibliothek verzeichnet diese Publikation in der Deutschen Nationalbibliografie; detaillierte bibliografische Daten sind im Internet über http://dnb.d-nb.de abrufbar.

© Verlag Königshausen & Neumann GmbH, Würzburg 2016
Gedruckt auf säurefreiem, alterungsbeständigem Papier
Umschlag: skh-softics / coverart
Umschlagabbildung: Giuseppe Porzani: Vecchi binari di campagna, #61947065 © Fotolia.com
Bindung: docupoint GmbH, Magdeburg
Alle Rechte vorbehalten
Dieses Werk, einschließlich aller seiner Teile, ist urheberrechtlich geschützt.
Jede Verwertung außerhalb der engen Grenzen des Urheberrechtsgesetzes ist ohne Zustimmung des Verlages unzulässig und strafbar. Das gilt insbesondere für Vervielfältigungen, Übersetzungen, Mikroverfilmungen und die Einspeicherung und Verarbeitung in elektronischen Systemen.
Printed in Germany
ISBN 978-3-8260-6072-4
www.koenigshausen-neumann.de
www.libri.de
www.buchhandel.de
www.buchkatalog.de

Dienstag, 26. Oktober 1982[1]

David 21 Uhr

Endlich! Eine halbe Ewigkeit vertrödelt. Einunddreissig Minuten. So lange habe ich nach dem Öffnen meines Tagebuchs bloss Vera zugesehen. Sie liegt auf dem Bett und schreibt. Nach dem Öffnen ihres Tagebuchs wenige Sekunden bis zum ersten Wort. Seither schreibt sie, ohne innezuhalten. Keine angespannten Muskeln wie bei mir mit meinen Vorsätzen, keine zusammengebissenen Zähne. Ein leichter Stift, eine leichte Hand, ein leichter, beweglicher Körper. Sie schreibt bis in die Zehen hinunter.

Hinschauen, mein Problem. Hinschauen statt schreiben. Und wenn ich ihr zusehe, halte ich es fast nicht aus. Um ein Haar würde ich – ja, zwei Schritte, und sie läge wieder in meinen Armen. Bin seit gestern früh mit ihr in diesem Bett gewesen und will noch mehr. Und Schluss mit all diesen Vorsätzen, mit dieser ganzen Schreiberei. Dann denke ich an unser Versprechen. Vera hält sich daran, und ich will nicht der wortbrüchige Spielverderber sein. Ein kleiner Rest von David Kern, der zu seinem Wort steht, ist noch vorhanden. Also schreibe ich.

Hohngelächter meiner Exfrauen: Da schau mal! David hat die grosse Liebe gefunden. Ein Witz! Er hat den Kopf verloren. Er ist übergeschnappt. Ja, ihr habt recht, und schert euch zum Teufel. Bloss: Was ist los mit mir? Nach meinen Ehen und Affären sollte ich abgebrüht sein. Das Wort mit den fünf Buchstaben habe ich seit Jahren nicht mehr benützt. Habe ich es jemals ausgesprochen? In diesem Tagebuch jedenfalls wird es kein einziges Mal vorkommen. Zu Vera sagte ich bloss: „Mir ist noch nie so etwas passiert, und es soll nicht mehr aufhören." (Nun steht das vertrackte Wort

---

[1] Vera und ich haben vor drei Jahrzehnten während zwei Wochen Tagebücher geschrieben. Ich veröffentliche sie, ohne am Wortlaut Änderungen vorzunehmen. Die Aufzeichnungen aus beiden Quellen sind dagegen chronologisch geordnet und zu einem fortlaufenden Text umgestellt worden, damit man den damaligen Ereignissen folgen könne.

doch da. Aber es stammt ja von meinen Exfrauen, nicht von mir).

Nicht mehr aufhören: Leichter gesagt als getan. Vera muss in drei Tagen nach Leipzig zurückreisen. Das heisst: Wenn es nicht aufhören soll, müssen wir uns etwas einfallen lassen. Unsere erster Einfall: Briefe schreiben – jeden Tag mindestens einen. Keine gute Idee. Briefe zwischen der DDR und dem feindlichen Ausland werden zensiert. Ich sprach kürzlich mit einem Ex-Stasi-Mann: Die benützen ausgeklügelte Methoden, um Briefe zu öffnen und wieder zu verschliessen. Widerlich, der Gedanke, dass einer von der Stasi seine Nase in unsere Liebe steckt. Die ist doch kein Politikum (Verdammt, schon wieder!).

Telefonieren? Noch schlimmer als Briefe. Da wird jedes Wort mitgeschnitten. Was also sollen wir tun?

Die Idee mit den Tagebüchern kommt mir, nachdem Vera einen Internistenkongress erwähnt hat, der in einer Woche in Leipzig beginnt. Sie muss dort einen Vortrag halten. Tagebücher, das ist die Lösung. Wir werden zwei Wochen lang Tagebücher schreiben, in Leipzig die Bücher austauschen und sehen, ob das Gefühl in der Zwischenzeit verpufft ist. Vera ist einverstanden, und ein Vorwand für meinen Abstecher nach Leipzig ist rasch gefunden. Ein medizinischer Kongress hinter dem Eisernen Vorhang ist ein gutes Thema für meine Zeitung, und als Wissenschaftsjournalist bin ich der richtige Mann dafür. Ein kurzes Telefongespräch mit der Redaktion der Neuen Zürcher Nachrichten, von Steiger: Prima Idee, pass bloss auf dort drüben. Ein Visum kann ich mir rasch besorgen – mein Freund Fritz Mach hat genügend Kontakte zur DDR.

Der Zweck dieses Tagebuchs: Die Wahrheit. Nicht etwa, dass ich als Wissenschaftsjournalist schwindle, aber meine Texte müssen gut ankommen. Deshalb wähle ich unter verschiedenen Wahrheiten jene aus, die am besten ankommt. Schluss damit. Ich habe genug davon, mich in ein gutes Licht zu rücken und dann eine Frau am Hals zu haben, die auf den falschen David abfährt. Bei Vera will ich nicht gut ankommen, sondern richtig. In diesem Buch darf es nur eine Wahrheit geben. Ich will nicht gut schreiben, sondern präzise. Schon als junger Mann wünschte ich mir das. Mein Vorbild: die Septuaginta. Im antiken Alexandrien übersetzten siebzig Gelehrte, jeder eingeschlossen in seine Klause, die Bibel vom Hebräischen ins Griechische. Nach einem einzigen Durchgang wurden die Texte miteinander verglichen und waren – oh Wunder – deckungsgleich. Der Geist Gottes. Gott hin oder her – jedenfalls arbeiteten sie präzise. Wenn nun Vera und ich ebenso schreiben wie die Siebzig, werden sich unsere Tagebücher gleichen wie ein Ei dem anderen, nur dass ihres aussen rot ist und meines blau. Ich habe Veras Worte im Ohr: „Wir beide sind ein ‚Wir'." Wir schliefen zusammen, als sie das sagte, und es leuchtete mir ein: Als ein Wir teilen wir alles, und es klappt. Im Bett und in den Tagebüchern. Und wenn sich unsere Texte ähnlich sind, wissen wir: Wir sind füreinander gemacht.

Was kann ich tun, damit unsere Tagebucheinträge deckungsgleich sind? Einfach. Das, was ich am besten kann: Dokumentieren. Tatsachen nennen. Sagen, wie es ist, wie es war. Gespräche notieren, Wort für Wort. Gesagtes gehört ins Tagebuch. Mein unfehlbares Gedächtnis: In einem Gespräch entgeht mir kein Wort. Was muss ich vermeiden? Gedanken, Konjunktive, Vorsätze und Gefühle. Gedanken und Konjunktive sind ein schlechter Ersatz für Tatsachen. Vorsätze: Da muss ich nur zur ersten Seite zurückblättern. Peinlich. Gedanken und Gefühle, die es nicht bis zu den Sprechwerkzeugen schaffen, gehören nicht ins Tagebuch.

Damit im Tagebuch die Wahrheit steht, müssen wir uns an Regeln halten. Vor allem: Nichts herausreissen oder hineinflicken. Vera und ich haben uns das hoch und heilig versprochen. Wird es mir schwer fallen? Ich habe früher Tagebuch geschrieben und damit aufgehört, weil ich dachte: Im Tagebuch bleibt es beim ersten und oft falschen Eindruck. Meine Texte für die NZN schreibe ich zwar rasch herunter, aber dann zerreisse ich sie und schreibe sie neu, immer wieder, eine ganze Nacht lang, bis der Wein über die letzte Fassung entscheidet. Nun muss ich, der lange Lulatsch, der erst einmal über die eigenen Beine stolpert, auf Anhieb das Richtige schreiben.

Da es hier um die Wahrheit geht, eine Korrektur. Der wahre Grund, weshalb ich mit dem Schreiben von Tagebüchern aufgehört habe, war meine zweite Scheidung. Da wären die Bücher um ein Haar in den Gerichtsakten gelandet, und das wäre mich teuer zu stehen gekommen. Zwei Exfrauen und zwei schulpflichtige Kinder kosten schon ohne Tagebücher ein Vermögen. Damals dachte ich: Nie mehr Tagebuch. Und jetzt, nach dreissig Stunden Vera, die Tagebuchidee: Ein Neubeginn?

Ein paar weitere Regeln: Alle Einträge mit Datum und Uhrzeit, striktes Redeverbot über die Einträge, striktes Verbot, das Tagebuch des anderen vor Ablauf der Zweiwochenfrist anzusehen. Mit allem ist Vera einverstanden. Wenn wir die Tagebücher ausgetauscht haben, werden wir sie, auch das haben wir uns geschworen, verbrennen. Begründung: Nach dem Lesen geben wir uns die Hand fürs Leben oder zum Abschied. Später gibt es nichts nachzulesen, weder im einen noch im anderen Fall.

Themenwechsel. Die Hermes Baby auspacken, Kopfhörer aufsetzen und das gestrige Interview mit Vera bearbeiten, falls es sich überhaupt auf dem Kassettenrekorder befindet. Morgen früh um 6 Uhr wird der Text von einem Kurier der NZN an der Rezeption abgeholt. In dieser Nacht komme ich nicht mehr zum Schlafen.

Vera 21 Uhr

Du sagtest, daß es nie mehr aufhören soll. Ich verstand dich nicht.

Was mir durch den Kopf ging: Es gibt keine Zeit mehr. Sie hat sich zurückgezogen. Oder ausgedehnt, was auf das Gleiche herauskommt. Wie ich hierhergekommen bin, hat keine Bedeutung. Ich bin seit einer Ewigkeit hier. Ich habe mich aufgelöst wie Zucker im Wasser, und alles ist nur noch süß.

Du fragtest mich, was ich spüre, und ich zeichnete mit gestreckten Armen eine Kugel in die Luft: Wir. Die Kugel die reicht bis ans Ende der Welt. Und alles, was uns anrührt, dich und mich – du weißt, wovon ich spreche.

Nie mehr aufhören? Ich schaute auf die Uhr, fassungslos, sie hatte sich nicht aufgelöst, sondern akkurat die Zeit gemessen. Ich rechnete: Die Ewigkeit hatte einunddreißig Stunden gedauert. Unfaßbar, es gab noch eine Welt, die während dieser Ewigkeit ihren Gang ging, tick und tack. Es gab einen Beginn und ein Ende. Da fiel mir das „Requiem" ein. Ich flüsterte es dir ins Ohr. Du kanntest die Verse, und die letzte Zeile sagten wir gemeinsam:

*„Wir haben, wo wir lieben, ja nur dies:
Einander lassen; denn daß wir uns halten,
Das fällt uns leicht und ist nicht erst zu lernen."*

Als ich das Gedicht zum ersten Mal las, in einem Ferienlager der Thälmann-Pioniere, war ich dreizehn und wollte Dichterin werden. Daraus ist nichts geworden. Sie machten mich zur Ärztin, und die Liebe ist mir so fremd geblieben wie damals unterm Zeltdach. Einundzwanzig Jahre später, in einem blauen Zimmer auf einem blauen Bett, verstehe ich Rilke. Wir müssen einander lassen. Wir haben etwas Wahnsinniges getan, und jetzt kommt der Augenblick, einander ein Geschenk zu machen. Das größte Geschenk, das man einem Menschen machen kann. Ihm die Freiheit geben. Aufstehen. Weggehen.

Gemeinsam fassen wir den Entschluß, einander zu lassen, halten uns aber noch fester umschlungen. Offenbar verfolgen Arme und Beine andere Ziele als Kopf und Gedicht. Diese Entdeckung bringt uns zum Lachen. Die Idee, einander zu lassen, spukt jedoch weiter in unseren Köpfen herum. Wenn es nicht mit Rilke geht, dann mit handfesteren Methoden. So beginnen wir, einander abzuschrecken. Da schau, ich, dieses Scheusal. Am Ende liegen sich ein Weiberheld und eine Nymphomanin in den Armen, aber keine Spur von Abschreckung, im Gegenteil. Wir müssen einsehen, daß wir gescheitert sind, und beginnen wieder zu lachen. Vielleicht würden wir ersticken – eine schöne Idee, sich mit einem Mann in den Tod zu lachen – aber in einer Pause zwischen den Lachsalven komme ich auf eine Idee. Laß uns eine Weile lang Tagebuch schreiben. Am Ende tauschen wir die Bücher aus und entscheiden uns – für einander oder für getrennte Wege.

Du reagierst ablehnend – du hast früher Tagebuch geschrieben und damit aufgehört, weil du dein unstetes Leben nicht auch noch verewigen wolltest. Ein Tagebuch ist jedoch kein Logbuch, in das man akribisch Ereignisse einträgt. Die ganze Welt findet darin Platz – sogar das, was auf der Welt keinen Platz hat. Und wie im Zeitraffer sieht man eine Pflanze gedeihen, bei der mal Wurzeln und dann wieder Blätter und Blüten austreiben.

Schließlich bist du einverstanden. Wir kleiden uns an wie für eine wichtige Verabredung – eine Art Gang aufs Standesamt, meinst du. Zum Papierwarenladen müssen wir nur die Straße überqueren, aber die paar Schritte legen wir würdevoll zurück. Im Tage-

buchparadies gibt es ledergebundene Exemplare in allen Regenbogenfarben. Wir kaufen ein blaues und ein rotes Buch, du rot, ich blau, wie sich's gehört bei Neugeborenen – zu einem unverschämt hohen Preis übrigens, mehr als der halbe Monatslohn einer Oberärztin des Universitätsklinikums Leipzig. Mit großen Augen sehe ich dir zu: Du hantierst mit den Geldscheinen wie mit Spielgeld. Eigenartig, wie es im Westen zugeht. Ich bin auf einem fremden Planeten gelandet, wo man sich mit frivolen Spielen vergnügt. So schlage ich dir auf dem Weg zurück ins Zimmer ein Tauschgeschäft vor, eines ohne Geld. Unsere Tagebücher sind ja für den anderen bestimmt, und so schreibe ich jetzt in dein Buch, ins Rote, und du in meines, ins Blaue. Und das heißt: Wir werden so bald nicht voneinander lassen.

Aber einfach wirst du es nicht haben mit mir, denn in meiner einunddreißig-Stunden-Ewigkeit ist ein Mädchen aufgetaucht, das mir dir sprechen möchte. Damals, unter dem Zeltdach, träumte das Mädchen von etwas, das es nicht kannte, und verschwand in der Versenkung, bevor es zur Sprache kommen konnte. Eine andere Vera wurde zur Frau Doktor Krause gemacht. Sie lernte die politische Sprache der Freien Deutschen Jugend und den wissenschaftlichen Jargon. Sie verführte Männer und ließ sie fallen, wenn sie feststellte, wieder einmal feststellte, daß ihr etwas fehlte. Aber was? Sie schob den Männern die Schuld in die Schuhe. Denen geht es immer um dasselbe, und dafür sollen sie büßen. Aber irgendwie ging diese Rechnung nicht auf.

Jetzt, wo es in mir rumort, beginne ich zu verstehen. An der Stelle, wo das Mädchen in der Versenkung verschwand, fehlt etwas. Die Sprache, die das Mädchen gerne gesprochen hätte. Stattdessen herrscht dort Schweigen. Schweigen inmitten der großen Beredsamkeit von Frau Dr. Krause. Und dieses Schweigen hat schon früh begonnen, lange, bevor das Mädchen Gedichte las. Andere Kinder lernen sprechen. Ich lernte schweigen. Mein Vater brachte mir das Schweigen bei. Vater und ich liebten uns und schwiegen einander an. Ich sah meinen Vater nie lächeln, geschweige denn lachen. Er ging vornübergebeugt, ernst, strich mir über den Kopf, wenn er früh am Morgen an den Pleißner See hinausfuhr, nach Tierdorf, ins Kraftwerk. Dieselbe Geste machte er, wenn er spät am Abend zurückkam. Meine Mutter sagte nach Vaters Tod: Wenn ihn die Russen damals bloß eingesperrt hätten, für ein Jahr oder so, und dann Schwamm drüber. Sein eigener Richter sein, das nimmt kein Ende. Dabei hatte er sich nichts vorzuwerfen. Im Krieg ist er im Opel Olympia rausgefahren, und nach dem Krieg war es ein Lada, das ist der einzige Unterschied.

Stimmt nicht ganz, Mama. Im Weltkrieg waren Zwangsarbeiter in Tierdorf. Vater hat sie gut behandelt, aber ein paar hundert sind doch gestorben. Andere sind wegen geringerer Vergehen nach Sibirien geschickt worden.

Die Russen wollten Vater den Prozeß machen, fanden aber keinen Ersatz, und so war er nach ein paar Wochen wieder zu Hause. Für kurze Zeit ging ein russischer Offizier zur Überwachung mit ins Werk, aber Vaters Zuverlässigkeit war sprichwörtlich, und bald kamen die Russen nicht mehr zur Kontrolle, sondern ließen sich in Tierdorf ausbilden, auf Russisch, das Vater von seinen Zwangsarbeitern gelernt hatte.

All diese Sprachen, die ich über mein Schweigen pflasterte. Die letzte lernte ich vor drei Jahren, als mich der Chefarzt meines Klinikums, Juri Akovbiantz, zu sich ins Büro rief. Auf dem Boden stand eine Kiste, und beim Auspacken sah ich zum ersten Mal einen modernen Rechner. Wie dieser Apple II vom Silicon Valley in Akovs Büro kam, habe ich nie verstanden. Bestimmt durch eine Serie von Irrtümern, wie sie in einem ausgeklügelten Überwachungssystem manchmal vorkommen. Besser gesagt: Durch ein Wunder. Auspacken, zupacken und keine Fragen stellen. Ein Spielzeug, sagte Akov, machen Sie, daß es funktioniert, und dann rufen Sie mich für eine Vorstellung. Ich brachte mir bei, wie man schreibt, zeichnet, rechnet, auf Floppy Disks speichert und programmiert. Harte Arbeit. Einmal kam ein Ingenieur der Robotron, setzte sich an den Rechner und fragte: Wissen Sie, was Sie da haben? Die sind uns um Jahre voraus. Das ist der einzige moderne Rechner in der ganzen DDR. Die Stasi wird keine Freude haben an Ihnen. Ich ließ ihn reden und arbeitete weiter an meinen Programmen. Als Akov merkte, daß die Maschine ein Eigenleben entwickelte, wollte er mich bremsen. Sie übertreiben, Vera. Typisch Akov: Er befürchtete, ich könnte meine Menschlichkeit verlieren. Keine Sorge, Akov, der Rechner ist bloß ein Ersatz. Er gibt mir, was ich von den Menschen nicht bekomme. Schauen Sie mal: Erst den Bildschirm mit Text füllen, dann die Taste mit der Aufschrift Delete drücken, und alles ist weg, spurlos. Akov fand das unheimlich, passen Sie bloß auf Vera, das ist Teufelszeug, aber ich

11

schüttelte den Kopf und lachte. Das ist meine neue Sprache. Manchmal schreibe ich Texte, nur um sie nachher löschen zu können. Haben mir diese Spiele gut getan? Zu viel davon – und man endet in der Wüste. Glaubst du, daß Akov am Ende doch recht hat?

Nun beginne ich zu sprechen, eine menschliche Sprache zu sprechen. Ich schreibe in ein Buch, aus dem sich nichts löschen läßt. Ein Blick zu dir, wie du aufrecht am blauen Tischchen sitzt im Bademantel, das blaue Tagebuch auf den Knien, eine Zigarette selbstvergessen in der Hand, zwei ernste Falten auf der Stirn, und ich schmelze dahin, muß mich zusammennehmen, um dich nicht zu mir aufs Bett zu holen. Ich will aber der neuen Vera nicht das Wort abschneiden.

Vergessenes. Blaue Frau. Blauer Schauer.

BALLONFAHRT

Dann hängen wir im Blau,
Von nichts beschwert.
Sandsäcke ausgeleert.
Wir Mann, wir Frau

Wir sind. Was war, vergessen.
Nichts in Sicht.
Bloß Licht, viel Licht,
Ein Lichtmeer, unbemessen.

Aberwolken, schau. Wir werden
landen müssen. Nicht auf Erden.
Doch wohin? Und wie gewichts-

Los steuern, wie zur Rückkehr wenden?
Wir kehren nicht zurück. Wo enden
Wir? Im Nichts

Mittwoch, 27. Oktober 1982

David 1 Uhr

Pause nach zwei Stunden Arbeit. Ein Blick zu ihr. Sie ist eingeschlafen, immer noch den Stift in der Hand, Um ihr Tagebuch herum vollgekritzelte Papierschnipsel. Notizpapier aus der Mappe, die geöffnet daneben liegt, keine Seiten aus dem Tagebuch. Erleichterung, sie hält sich also an die Regeln und hat nichts herausgerissen. Sammle die Schnipsel ein, ohne sie zu lesen, bette Vera bequem und schliesse das rote Buch.

Mehr als zwei Drittel des Interviews notiert, doppelt so viel wie eingeplant. Vera hat druckreif gesprochen, und ich muss kein einziges Wort ändern. Bevor ich zum Interview zurückkehre, will ich unsere Begegnung beschreiben.

Vor einer Woche ruft mich Fritz an. Fritz Mach: Jugendfreund und Generaldirektor der Basipharm, des grössten Basler Pharmakonzerns. Wenn der anruft, spitze ich die Ohren.

Da unser Gespräch.

„Du interessierst dich doch für die Medizin im Ostblock, David. Ich bekomme Besuch von einem komischen Vogel. Eine Ärztin aus Leipzig. Vielleicht gibt sie dir ein Interview. Wenn du willst, frage ich sie."

„Was tut die bei dir?"

„Sie macht Studien mit unserem Säurehemmer, dem Cimetidin. Wir müssen das neue Untersuchungsprotokoll ausarbeiten."

„Komisch, dass sie die raus lassen."

„Ihr Chef hat was auf dem Kerbholz, und ich arbeite gerne mit ihr. Tüchtig, zuverlässig, eine Frau mit Hirn."

„Dann sollten sie die erst recht nicht raus lassen. Arbeitet sie für die Stasi?"

„Nicht nach meinen Informationen."

„Und darf trotzdem reisen?"

„Ich hab ihnen gesagt: Die und keine andere, und wenn ihr mir die nicht schickt, mache ich die Studie in Ungarn. Das hat gewirkt."

„Um was geht es denn bei euern Studien?"

„Sie hat Zwölffingerdarmgeschwüre getestet, und das Geschäft läuft, ein Riesenumsatz. Jetzt brauche ich Magengeschwüre, dreihundert, und zwar rasch, lieber gestern als morgen. Im Westen wollen alle mitreden, Ethiker, Spitalverwalter, Patientenorganisationen, was weiss ich, von denen habe ich die Nase voll."

„Zwischenfrage: Haben die Patienten keine Rechte?"

„Du mit deiner Moral. Lächerlich, Wichtigtuerei. Und schlecht fürs Geschäft. Und in der DDR geht es auch anders. Wenn bei denen das Gesundheitsministerium grünes Licht gibt, läuft die Maschine am nächsten Tag auf Hochtouren, und den Patienten wird der Tarif durchgegeben, nimm das, mach das. Alles zum halben Preis und mit deutscher Gründlichkeit."

„Und warum arbeiten die für den Klassenfeind?"

„Weil sie dafür Westgeld kriegen, auf das sind sie scharf mit ihrer maroden Wirtschaft."

Interview direkt im Anschluss an Veras Gespräch mit Fritz. Eingangshalle der Basipharm, viel Platz, wenig Leute, keine Störung. Ich, alter Hase, der Gespräche mit Nobelpreisträgern aus dem Stegreif führt, ohne Notizen und ohne Bandgerät, muss etwas vorausgeahnt haben. Bin entgegen meiner Routine eine Stunde zu früh in der Halle und wühle in meinen Papieren. Vera kommt, von Fritz eskortiert. Sie und ich sind wie vom Donner gerührt. Fritz, sonst nicht um Worte verlegen, verschwindet mit einem: „Na ja, dann bis später, und falls ihr noch etwas braucht."

Irgendwie bringen wir das Interview hinter uns. Ich schalte entgegen meiner Gewohnheit den Kassettenrecorder ein, denn ich kann nicht hören, was Vera sagt. Vielmehr höre ich, was sie nicht sagt. Irgendeinmal merken wir, dass wir schon seit längerer Zeit schweigen und uns bloss anschauen. Wir lachen gleichzeitig. Veras Lachen weckt mich aus einer Trance. Ich stopfe die Papiere in meine Mappe, und wir gehen weg, Hand in Hand. Unten auf der Rheinpromenade blicken wir über den nebligen Fluss hinweg auf das Hotel Drei Könige. Ich sage: „Komm, da geh'n wir hin." Vielleicht denke ich es bloss. Mein ganzes Gepäck ist eine Aktentasche mit Papieren, „Baby" und Diktaphon. Vera trägt eine dünne Mappe unter dem Arm. Nicht einmal Zahnbürsten haben wir dabei. Schlafwandler.

Im Nobelhotel verlange ich das schönste Zimmer, mit Blick auf den Rhein, bitte.

„Unsere blaue Suite ist gerade frei geworden, mein Herr. Die englische Königin hat dort übernachtet."

Hier, im blauen Zimmer, beginnen wir zu sprechen, aber da schlafen wir schon längst miteinander. Wir segeln, ineinander verschmolzen, in den Schlaf, wachen, immer noch verschmolzen, auf und sprechen weiter. Und schliesslich das Gefühl von „Wir."

Was ich hier notiere: Ein Gestammel beim Versuch, Worte zu finden. Oben schrieb ich: „Sagen, wie es ist. Tatsachen nennen." Jetzt laufe ich damit schon auf Grund. Also, aufgepasst, Herr *dk*.

Rasch ein paar Fakten nachgeliefert: Vera ist 34, Oberärztin am Universitätsklinikum Leipzig und Privatdozentin für Gastroenterologie. Einzelkind, trat mit 14 in die Freie Deutsche Jugend und die Jugendhochschule Wilhelm Pieck ein, mit knapp 25 medizinisches Staatsexamen. Ihr Vater leitete in der Nazizeit das Kraftwerk Tierdorf bei Leipzig, wurde von den Russen übernommen und starb vor drei Jahren, die Mutter kurze Zeit später.

David 3 Uhr

Schluss. Soll ich das Interview ins Tagebuch übertragen? Nein, es gibt Wichtigeres. Rasch zum Nachtportier, Text abliefern, und dann in Veras Arme.

Vera 7 Uhr

Du schläfst tief. Ich erwache aus einem Albtraum und hätte dir so gerne davon erzählt, damit du den Schrecken von mir wegküßt, will dich aber nicht wecken nach deiner langen Nacht.

Wladimir. Er stößt die Tür des blauen Zimmers auf, bleibt im Rahmen stehen und schaut mich an. Die Haut hängt ihm in langen Fetzen vom Leib, er rollt einen Hautstreifen zwischen den Fingern bis zum Ansatz am Körper auf. Dann läßt er die Rolle los und beginnt von neuem. Er versucht zu sprechen, aber es kommt bloß Blut aus seinem Mund.

Beim Aufwachen bin ich schweißgebadet, zittere und fürchte, mich übergeben zu müssen. Jetzt, am offenen Fenster, geht es besser. Der Fluß, der gleichmäßige Wellenschlag. Meine Anspannung löst sich langsam.

Ich weiß, was mir Wladimir sagen will. Gestern habe ich ihn verraten. Ich habe dir nichts von ihm gesagt. Die Löschtaste. Bis jetzt war mir nicht klar, daß ich eine solche Taste im Kopf habe und fleißig bediene. Wladimir war keiner der nichtssagenden Männer. Ich war eine neunzehnjährige Abiturientin und Wladimir ein junger Ingenieur aus Leningrad. Er absolvierte einen Studienaufenthalt bei meinem Vater in Tierdorf. 1956, direkt nach dem Abitur, war er als Panzerfahrer nach Budapest geschickt worden. Seine Erlebnisse während des Ungarnaufstands hatten ihm die Sprache verschlagen. Ich verliebte mich in den blassen, wortkargen Mann mit den traurigen Augen. Auf Anhieb wußte ich: auf ihn hatte ich gewartet, ihm würde ich das geben können, was sich unter meiner stummen Oberfläche angesammelt hatte. Ich schrieb ihm Liebesgedichte und ging mit ihm stundenlang um den Pleißner See herum – wir liebten uns auf einem Badetuch und versuchten zu sprechen. Für kurze Augenblicke gelang uns das, dann waren die schrecklichen Bilder wieder da. Budapest, der Panzer, das vom Panzer zerquetschte Kind.

Einige Monate später fuhr Wladimir nach Leningrad zurück, und nach ein paar Wochen fiel mein Schwangerschaftstest positiv aus. Ich schickte Liebesbriefe, einen Brief täglich, wollte nach Leningrad kommen. Die Schwangerschaft erwähnte ich nicht. Er schrieb zurück, ein einziges Mal: Er sei mir dankbar für meine Liebe, die er nicht erwidern könne. Ich sei die Frau seines Lebens, aber er werde allein leben müssen. Nach diesem Brief verzichtete ich auf meinen Studienplatz am Literaturinstitut Leipzig, ließ eine Abtreibung vornehmen, begann ein Medizinstudium, heiratete einen jungen Kollegen und ließ mich nach knapp zwei Jahren scheiden. Einmal hörte ich über Umwege, ein Ingenieur namens Wladimir

Malinowski sei in Sibirien bei einer Gasexplosion in einem Kraftwerk ums Leben gekommen.

Mein letztes Gedicht für Wladimir schrieb ich kurz nach seiner Abreise. Ich brachte es nicht über mich, den Entwurf weiter zu bearbeiten oder wegzuwerfen. So steckte ich den vollgekritzelten Zettel in die Seitentasche meiner Geldbörse, und jedes Mal, wenn ich seither die Geldbörse ersetzen mußte, kaufte ich eine mit Seitentasche, sechzehn Jahre lang. Jetzt übertrage ich die Worte ins Tagebuch und werfe den Zettel weg:

BUDAPEST AM SEE

*Ein Bleßhuhn taucht
Auf, eine Leiche im Schnabel,
In der Ferne raucht
Vaters Fabrik. Auf dem Stromkabel*

*Sitzt ein hungriger Bussard. Was
Wohl verbrannt wird in Vaters Kaminen,
Was oder wer? Am Boden zerbrochenes Glas
Und neben uns Eisenbahnschienen,*

*Was man da bringt oder wen?
Moderduft überm See.
Laß uns rasch weggeh'n,
Komm, Liebster, vergiß dein Weh.*

*Aber der Panzer, der Panzer, der Panzer,
Der Kinderwagen auf der Chaussee,
Der Panzer. Ein ganzer
Leichenzug taucht auf aus dem See.*

*Siehst du ihn, siehst du ihn dort?
Ich kann mich nicht mehr bewegen.
Wie soll ich's da aussprechen, das Wort,
Wie meinen Arm um dich legen?*

Ich frage mich, ob Wladimir liebesunfähig oder einfach nur überfordert war. Wollte ich ihn retten oder von ihm gerettet werden? War ich am Ende schuld an seinem Untergang?

Du wachst auf. Ich

David 12 Uhr

In zwei Stunden nehmen Vera und ich den Zug nach Neuchâtel. Bis zur Abfahrt Zeit für Notizen.

Beim Erwachen liegt Vera nicht neben mir. Sie sitzt am Fenster und schreibt. Ich will ihren Namen rufen, aber ihr Anblick verschlägt mir die Sprache. Lichtreflexe tanzen über sie hinweg. Ihr dunkles Haar ist im Morgenlicht flammend rot. Rühre mich nicht und geniesse es, hinzusehen, diesmal, ohne Vorsätze zu verletzen. Erst, als sie zu mir schaut, gehe ich zu ihr ans Fenster. Wir lieben uns, während die ersten Kähne den Rhein hinunter fahren.

Dann gestehe ich Vera, dass ich einen Bärenhunger habe, und sie lacht: „Ich sterbe vor Hunger. Was für ein Glück, dass auch du nicht nur von Luft und Liebe lebst." Einfache Rechnung: Seit zwei Tagen haben wir kaum etwas gegessen.

Beim Ankleiden verschwindet Veras ganze Pracht in ihrem steifen Kostüm. Brutal, wie diese Stoffschlange den Körper frisst, und ich fasse einen Plan. Beim Frühstück will mit ihr darüber sprechen.

Während Vera ihr Haar in Ordnung bringt, rufe ich Fritz an. Seine Reaktion auf das Leipzig-Projekt: „Pass auf, da lässt du dich auf was ein."

„Danke für deine Sorge, aber ich weiss, was ich tue."

„Das wäre nicht das erste Mal, dass du auf die Nase fällst. Kommt doch heute zum Abendessen, Vera und du."

„Gerne, gegen 21 Uhr, wenn wir von Neuchâtel zurück sind."

Was tut ihr dort?"

„Vera muss mit der Firma Galland verhandeln. Die wollen in Veras Klinik ein Lebermedikament austesten und zahlen zu wenig. Jetzt soll Vera hingehen und mehr Geld locker machen."

„Da ist etwas faul. Pass auf."

„Noch eine Warnung. Übertreibst du nicht ein wenig? Im Vergleich zur Basipharm ist die Galland ein Zwerg in der Provinz. Ein geiziger Zwerg. Müssen wir uns vor einem Zwerg in Acht nehmen?"

„Man hat mit gerade ein Dokument zugespielt. Über die Galland."

„Und was steht da drin?"

„Das Telefon hat manchmal Ohren, und das *Drei Könige* steht bei mir auf der Schwarzen Liste. Zu viel Personal aus dem Osten."

„Sag mir wenigstens, auf was wir aufpassen müssen."

„Ich schicke jetzt gleich einen Kurier los, der bringt dir das Dokument. Zweifach verschlossen und versiegelt. Sieh's dir an. Deine Meinung würde mich interessieren. Nur bald, bitte."

„Ich lese es auf der Reise zusammen mit Vera."

„Sie darf das Dokument nicht sehen. Das ist weiter nicht schlimm. Sie ist vorsichtig, das weiss ich. Vorsicht ist nicht deine Stärke. Und du musst dich an die Spielregeln halten und hast Schweigepflicht. Nichts raus ohne mein o.k."

„Das musst du mir nicht sagen."

„Lieber einmal zu viel als einmal zu wenig. Bis heute Abend."

Eigentlich dürfte ich dieses vertrauliche Gespräch nicht notieren. Die Seite herausreissen? Nein. Ich entscheide mich gegen Fritz und zugunsten von Vera und Tagebuch. Ich werde das Dokument lesen, während Vera bei der Galland ist, und ihr vor der Abreise aus Basel zu verstehen geben, dass sie aufpassen soll.

Während des Frühstücks sage ich zu Vera: „Du bist so schön."

„Als ich acht war, musste ich Ulbricht einen Rosenstrauss überreichen. Das hat man davon, wenn man schön ist."

„Deine Schönheit macht mich glücklich."

„Dann bin ich gerne schön."

„Aber dein Kleid ist nicht nett zu dir. Es verdeckt deine Schönheit."

„Du kannst dich nicht beklagen. In der letzten Zeit hast du mich oft ohne Kleid gesehen."

„Stimmt. Aber ich möchte deine Schönheit auch hier sehen, beim Frühstück."

„Soll ich mich ausziehen?"

„Nein, ein anderes Kleid anziehen."

„Ich trage das Kleid einer werktätigen Frau, die ihre Republik im feindlichen Ausland vertritt. Mein Kleid passt zu meiner Stellung."

„Vielleicht zu deiner Stellung, aber nicht zu dir."

„Und wenn schon. Ich bin auf einer Dienstreise."

„Und trägst eine Uniform. Dein spiessiger Dienstherr macht weiter mit der tausendjährigen Gleichschaltung."

„Lieber das als ein Westkleid, das mir vom Markt untergejubelt wird. Ich mache mir wenigstens nichts vor in meiner Uniform."

„Ich möchte dir ein Kleid schenken, das zu dir passt, nicht zu deiner Stellung."

„Und damit den Traum der armen Ossi erfüllen. Erst Sex mit dem reichen Wessi und dann ein schönes Kleid."

„Verzeihung, ich wollte dich nicht kränken. Ich möchte bloss, dass bei dir das Äussere zum Innere passt."

„Es passt sogar sehr gut. Wenn du es genau wissen willst: Ich hätte mir ein elegantes Kleid für die Reise kaufen können. In den Exquisit-Läden haben sie eine ordentliche Auswahl, sündhaft teuer, aber nicht unerschwinglich. Ich hatte meine persönlichen Gründe, das nicht zu tun."

„Und die sind?"

„Vor einem Jahr beschloss ich, einen Schlussstrich unter meine Affären zu ziehen. Und das bedeutet: Alles vermeiden, was Männer anlockt."

„Ein harter Entschluss."

„Den Ausschlag gab die Bemerkung des Kollegen, der die Nachfolge meines Chefs Akovbiantz regelt. Ich stehe da oben auf der Liste. Der Kerl sagte: ‚Euch Frauen fallen im Bett alle Dinge in den Schoss, die wir Männer uns hart erarbeiten müssen.' Aber das war bloss der Tropfen, der das Fass zum Überlaufen brachte."

„Was war denn schon drin, im Fass?"

„Die Liebe zur Medizin, die Langeweile mit den Männern und die Einsicht, dass ich für eine Beziehung ungeeignet bin."

„Und jetzt habe ich das alles durcheinandergebracht."

„Ja, das hast du."

„Dann lass uns konsequent sein. Tu's mir zuliebe."

„Und wenn ich dir im Westkleid nicht gefalle? Was kaufst du mir dann?"

„Keine Ironie, bitte."

„Ich weiss nicht. Du bringst mich ganz durcheinander."

„Ist das ein Ja-Wort?"

„Nein. Bei uns darf ich das Westkleid sowieso nicht tragen."

„Du kannst es auf der Reise nach Neuchâtel tragen und morgen den ganzen Tag. Und heute Abend bei Fritz. Er hat uns eingeladen."

„Ein Eintagskleid also? Und dafür stürzt du dich in unnötige Ausgaben?"

„Mach mir diese Freude und sag ja."

„Wenn du meinst."

Nach Veras zögerlicher Zustimmung beginnt eine Expedition, auf die ich gut vorbereitet bin. Marina, meine erste Frau, ist Modedesignerin. So kenne ich mich in der Mode einigermassen aus. Mit Vera am Arm gehe ich zielstrebig zur Boutique von Giorgio Armani. Die Verkäuferin, eine Italienerin, weiss gleich, was Vera braucht.

Die neue Vera tritt aus der Umkleidekabine heraus. Ein kleiner Auflauf von Verkäuferinnen und Kundinnen. Die Italienerin beisst sich vor Aufregung ins Handgelenk. Auf einen Blick: Die Vera vor dem Spiegel ist dieselbe wie die heute früh am Fenster. Schön, glücklich, in sich ruhend. Gleiche Ausstrahlung der bekleideten und unbekleideten Frau. Inneres und Äusseres harmonieren. Der Stoff: Feinste Linien,

Karomuster und satter Schimmer in ständigem Wechsel. Farbe je nach Lichteinfall: Silber, Grau, Beige. Der Hosenrock glockenartig erweitert, vorne und hinten der Länge nach aufgeschnitten, je nach Körperhaltung Rock oder Hose. Veras Beine einmal verhüllt und dann wieder bis zu den Knien sichtbar. Jacke mit breiten Schulterpolstern, Anstrich von Kraft, abgemildert durch das tiefe Dekolleté. Vera mal hundert.

Wir küssen uns. Applaus.

Auf der Strasse drehen sich die Leute nach Vera um. Sexuelle Begehrlichkeit? Neid? Weder noch, sondern Bewunderung, Respekt. Vera bewegt sich so, als ob sie ihr ganzes Leben lang solche Kleider getragen hätte. Natürliche Bescheidenheit. Ich bin stolz auf sie. Meine Frau, mein Kleid.

Allerdings wartet eine Prüfung auf uns: Die Reise nach Neuchâtel. Ich muss aufpassen und weiss nicht, auf was.

Vera 12 Uhr

Angst. Zum zweiten Mal heute. Wahrscheinlich sehe ich Gespenster, wie damals am Pleißner See, als es im Schilf raschelte. Weit und breit kein Erlkönig, ein bißchen Wind, das ist alles.

Ich will den Vorfall genau beschreiben und dann die Beschreibung lesen, um mir Klarheit zu verschaffen.

Ich trete aus einer Umkleidekabine des Armani-Ladens. Verkäuferinnen und Kundinnen bewundern das Kleid. Stimmengewirr, Applaus. Vor dem Spiegel wird ein Scheinwerfer eingeschaltet. Dann noch einer. Du küßt mich. Dann ein Lichtblitz, ich kneife die Augen zusammen. Vor dem Laden verschwindet ein Mann. Offenbar hat er eine Blitzlichtaufnahme gemacht. Bin ich ihm schon vor der Pension Engel in Riehen begegnet? Mein Köfferchen steht ja noch dort. Die Wirtin musterte mich bei der Ankunft und stellte zudringliche Fragen. Haben Sie Freunde hier? Mit wem treffen Sie sich?

Spioniert man mir nach? Auch jetzt, beim Nachlesen, bleibt diese Frage offen. Beschreiben kann ich den Mann vor dem Armani-Laden nicht. Ich bin nicht einmal sicher, ob es ihn wirklich gab, denn es geschahen zu viele Dinge gleichzeitig, und die Lampen blendeten mich. Dich kann ich nicht fragen, denn du standst mit dem Rücken zum Schaufenster. Und dir meine Ängste aufbürden will ich auch nicht, denn du bist so glücklich über den Kleiderkauf und meine Verwandlung. Da will ich dir die Freude nicht verderben und freue ich mich mit dir, daß jetzt, wie du sagst, mein Inneres und mein Äußeres harmonieren. Ich lege dir alle neuen Veras zu Füßen. Die mit Schulterpolster, die mit Dekolleté, die mit Hosenrock. Such dir aus, mit welcher, mit welchen du schlafen willst.

Das Kleid habe ich ausgezogen und neben mich aufs Bett gelegt, um es aus der Distanz anzusehen. Mit meinem Monatsgehalt könnte ich nicht einmal die Knöpfe bezahlen. In Leipzig wirst du sehen, wie ich lebe: In einer engen Zweizimmerwohnung in Leutsch, einer armseligen Vorstadt. Jeden Morgen zwänge ich mich in eine elende Straßenbahn. Stimmt es, daß ich durch das Kleid zur der Person werde, die ich immer sein wollte und nicht sein konnte? Stimmt es, daß es mich so zeigt, wie ich wirklich bin? Im Armani-Laden sagte das eine Kundin, die mich noch nie gesehen hatte.

Auf dem Weg zurück ins Hotel kommen wir am Markt vorbei und kaufen ein paar Früchte. Mein Vordermann überlässt mir seinen Platz. Wem: Mir oder dem Kleid?

Das Kleid wird jetzt nach Neuchâtel reisen, und ich darf es begleiten. Ganz ohne Ironie: Es ist ein sehr schönes Kleid.

David 14 Uhr

Stille Ecke im Bahnhofbuffet Neuchâtel.

Hinfahrt im Speisewagen, ein erstes Menu von Basel bis Olten, ein zweites von Olten bis Neuchâtel. Beim Aussteigen gesättigt.

Entgegen allen Vorsätzen mache ich Vera eine Liebeserklärung, und es fällt mir nichts Besseres ein als die Standardversion: „Ich liebe dich."

„Danke, ich höre es gern aus deinem Mund. Deine kleinen Zellen haben es mir schon tausend Mal gesagt."

„Dann muss es heissen: Wir lieben dich."

Gelächter.

„Wenn das alles so klar ist: Müssen wir da weiter Tagebuch führen?"

„Wir kennen uns seit vorgestern, David."

„Das vergesse ich immer wieder." Also weiter mit den Tagebüchern.

Jetzt die Galland-Akten.

<u>Vera 14 Uhr</u>

Mehr als eine Stunde zu früh vor der Galland-Verwaltung. Café Au Petit Pêcheur und das rote Buch. Drei Tischchen im Freien mit Blick auf den See und ein sehr zuvorkommender Kellner, Madame hin, Madame her, bis ich merke, daß er das Kleid bedient, nicht mich.

Die Fahrt von Basel bis Neuchâtel verbringen wir im Speisewagen. Grelle Herbstsonne. Wir werden bis in die letzten Fältchen ausgeleuchtet, einmal ich, in der nächsten Kurve du. Auch in diesem unbarmherzigen Licht gefällst du mir. Ich würde mich gleich aufs Neue in dich verlieben. Dabei stelle ich mir vor, was meine Freundin Susanne sagen würde: Was gefällt dir denn so an dem Mann? Daß er gut vögelt, meinetwegen, aber mit was macht er dich denn süchtig? Also raus mit der Sprache. Dieses Gespräch wird nicht stattfinden, weil ich dich nie preisgeben werde. Kein Wort über dich bei Susanne. Ich will aber doch wissen, was mich süchtig macht. Der Reihe nach: Deine etwas verhangenen Augen, deine stolz vorspringende Nase, deine sinnlich geschwungenen Lippen, deine kräftigen Hände. Ich werde nicht fündig. Der ganze David gefällt mir. Du bist hellwach, trotz deiner Verletzlichkeit offen, suchst, beobachtest, oszillierst zwischen Warmherzigkeit und Spott. Mit einem Wort: Du bist ein quicklebendiger Mensch, der mit seinem Fuß sehr fein mein Schienbein hochfährt, mit dem Zeigefinger kaum spürbar meinen kleinen Finger streichelt, mir einen Kuß zuhaucht und seine Zigarette ausdrückt, weil das Essen gebracht wird.

Stichwort Rauchen: Dafür müßte es Abzug geben. Ich führe als Ärztin einen Kampf gegen diese Seuche. Allerdings merkte ich bisher gar nicht, wie du Zigaretten aus der Packung holst und anzündest. Schon wenige Minuten nach der Abfahrt befinden sich sage und schreibe drei ausgedrückte Zigaretten im Aschenbecher. Wie sind die in der kurzen Zeit da reingekommen? Ich passe auf und komme dir auf die Schliche. Du rauchst so geschickt ein Zauberer, der einen Hasen aus der Tasche zieht. Noch Grund, dir zu verfallen.

Ja, wir sind einander verfallen und sprechen darüber. Und ich möchte dir so gefallen, wie ich bin (nur in Klammern: Ich bin ein bißchen eifersüchtig, weil du fast ebenso oft das Kleid anschaust wie mich).

Ich weiß so wenig von dir. Deine Frauengeschichten und deinen Hang zum Alkohol glaube ich dir nur zur Hälfte. Schau mal, ich habe ein ganzes Glas Wein ausgetrunken und du hast an deinem kaum genippt. Du bist kein Trinker. Und selbst wenn du einer wärst: Damit kann ich leben. Aber von deinem Leben will ich mehr wissen. Weshalb bist du Wissenschaftsjournalist geworden?

Du erzählst von deinem Germanistikstudium, in dem du dich mit Texten abmühtest, die tausend Erklärungen offenließen. Daraufhin Schluß mit den Geisteswissenschaften, einige Semester Biologie und viel Selbststudium. Entdeckung deines wahren Talents: Mit allen Mitteln Tatsachen suchen, die Wahrheit finden und sie präzise beschreiben. Damit hast du dir international einen Namen gemacht – was dk für gut befindet, ist richtig und bekommt Preise. Und dk weiß: Für jedes Problem gibt es, wenn man lange genug sucht, eine richtige Lösung, eine und nur eine.

Aufgepaßt, mein Lieber. Was sagst du da: Eine Wahrheit und nur eine? Wenn eine Sache für dich stimmig ist, kannst du daraus keine allgemeinen Regeln ableiten.

Sag mal, Vera, sind eins plus eins manchmal eins und manchmal drei?

Wer weiß? Und ich rede nicht von der Mathematik, sondern von der Welt, in der wir leben. Da gibt es auf jede Frage verschiedene richtige Antworten.

Da spricht jemand aus der DDR, wo Wahrheiten aus Lügen fabriziert werden.

Du mit deiner Wahrheitsromantik. Bei dir enden alle Wahrheiten im Loch, außer der, die dir gerade paßt. Und wenn du verkündest: ‚Ich habe mich gestern geirrt' und dann eine der verscharrten Wahrheiten aus dem Loch ziehst, wird dir in der Schweiz niemand den Kopf abreißen. Versuch das mal in der DDR, dann bist du am Abend im Knast.

Wahrheitsromantik, hast du gesagt. Du hast eine komische Vorstellung von der Romantik. Schau mal, auf der Insel da drüben hat ein Oberromantiker gewohnt. Jean-Jacques Rousseau. Im Leben eine Niete und auf dem Papier ein Held, der mit seinen krausen Ideen der ganzen Welt den Kopf verdreht hat. Und mit solchen Leuten vergleichst du mich?

Jean-Jacques Rousseau. Da also, an diesem idyllischen Plätzchen, hat der zerrissene Mann seine Phantasien von der Gleichheit der Menschen aufgeschrieben. Als Oberschülerin mußte ich lernen, wo er recht hatte und wo nicht. Sein größter Irrtum: Nicht die Sippe unter dem Lindenbaum, sondern die Masse der Werktätigen befördert das Gute. Beim Blick aus dem Zugfenster verstehe ich: Auf der grünen Insel war der ewig grüne Lindenbaum stimmig; ein paar Jahrzehnte später ratterte die Guillotine im Namen von Rousseaus Idee.

Während du weiter von Rousseau sprichst, muss ich an Akovbiantz denken, meinen Chef in Leipzig. Meine Gespräche mit ihm drehen sich auch nur um Politik und Philosophie und enden stets im Streit. Wie man wohl an solchen Klippen vorbeisteuern kann? Zum Glück kommen wir in Neuchâtel an. So geht unser Gespräch zu Ende, bevor wir uns in die Haare geraten.

Es ist Zeit. Rüber zur Galland. Die Firma will für die Studie mit Hepatec wenig, sogar nach DDR-Normen zu wenig, bezahlen. Ich soll es richten, aber mit welchen Mitteln? Wie kann ich mich wehren gegen die Kerle hinter dieser Glasfassade? Im Krieg sagten sie dazu: Himmelfahrtskommando. Wer mir das wohl eingebrockt hat? Anton? Rechnet der damit, dass ich geknickt nach Leipzig zurückkrieche?

Jetzt bist du an der Reihe, mein schönes Kleid. Hilf mir.

David 16 Uhr

Immer noch Bahnhofbuffet.

Ich habe den zweifach versiegelten Briefumschlag geöffnet: 120 Seiten Fotokopien aus Laborbüchern der Firma Galland. Offenbar stand da jemand nächtelang am Kopierer. Wirtschaftsspionage vom Feinsten. Wahrscheinlich hat Fritz Spione in die Galland geschickt, um Schwachstellen zu finden. Eine angeschossene, des Betrugs überführte Galland kann er billig kaufen. Dafür braucht er einen Artikel von *dk* in den NZN. Ich verstehe auch, weshalb er Vera nicht in diese Geschichte hineinziehen will.

Experimente mit Hepatec, dem Leberschutzpräparat, das Vera an Alkoholikern testen soll. Die Voraussetzung für ihre klinische Studie in Leipzig ist die günstige Wirkung von Hepatec in Tierversuchen. Die sind in der Galland durchgeführt worden. Experimente an alkoholischen Mäusen und Ratten. Die Tiere wurden vom Alkohol leberkrank. Wenn sie Hepatec kriegten, blieben sie gesund. Angeblich!

Mein Verdikt nach wenigen Minuten: In der Galland wurde gemogelt. Man sieht auf einen Blick, wo Zahlen ausgetauscht wurden. Wenn schon mogeln, dann klug, nicht so plump. Wahrscheinlich ist Hepatec wirkungslos. Wer säuft, wird krank, auch wenn er Hepatec schluckt.

Weshalb lässt die Galland ein wirkungsloses Medikament klinisch austesten? Offenbar hofft man in der Firma, dass in Leipzig ebenso gemogelt wird wie in Neuchâtel oder dass man in Leipzig schweigt, wenn die klinischen Daten in der Galland verfälscht werden. Ich kenne das: man zahlt und kauft dafür Stillschweigen. So käme am Ende ein unwirksames Leberschutzmedikament auf den Markt. Die Alkoholiker würden der Werbung Glauben schenken und sich in der falschen Hoffnung auf einen Leberschutz rasch zu Tode trinken. Schlimm.

Was tun? Fritz wartet auf mein Gutachten und den Entwurf meines NZN-Artikels. Darin soll die wissenschaftliche Unlauterkeit der Galland beschrieben werden. Als Journalist bin ich moralisch verpflichtet, solche Machenschaften anzuprangern. Wenn ich aber jetzt losschiesse, kommt Vera mit leeren Händen nach Leipzig zurück. Schlecht für sie. Das heisst: Nur dann, wenn Vera bei der Galland keinen Erfolg hat, schlage ich zu. Wenn sie aber Erfolg hat, lege ich die Sache auf Eis, um sie nicht zu behindern. Bevor ich in Leipzig abfahre, wird sie hier, in diesem Buch, die Wahrheit über die Galland erfahren. Bis zu diesem Zeitpunkt will ich sie nicht belasten und halte dicht, vorausgesetzt, dass sie heute den Zuschlag kriegt. Nach dem Austausch der Tagebücher werde ich Vera genau erklären, auf was sie aufpassen muss: Distanz wahren zur Galland, um nicht in den Fälschungsskandal hineingezogen zu werden und dafür sorgen, dass die Galland zahlt, solange noch Geld in der Kasse ist. Bei einer feindlichen Übernahme durch die Basipharm wird wohl die Kasse der Galland leer sein, und es wird nichts mehr gezahlt, es sei denn, Fritz macht bei Vera eine Ausnahme. Ich werde ihn mal fragen, ob er allenfalls bereit ist, eine Restschuld zu tilgen.

Vera wird in ihrer Studie die Wahrheit über die Unwirksamkeit von Hepatec herausfinden und darüber eine ehrliche Publikation schreiben. Hepatec wird in der Versenkung verschwinden, und die Publikation wird günstig sein für Veras Kandidatur bei der Akov-Nachfolge.

Wenn ich jetzt nichts in den NZN schreibe und Fritz nichts über meine Beobachtungen sage, kommt die Wahrheit verspätet ans Licht, und die Expansionsgelüste von Fritz kommen etwas zu kurz. Unter den gegebenen Umständen muss er sich eben zwei Wochen lang gedulden. Tut mir leid, lieber Freund. Ich muss Prioritäten setzen. Alles mit Vera teilen, heisst auch: Das Beste für sie tun, Verantwortung für sie übernehmen. Soll ich mich dafür schämen, dabei ein bisschen zu schummeln? Nein. Ich berufe mich auf den Apostel Paulus: Die Liebe ist die stärkste Macht der Welt.

David 19 Uhr

Im Zug zurück.

Beim Eintritt ins Bahnhofbuffet hat Vera die Augen gesenkt. Kein hoch erhobenes Haupt mit wehendem Haar, kein V-Zeichen unter der Tür, kein nach oben gekehrter Daumen. Das heisst: Die Schlacht verloren. Abgeschossen im feindlichen Ausland, das Kleid als Waffe unwirksam. David Kern hat seine Schöne schlecht beraten. Er ist der Verlierer, nicht sie.

Die erschöpfte Vera lässt sich gehen, redet wirr durcheinander und hämmert zornig gegen meine Brust.

Und dann unter Schluchzen und Lachen: Ganz unten begonnen, ganz oben geendet. Sieg auf der ganzen Linie. Wenn ich Vera richtig verstehe, glaubt sie: Nicht sie sei es gewesen, das Kleid habe es vollbracht. Das ist ein grosses Kompliment nach meinem Drängen heute früh.

Nach so viel Anspannung erschöpft. Kann nicht mehr.

Vera 19 Uhr

In der Galland von drei Herren des Direktoriums empfangen, die es sich in der Bibliothek gemütlich gemacht haben. Zwei rauchen Zigarren, die Cognacgläser sind erst halb geleert.

Bei meinem Eintritt in den Raum Verblüffung – man hat mit einer anderen Person gerechnet, einer, die man mit der linken Hand abfertigt. Man schnellt hoch, murmelt Entschuldigungen, eskortiert mich in den offiziellen Sitzungsraum und schiebt mir einen pompösen Ledersessel hin. Dieses eine Mal lasse ich mich anhimmeln und gieße noch Öl ins Feuer, indem ich um ein Glas Wasser bitte, einen leichten Vorwurf in der Stimme. Man sucht und kommt sich in die Quere, bis endlich ein Kellner mit Silbertablett auftaucht. Darf es auch ein Gläschen Cognac sein, ein kleiner Champagner, Madame? Nein danke, Wasser, bloß Wasser. Ich blicke demonstrativ auf die Uhr, ja, wir haben wertvolle Zeit verloren, aber bitte, jetzt ist ja alles gut, meine Herrn. Zu diesem Zeitpunkt ist die Schlacht schon gewonnen.

Mein neues Talent: Ich kann die Herren am Gängelband führen, im richtigen Augenblick die Beine übereinander schlagen, einen Blick auf meine Anatomie gewähren, bei Voten der Gegenseite gelangweilt aus dem Fenster blicken, eine Haarsträhne aus der Stirn streichen und dann wieder die Aufmerksamkeit auf das Kleid lenken, es ein wenig zurechtrücken, bevor ich nach Taschenspielerart beiläufig ein gewichtiges Argument aus dem Ärmel ziehe. Dabei denke ich an deine Zigaretten. Um das Ende vorwegzunehmen – ich mache das Geld locker, verschaffe der DDR Devisen und meiner Klinik, so hoffe ich, den dringend benötigten Kredit für neue Geräte.

Nun zur Frage, die dich interessiert: Hat mir das Armanikleid geholfen? Natürlich. Durch das Kleid bin ich eine geachtete Verhandlungspartnerin geworden. Typisch: Eigentlich müßte ich der Galland für das Entgegenkommen danken, bin aber beim Abschied freundlich herablassend, während die drei Männer mir für die erfolgreiche Verhandlung danken. Die kommt sie teuer zu stehen, mehr als dreihundertfünfzigtausend Schweizer Franken, schätze ich. Der helle Wahnsinn, es lebe der Kapitalismus. Ich genieße meine neu entdeckten Kräfte. Die drei Herren hören ernsthaft nickend zu, wenn ich das Wort ergreife. Es entgeht mir nicht, daß sie mich begehrlich anschauen und ihre Männlichkeit zur Schau stellen, in der Hoffnung, mich damit zu beeindrucken. Genau an dieser Stelle spiele ich meine letzte Trumpfkarte aus. Ich bin zum Androgyn geworden. Der Hosenrock ist Hose oder Rock, je nachdem, wie ich die Beine halte. Ich kann den Stahlarbeiter spielen, indem ich meine breiten Schulterpolster betone, oder ich betone als Vamp das Dekolleté und den Busen. Dieses Spiel schwächt die Herren, weil sie sich immer wieder neu ausrichten müssen, auf die Frau im Mann und auf den Mann in der Frau.

Mein Uniform-Kleid hat dir nicht gefallen, und dabei hast du den kleinen Gürtel mit der Kunststoffschnalle übersehen. Mama gab ihn mir, als ich von zu Hause auszog. Ihr Rat: Vergiß nie, daß du eine Frau bist. Im vergangenen Jahr war der Gürtel der letzte Rest meiner Weiblichkeit. Mama trug ihn 1944 bei ihrer Hochzeit. Beim Hochzeitsessen sagte sie dem Kreisleiter, die jämmerliche Rolle der Frau als Gebärerin von Soldaten und Pflegerin von Verwundeten werde das Dritte Reich den Sieg kosten. Sie werde ihr Kind bekommen, wann es ihr passe, auf jeden Fall nach dem Krieg – ich kam 1948 zur Welt. Wegen wehrkraftsersetzender Äußerungen bekam sie eine Vorladung der Gestapo. Man hätte sie eingesperrt, traute sich aber nicht, weil der frischgebackene Ehemann als Leiter von Tierdorf eine kriegswichtige Position hatte. Mama setzte große Hoffnungen auf die DDR, und die hat, sagte sie, das Kind mit dem Bad ausgeschüttet. Nach dem Neuanfang haben die Männer ihre Muskelpakete behalten, die Frauen jedoch ihre Weiblichkeit verloren. Die weibliche Taille, die der Gürtel unterstreicht, ist unter der Arbeitskluft verschwunden. Die Stärke der Frauen liegt aber in ihrer Weiblichkeit – Frauen sind keine verkleinerten Ausgaben der Männer. Wenn mich meine Mutter – sie ist vor zwei Jahren gestorben – jetzt sehen könnte, wäre sie überrascht. Ich verstehe die Welt nicht mehr, würde sie sagen. Daß man in der DDR die Weiblichkeit unterdrückt, ist politisches Kalkül. Frauen sollen arbeiten, und Weiblichkeit kostet Geld. Aber warum ziehen sie im Westen, wo sie im Geld schwimmen, den Frauen Hosen an und wattieren ihre Schultern? Und ausgerechnet du machst diesen Unsinn mit. Du bist doch gut gewachsen und hast nichts zu verbergen. Beruhigt wäre sie erst, wenn sie wüßte, daß ich dich mit dem Kleid glücklich mache. Das ist was anderes, dann tu's, mein Liebling.

Während ich den drei Herren der Galland eine Nachhilfestunde im Umgang mit Frauen verpasse, denke ich an die Gleichberechtigung in der DDR. Der Stahlarbeiter steht in der Hierarchie der „Gleichheit" höher als ich, denn er trägt den Arbeiter- und Bauernstaat auf seinen Schultern. Er gilt mehr als die Stahlarbeiterin und der Arzt mehr als die Ärztin. Für Berufsanfänger ist der Unterschied klein. Weiter oben, auf meiner Stufe etwa, bekommt man ihn zu spüren. Man dekoriert uns Frauen mit Orden, und die Männer leiten den Laden. Man schenkt uns Verhütungspillen, denn wir sollen so lange wie möglich werktätig sein – das füllt die Staatskasse.

Im Taxi zurück zum Bahnhof bin ich erschöpft. In der Bahnhofsgaststätte ist deine geliebte Vera eine verwirrte Zicke. Ich habe dich beim Einsteigen um Verzeihung gebeten und kann es nicht oft genug wiederholen, auch jetzt im Abteil, wo du schläfst. Wenn diese Erschöpfung über mich kommt, beiße ich, kratze, schlage alles kurz und klein. Nur widerwillig erzähle ich dir von Galland. Deine Begeisterung über meinen Erfolg geht mir auf die Nerven, und es kommt die erste böse Bemerkung: Gesetzt den Fall, ich würde Republikflucht begehen, um mit dir zu leben – wären dann tägliche Verkleidungsrituale notwendig? Daß dich das nicht ärgert, sondern sogar freut, macht mich erst recht wütend. Ich krame in der Seitentasche meiner Geldbörse, ziehe einen Zettel von damals raus und halte ihn dir unter die Nase: Lies das! Natürlich siehst du mich verständnislos an, wie kannst du wissen, um was es geht, aber ich fahre dich an: Schau nicht so blöd. Das habe ich geschrieben, deine Vera Krause. Und mit der gehst du ins Bett.

Du nimmst mich in die Arme, ich schluchze, traktiere dich mit Fäusten, wütend über deinen Gleichmut. Tu nicht so überheblich. Und gleichzeitig fühle ich mich geborgen bei dir, beginne zu spre-

chen, ein Gemisch aus Galland, FDJ-Hymne und Entschuldigungen.

Bevor nun alles durcheinander kommt, noch ein Blick zurück. So kannst du nachlesen, was dich in Neuchâtel nicht sonderlich interessierte, weil es nichts mit dem Kleid zu tun hatte. Als ich siebzehn war, hielten sie mich für eine förderungswürdige Jung-Dichterin, fanden aber meine Gedichte reaktionär. Liebe, Träume, Gefühle, was soll denn das! Kumpel, greif zur Feder! Schreib ein Gedicht über die Freie Deutsche Jugend, dann bist du eine von uns. Ich fühlte mich unverstanden und reimte mit verhaltener Wut eine FDJ-Hymne zusammen. Wochen später wurde ich für die Erich-Weinert-Medaille nominiert und bekam einen Platz am Literaturinstitut Leipzig. Das Gedicht wurde vertont und gesungen, man marschierte dazu. Ich schämte mich, aber das Unheil war geschehen. Hier eine Abschrift dieser Peinlichkeit:

Unsere FDJ

Kamerad, sei stark und flott
Und komme in die FDJ.
Mit Hammer, Sichel in der Hand,
So schmieden wir das Vaterland.

Wir schmieden Verse, Pflug und Rad
Und halten unseren Rücken grad,
Und schleicht der Feind sich durchs Gefild',
So schmieden wir uns Schwert und Schild.

Den Blick voraus und nie zurück,
Die DDR ist unser Glück,
Durch sie bekommt das Leben Wert,
Sie gibt uns Stärke, Schild und Schwert.

Rückkehr der Lebensgeister. Bereit für den Abend bei Fritz Mach. Nur dieser Zweifel – wer so reagiert wie ich eben, ist vielleicht für das Alleinsein bestimmt und sollte nicht versuchen, mit einem anderen Menschen zu leben.

Donnerstag, 28. Oktober 1982

Vera nachts (keine Uhrzeit vermerkt)
Baby

David 11 Uhr

Abend bei Fritz. Eingangshalle mit dem Riesenkandinsky. Drei Säle mit Lissitzky und Malewitsch. Im Esszimmer Chagall. Ich kenne das Haus gut, aber jedes Mal verschlägt es mir den Atem. Vera macht grosse Augen.

Der Tisch für vier Personen aufgedeckt. Die vierte Person hüllt sich in Zigarettenqualm, bis Fritz sie vorstellt: Sarah Levi. Seine Ostberaterin, graue Eminenz aus der DDR. Fritz spürt unsere Bedenken und will uns beruhigen: „Seid unbesorgt – Sarah ist hundertprozentig zuverlässig. Du fährst ja nach Leipzig, da kann sie dir vielleicht ein paar Tipps geben. Sie kommt von dort."

Am Tisch blickt Fritz kritisch zu Vera hinüber: „Wir sind hier unter uns, Vera, drum kann ich sagen, was ich denke. Ihre Medizin, die Medizin der DDR, ist unethisch bis zum Gehtnichtmehr."

„Sie machen doch Ostgeschäfte, Herr Mach."

„Ja und?"

„Mit einer so unethischen Medizin sollten Sie keine Geschäfte machen."

„Wer macht mit wem Geschäfte? Sie sind zu mir gekommen, nicht umgekehrt."

„Ich habe nicht gesagt, dass die DDR-Medizin unethisch ist."

„Sie, Vera, sind die löbliche Ausnahme. Aber der Rest!"

„Ich vertrete hier Professor Akovbiantz. Er könnte ihnen erklären, wie die Ethik in der DDR respektiert und bei Ihnen im Westen verkauft wird. Ein Mensch mit hohen Idealen, einer der Gründerväter der DDR-Medizin."

„Die Nazis hatten auch hohe Ideale."

„Die Nazis redeten von Idealen, hatten aber keine. Akov hat etwas Gutes für alle geschaffen, nicht für ein paar Erwählte auf Kosten der anderen wie Sie hier."

„Oh, wie edel."

„Ja, edel. Das gibt es offenbar nicht in Ihrem Vokabular. Ohne Marktwert."

Sarah Levi: „Frau Krause hat recht. Zum Glück tritt von Zeit zu Zeit ein edler Mensch auf, sonst wäre schon alles vor die Hunde gegangen."

„Ihr könnt von mir denken, was ihr wollt. Edle Menschen sind mir ein Greuel. Ein Edler bringt mehr Unheil über die Welt als tausend Gauner. Wissen Sie, was gut ist? Meine Waren sind gut. Ich verkaufe gute Waren. Das ist meine Philosophie des Guten. Ihr kriegt gute Waren und ich kriege einen guten Preis, basta."

„Und kaufen mit dem Gewinn die Museen leer und kerkern die Bilder in Ihrem Haus ein."

„Wo sie keiner kaputt macht wie Sie drüben."

Später spricht Vera mit Sarah Levi über Rousseau: „Ich bin gestern an der Petersinsel vorbeigefahren, dort hat Rousseau über die Gleichheit der Menschen geschrieben."

„Ich habe über Rousseau promoviert. Auf der Petersinsel hat Rousseau nicht ein Wort geschrieben. Er kam auf der Flucht dorthin, badete, setzte Kaninchen aus und musste bald wieder abhauen. Sie sehen, Frau Krause, so hat jeder seinen falschen Rousseau in der Tasche, einschliesslich Rousseau selbst, der Ideen klaute und am Ende glaubte, es seien seine eigenen."

Gelächter. Fritz lehnt sich zurück und spielt seine Lieblingsrolle, den Grandseigneur, hält Hof und bewundert Veras schönes Kleid. Sie ist darüber verstimmt, aber am Ende, vor Malewitschs weissem Quadrat, flüstert sie mir ins Ohr: „Das spüre ich, wenn du mich hältst." Da weiss ich, dass sich ihr Unbehagen gelegt hat.

Fritz steht mit wohlwollendem Lächeln neben uns und sagt zu Vera: „Meine Türe ist offen für Sie. Das ist nicht nur so dahingesagt. Fragen Sie David, er weiss, was meine Freundschaft bedeutet."

Unter der Tür ziehe ich Fritz zur Seite: „Die Galland-Dokumente werde ich mir genauer ansehen, wenn ich aus Leipzig zurück bin."

„Komisch. Sonst siehst du auf den ersten Blick, wenn was klemmt."

„Ich möchte sicher sein. Es geht um dein Geld, wenn ich recht verstehe."

Danach eine wunderbare Nacht. Zum Frühstück setzen wir uns ins Freie, auf die Hotelterrasse. Wolkenloser, windstiller Tag. Warm für den Spätherbst. Auf einem vorbeifahrenden Rheinkahn spielen Kinder in Badehosen. Ich halte Veras Hand, rieche ihr Parfum und bin glücklich.

Nachdem der Kellner abgeräumt hat, ziehen unerwartet Wolken auf, nicht etwa am Himmel, sondern über unseren Köpfen. Vera fragt: „Wo wohnst du eigentlich, David?"

„In Zürich, in einem Studio."

„Dahin würde ich gerne mit dir fahren."

„Das geht nicht."

„Und warum nicht?"

„Ein jämmerliches Loch. Seit meiner zweiten Scheidung hatte ich noch nicht den Mut, es einzurichten. Seit sechs Jahren lebe ich aus Kartons wie ein Obdachloser."

„Aber es ist deine Wohnung."

„Seit Monaten ist mein Bett ungemacht, überall volle Aschenbecher und leere Weinflaschen. Nein, das geht wirklich nicht."

„Bitte, David. Du bist aus Fleisch und Blut, kein Operettenprinz. Das *Drei Könige* ist wunderschön, aber vorhin habe ich mir die Preisliste geben lassen, und hinten, auf der letzten Seite, steht kleingedruckt der Preis für eine Nacht im blauen Zimmer. Ungeheuerlich."

„Das kann ich verkraften. Ich möchte es schön haben mit dir, bis du abreist."

„Dann muss ich ein Machtwort sprechen. Du bist kein Grossverdiener, David, und hast dich mit dem Kleid in astronomische Unkosten gestürzt."

„Gut, aber auf deine Verantwortung."

Zu packen gibt es kaum etwas. Wir werden, wie es scheint, zur gleichen Zeit fertig mit unserem letzten Eintrag im blauen Zimmer.

<u>Vera 11 Uhr</u>

Glücklich in deinen Armen aufgewacht. Dann in die dunkle Ecke geblickt: Sarah Levi und meine Abreise.

Das Gespräch mit Frau Levi über Rousseau. Es beginnt harmlos: Eine Rousseaukennerin belehrt eine Touristin. Ich, die Touristin, glaubte beim Blick durch ein Eisenbahnfenster zu verstehen, wie Rousseau zum Gesellschaftsvertrag kam. Hübsch, meine kleine Theorie, aber falsch, wie mir die Kennerin sagt. Die Tafelrunde lacht, und das wäre das Ende der Episode, wenn mich Frau Levi später nicht beiseite nähme. Sie habe mich nicht brüskieren wollen und entschuldige sich für ihre Pedanterie. Nicht der Rede wert. Als Ärztin weiß ich nur zu gut, daß manchmal ein ganzes Leben an einer scheinbar belanglosen Einzelheit hängt. Ja, sagt Frau Levi, sie haben recht, und gerade auf einer Auslandsreise muß man auf Einzelheiten achten, um nach der Rückkehr keine Schwierigkeiten zu bekommen. Höchste Alarmstufe: Ungeheuerlich, was die Frau da sagt. Auf was spielt sie an? Was weiß sie, und vor allem: Auf welcher Seite steht sie? Diese Fragen kann ich ihr nicht stellen, weil Fritz um Aufmerksamkeit bittet, er will seine Gemälde erklären. Kurze Zeit später steht Frau Levi im Mantel vor mir und verabschiedet sich.

Wer ist Frau Levi? Ihre drei Geschwister leben in Leipzig. Kann die DDR sie damit erpressen? Sie lebe im Niemandsland, bemerkt sie so nebenbei. Welches Niemandsland sie wohl meint? Die Grauzone der Spione? Sie spioniert den Osten für Fritz Mach aus. Aber wie? Sicher versteckt sie sich nicht mit Teleobjektiv und Mikrophon in den Büschen, sondern macht Tauschgeschäfte, Geheimnisse aus dem Westen gegen Informationen über den Osthandel. Am Tisch erschreckt sie mich mit Detailkenntnissen. Sie weiß, warum ich nach Basel geschickt worden bin und nicht Akov. Beiläufig erwähnt sie den Namen meiner Kollegin, der Kardiologin Susanne Klopfer, über die sie zurzeit Nachforschungen anstelle. Susanne, meine beste Freundin! Nachforschungen? Schließlich erwähnt sie Anton Krause, und ich kann meinen Schrecken kaum verbergen. Diese Namen sagen dir nichts. Du siehst mir bloß an, daß etwas nicht stimmt, und ich frage mich, ob ich dich einweihen soll. Je mehr der Abend voranschreitet, umso harmloser scheinen mir Levis Bemerkungen. Im feindlichen Ausland muß man eben aufpassen. Meine Kontakte zu Susanne und zu einem Stasimajor, der zudem mein Cousin ist, sind leicht zu eruieren. Dafür muß man keine Meisterspionin sein.

Sollte ich mit dir über Anton sprechen? Ja, vielleicht sollte ich, bringe es aber nicht über mich. Nicht jetzt, jedenfalls. Und auch hier, im Tagebuch, möchte ich mich dazu nicht äußern. Was ich notiere, wirst du sowieso nicht heute erfahren, sondern erst in zwei Wochen. Bis dahin werde ich sicher die richtigen Worte gefunden haben. Alles zu seiner Zeit. Also: kein Wort über Anton, aber du sollst auf deine Reise verzichten. Auf dem Weg zurück ins Hotel versuche ich, dich davon zu überzeugen. Du willst wissen weshalb. Weil ich trotzig schweige, wirfst du mir weibliche Hyperemotionalität vor und bleibst bei deinem Plan. Nach dieser Bemerkung will ich nicht nochmals eins auf die Nase kriegen und sage erst recht nichts über den Stasimajor, der mir nachstellt. Nicht einmal über Susanne will ich jetzt reden.

Wir gehen schweigend weiter, und Rilkes „Requiem" kommt mir wieder in den Sinn:

*„Denn das ist Schuld, wenn irgendeines Schuld ist:
Die Freiheit eines Lieben nicht vermehren
Um alle Freiheit, die man in sich aufbringt.
Wir haben, wo wir lieben, ja nur dies:
Einander lassen; denn daß wir uns halten,
Das fällt uns leicht und ist nicht erst zu lernen."*

Ich habe schon immer gewusst, was Rilke mit dem Wort „lassen" meint, las aber verlassen hinein. Dadurch bekam mein Lebensstil das Gütesiegel des Dichters. Jetzt stehe ich zur wahren Bedeutung. Es geht nicht um ver-lassen, um abhauen, sondern um gewähren-lassen. Ich halte den andern, solange er sich gibt, und klammere mich nicht an ihn, wenn er sich entfernt oder mit dem Kopf durch die Wand will.

Und noch etwas. Verlassen hat eine zweite Bedeutung, eine, die für dich sehr wichtig ist. Ich spüre, daß du dich auf Fritz verlassen kannst. Er ist mächtig, diskret, hat viele Verbindungen und weiß, wie man sie einsetzt. Wenn dir jemand in der DDR aus der Patsche helfen müßte, wäre er der richtige Mann. Am Tisch versuche ich ihn zu provozieren. Ein wütend losbrüllender Mann würde meinem Feindbild entsprechen. Fritz bleibt jedoch ruhig und höflich. Ich habe sogar das Gefühl, daß ihm die schnoddrige Vera gefällt. In der Verhandlung vor drei Tagen war er ein herablassender Potentat und ich ein aktentragendes Neutrum, zäh, beschlagen, aber weit unter ihm. Nur einmal gab es einen kleinen Schlagabtausch. In dem von mir entworfenen Protokoll steht, daß meine Patienten ihre Einwilligung geben müssen, bevor ich sie in die Studie einschließe. Dazu Fritz: Das ist aber in der DDR nicht üblich. Bei mir ist es so, Herr Mach. Wenn es Ihnen nicht passt, ziehe ich mich zurück. Fritz: Normalerweise verzögert das die Studien, und Zeit ist Geld. Na ja, Herr Mach, können Sie sich darüber beklagen, daß meine Studien lange dauern? Fritz: Im Gegenteil, sie arbeiten sehr speditiv, und da können Sie von mir aus so viele Einwilligungen verlangen, wie sie wollen. Dazu gedacht: Patienten sind für Fritz Waren wie Fernseher und Autos.

Nach dem Essen sagt mir Fritz unter vier Augen: Ich habe Sie kommen lassen, um Sie zu entlarven. Ostfrauen gelten hier nicht viel. Ein Mann und vor allem Geld. Wenn sie das gekriegt haben, sieht man sie nie wieder. Unzuverlässig sind sie und falsch. Meine Antwort: Wir aus dem Osten sind gut fürs Geschäft, aber menschlich minderwertig, Ramschware. In der DDR habe ich das Gleiche über den Westen gelernt. Worauf Fritz lächelt: Eins zu null für Sie, Vera. Er hat sich in mir getäuscht, als Ausnahme bestätige ich die Regel. Bedingte Anerkennung – wenn Sie meinen David gut behandeln, schließe ich Sie in mein Herz, bei allen Vorbehalten. Ich denke von ihm das Entsprechende, und es stellt sich zwischen uns eine gewisse Herzlichkeit ein. Fritz kehrt den besorgten Patriarchen heraus. Seid vorsichtig, Kinder, macht mir keine Dummheiten. Betonung auf mir. Wenn wir Dummheiten machen, muß er sie auslöffeln. Ziemlich anmaßend. Bin ich auf Fritz eifersüchtig? Am Morgen das Kleid, am Abend der Freund. Bisher kannte ich *keine Eifersucht. Ein Etappenerfolg beim Kampf dagegen: Rilke und das Einanderlassen.*

Fritz und das Kleid: Zuerst ist Fritz darauf fixiert. Ich sage: David hat es speziell für Sie gekauft, damit ich hier nicht aus dem Rahmen falle. Seine Antwort: Das hat er gut gemacht, Sie sind ein Gesamtkunstwerk. Von da an blickt er mir ins Gesicht. Das spricht für ihn, er ist lernfähig. Minuspunkte gebe ich ihm für die Führung durch die Gemäldesammlung. Auf meine Frage, was ihm an den Russen gefällt, reagiert Fritz ironisch. Soll ich als Ostexperte Amerikaner sammeln? Ein Kaufmann muß an den Wert der Dinge denken. Die Russen werden immer noch unterbewertet, und eine zusammengewürfelte Liebhabersammlung ist weniger wert als eine thematisch ausgerichtete. Der Wert meiner Sammlung hat sich übrigens in den letzten zehn Jahren verdreifacht. Abscheulich, diese Haltung. Diese Werke sind mit Herzblut und oft unter Lebensgefahr gemalt worden. Wenigstens sind sie bei Fritz gut aufgehoben. Sein Haus ist dafür gebaut, vollklimatisiert, Sichtbeton und Spezialglas. Feuerlöscher, Alarmanlagen, Hygrometer und Thermometer in jeder Ecke. Was ist das für ein System, das es einem einzelnen ermöglicht, Werke dieser Bedeutung bei sich zu Hause einzuschließen? Ich weiß, Stalin hat solche Bilder in den Keller verbannt, wenn nicht zerstört, und in der DDR stehen die Maler unter der Knute des sozialistischen Realismus.

Kann ich beruhigt abreisen? Du zählst bei deinem Hochseilakt auf ein Fallnetz. Hält das Netz auch in Leipzig? Mußt du wirklich da hinauf? Fritz ist mächtig, aber vorsichtig. Lerne von ihm. Oder muß ich energischer gegen dein Reisevorhaben einschreiten?

Nun freue ich mich auf deine Wohnung. Die Drei Könige haben ausgedient. Schluss mit der Feengrotte und den Bücklingen, wenn ich die Hotelhalle im schönen Kleid durchquere. Und noch was. In deiner Wohnung werde ich mich sicher fühlen. Niemand wird uns abhören. Und morgen früh möchte ich mich nicht von einem Märchenprinzen, sondern von einem Mann aus Fleisch und Blut verabschieden.

Ein Nachtrag. Heute früh lag mein Tagebuch aufgeschlagen auf dem Nachttisch, und das Wort ‚Baby' war hineingekritzelt. Kein Zweifel: meine Schrift, aber ich kann mich an nichts erinnern und weiss nicht, was das Wort zu bedeuten hat. Die Hoffnung, die Erinnerung werde beim Schreiben zurückkommen, hat sich nicht erfüllt. Offenbar bin ich eine Schlafwandlerin. Noch eine Vera, die jetzt mit dir in den Zug steigt.

David 17 Uhr

Zug nach Zürich. Die NZN mit dem Interview auf den Knien: „*dk*. Ein Stück DDR-Medizin – Interview mit der Gastroenterologin Vera Krause". Der Text ist in einer Trance entstanden. Noch bevor das Interview begann, hatten Vera und ich einen Narren aneinander gefressen. Nur durch Zufall konnte ich den Kassettenrecorder bedienen. Angenommen, der Zeigefinger wäre auf die falsche Taste geraten und die Kassette – leer: Hätte ich da den Mut gehabt, Vera zu wecken: „Wach auf, die Kassette ist leer, wir müssen das Interview wiederholen!" Undenkbar.

Eindruck beim Durchlesen: Zügig geschrieben. Mehr Glück als Verstand gehabt.

Wird Vera über meine Fragen stolpern? Wird sie sagen: „Eigenartig, ich kann mich gar nicht an deine Fragen erinnern."

Da müsste ich gestehen: „Kein Wunder. Reine Erfindung. Geschwindelt."

Aber die kluge Vera, der ich nichts vormachen kann, schweigt. Wenn sie stumm liest, ist das so viel wie eine Liebeserklärung. Und sie liest stumm.

In einer Radiosendung sagte ich vor ein paar Jahren: Ein guter Journalist steht zu seinen Schwächen und Irrtümern. Und nun: Verrat! Besser gesagt: David Kern hat *dk* verraten. Auch wenn Vera schweigt, wird von Steiger, mein Chefredakteur, schon nach den ersten Zeilen den Braten riechen. Er wird mich fragen, was los war, und ich werde noch einmal schwindeln müssen. Pinocchio. Unwillkürlich halte ich die Hand vor die Nase. Zum Glück ist sie nicht länger als üblich.

Vera lobt die schlechte Medizin der DDR. Weil ich die Ansicht nicht hinterfrage, wird der Leser glauben, *dk* stehe hinter Veras Ansicht. Und weil die NZN kein gutes Haar am Osten lassen, gerate ich in ein schiefes Licht. Bestenfalls wird von Steiger denken, ich habe ein Glas zu viel getrunken – das wäre ja nicht das erste Mal. Bisher hat er es mir durchgehen lassen, weil auch der betrunkene *dk* seine Sache gut machte. Aber jetzt? Wahrscheinlich setzt es eine gelbe Karte, denn von Steiger wird wütende Anrufe bekommen, Leserbriefe, die den NZN Linkslastigkeit bescheinigen. Er wird unter Zugzwang kommen und sagen: „Bring das in Ordnung, David. Schreib eine Gegendarstellung."

Wenn das so einfach wäre. Soll ich mir etwa ins eigene Fleisch schneiden? Gegen Vera losziehen? Gegen die Frau, die ich liebe? Soll ich meinem Chef sagen, dass ich einen Interessenskonflikt habe? Nein, er wird es mir nicht glauben: Weibergeschichten. Faule Ausreden. Du hast einen Bock geschossen, und nun steh dazu. Also: Flucht nach vorn. Ich muss etwas Ordentliches aus Leipzig mitbringen, dann ist die Welt wieder im Lot. Aus Leipzig mitbringen? Dorthin fahre ich doch, um Vera zu sehen. Wie bringe ich das alles unter einen Hut?

Vera hat druckreif gesprochen. Wie aber kann die Frau, die an mir einen Narren gefressen hat, so perfekt sprechen, wo ich nicht einmal ein paar Fragen zusammenbringe? Lernt man in der DDR, jedes Wort auf die Goldwaage zu legen? Oder hat sie etwa gar keinen Narren an mir gefressen? Ein abscheulicher Gedanke – weg damit.

Grübeleien, das alles. Statt Tatsachen zu notieren, jammere ich, weil mir diese Fahrt zusetzt. Vera wird enttäuscht sein, wenn sie den anderen David entdeckt, den mit den leeren Weinflaschen und vollen Aschenbechern.

Vera 17 Uhr

Am Basler Bahnhof kaufst du die NZN, gleich zwei Mal. Im Abteil legst du eine Zeitung behutsam auf meine Knie, und für eine Weile verschwinden wir hinter raschelndem Papier. Dann lassen wir die Blätter sinken und lachen über uns. Wir sind ein hübsches Paar: Dich werden sie als Kommunistenfreund brandmarken und mich als Nestbeschmutzerin der sozialistischen Medizin.

Es ist mir immer noch ein Rätsel, weshalb ich zusagte, als mir Fritz ein Interview mit den NZN vorschlug. Er war übrigens fair, drängte mich nicht und fügte gleich an, daß er eine Absage gut verstehen könnte. Natürlich hätte ich ablehnen müssen. Im feindlichen Ausland spricht man nicht mit der Presse, und schon gar nicht mit dem Vertreter eines Blatts, das übelste „kapitalistische Propaganda und Kriegshetze" betreibt. Ich hätte auf die feine Art absagen und verlangen können, daß die Redaktion der NZN bei der DDR-Botschaft in Bern eine Genehmigung einholt. Die wäre nie gegeben worden. Stattdessen sagte ich zu. Stimmt, ohne das Interview hätte ich dich nicht getroffen. Aber wie konnte ich das ahnen?

Oder ahnte ich es? Es wäre nicht das erste Mal, daß ich etwas weiß, von dem ich nichts wissen kann. Diese Seite verberge ich im Klinikum, offenbar wirksam: Ich gelte als rational bis ins Mark. Ich selbst habe meine irrationale Seite nach dem Fiasko mit Wladimir nicht mehr wahrhaben wollen.

Beim Gang vom Direktionsbüro zur Empfangshalle dachte ich unablässig: Vera, du machst einen Fehler. Wenn du mit der feindlichen Presse sprichst, hat Anton dich dort, wo er dich seit Jahren haben will. Finde irgendeine Ausflucht. Aber nein: Mein Stolz verbat es mir zu kneifen. Ich hatte zugesagt, und das war bindend. Und so kam es, daß während des Interviews die „vernünftige" Vera verzweifelt Zahlen abrief, Beweise, Statistiken. Und die andere Vera verknallte sich in dich. Während ich wirr drauflosredete, war mir, als würde mein Schädel explodieren. Erst im blauen Zimmer fiel die Anspannung von mir ab. Wer weiß, vielleicht wären die letzten Tage nicht so schön gewesen ohne den schlimmen Auftakt.

Du hast während des Interviews gemerkt, was in mir vorging, mich einfach sprechen lassen und auf schwierige Fragen verzichtet. Wenn mir der gefürchtete dk solche Fragen – sein Markenzeichen – gestellt hätte, wäre ich abgestürzt. Du aber hast deinen Jagdinstinkt, deinen schneidenden Intellekt – eben all das, was dk ausmacht – bezähmt, mir Luft zum Atmen gewährt und in der Nacht ein paar harmlose Fragen in den Text hinein gestreut. Und vor allem hast du mein wirres Gerede in einen sauberen Text verwandelt. Eigentlich hättest du mir den Text zeigen sollen, bevor er vom Kurier geholt wurde, und ich hätte ihn absegnen müssen, aber es gab Wichtigeres zu tun. Ich war dir bis in die Träume hinein dankbar, daß du die Verantwortung für unser gemeinsames Produkt übernahmst. Ein Mann mit solche Fähigkeiten: Allein dafür bin ich die Deine.

Ein Blick auf den Text: Mein Name steht oben im Titel, gut sichtbar für die Herren von der Stasi. Klar, meine Meinung wird ihnen nicht passen und meinem Chef Akovbiantz auch nicht. Ich lobe die sozialistische Medizin, aber mit Vorbehalt. Aufgrund von Statistiken zeige ich, daß die DDR-Medizin, gemessen an den Gesundheitskosten, leistungsfähig ist, daß sie aber für dasselbe Geld viel mehr leisten könnte. Das heißt: ich kritisiere. Für Akovbiantz jedoch ist die sozialistische Medizin ein Religionsersatz. Bei Fritz habe ich ihn gelobt, aber hier will ich über seine dunkeln Seiten sprechen. Akov argumentiert mit Glaubensbekenntnissen, und ich argumentiere mit Zahlen. Was ich nur in einem Nebensatz zum Ausdruck bringe: Ich bin ausgebildet worden, um Patienten zu behandeln. Akovbiantz behandelt das Volk. Ich weigere mich, das Volk zu behandeln. Darüber streiten wir uns seit Jahren. Mehr will ich jetzt nicht dazu sagen. Im feindlichen Ausland halte ich nicht den Finger in diese Wunde, aber du wirst sehen, meine Sternstunde wird kommen – in einer Woche in Leipzig, beim Internistenkongreß, und dort wird mir niemand den Vorwurf machen können, daß ich zu Hause kusche und bei den Feinden mein Nest beschmutze. Was ich nicht einmal in Leipzig sagen werde, weil es mir eine Klage wegen Staatsverleumdung einbrächte: Die ganze DDR ist marode. Es ist für nichts genügend Geld vorhanden. Daß man mit einem läppisch kleinen Gesundheitsbudget beim besten Willen keine leistungsfähige Medizin auf die Beine stellen kann – außer für eine Handvoll hoher Funktionäre und russischer Offiziere – wenn ich das sagte, käme ich in den Knast. Systematische Unterlassungen sind auch Lügen, und in diesem Sinn lüge ich im Interview, was das Zeug hält. Ich habe ungute Vorahnungen, wohin das führen wird.

Wirst du nun eine kleine Kassandra an deiner Seite haben, eine, die sich von Vorahnungen leiten läßt? Vor der Abreise fuhren wir im Taxi nach Riehen. Mein Gepäck stand immer noch in der Pension Engel, wo ich nur einmal, vor unserer Begegnung, übernachtet hatte. Gestern früh rief ich die Wirtin an und sagte, daß ich bis zur Abreise bei Freunden wohne. Im Taxi hatte ich ein komisches Gefühl. Vorahnung? Neben der Haustür stand ein grau gekleideter Mann. War das nicht der Photograph vor dem Armanigeschäft? Durch das Leben in der DDR fühlt man sich am Ende überall beobachtet. Du hast recht, graue Männer gibt es wie Sand am Meer. Meine Vorahnungen und Eingebungen sind also alles andere als unfehlbar. Und du glaubst sowieso nicht daran. Keine Kassandra, also.

Freitag, 29. Oktober 1982

<u>Vera 10 Uhr</u>

Unser Blau ist ein Stück Erinnerung geworden. Das Blau, zu dem ich jetzt durch zwei Triebwerke empor gerissen werde: Die Luftstraße Zürich-Berlin. Landung in 80 Minuten. Die Straße führt weg von dir und hin zu Gefahren, denen ich vielleicht nicht gewachsen bin. Wäre ich gläubig, würde ich beten: Herr, zeig mir, gib mir, laß mich. Ich bin aber auf mich allein angewiesen und kann bloß eines: Mir Aufschub gewähren. Hier oben muß ich nicht an das denken, was mich unten erwartet. Und ich habe einen kleinen Teil von dir mit auf die Reise genommen, deine Zellen, und die tanzen mit meinen um die Wette. Das spüre ich und macht mich glücklich.

Heute früh bat ich dich dringend, auf deine Reise nach Leipzig zu verzichten, und du hast meinen Vorschlag nochmals abgelehnt. Erst dachte ich: Trotziger Junge, wenn du dir was in den Kopf gesetzt hast, stellst du dich taub. Was ich dir zu bedenken gab: Theoretisch kennst du dich in der Ostpolitik aus – aber kennst du unseren Alltag? Das stärkste Gefühl in meinem Land ist die Mißgunst. Wehe dem, der es wagt, glücklich zu sein. Wehe der Frau, die sich mit einem Mann aus dem Westen zeigt. Wenn du nach Leipzig kommst, werden wir Neid erzeugen, das ist gefährlich. Ich habe eine bessere Idee. Fritz soll für mich eine zweite Reise in die Schweiz beantragen. Was nicht im Antrag steht: Ich lasse den Rückflug verfallen.

Zugegeben und zu mir selbst gesagt: Ein solcher Antrag hätte keine große Aussicht auf Erfolg. Das wußte ich bereits, während wir zusammen sprachen. Ich sehe Anton vor mir, wie er den Braten riecht und mir frech ins Gesicht lacht: Liebe Vera, laß dir was Besseres einfallen. Schon die erste Reisegenehmigung war ein Fehler, wie wir jetzt wissen.

Tja, dann eben keine zweite Reise. Ich möchte dich bloß nicht in Gefahr bringen. Und ich möchte auch mich selbst halbwegs intakt über die Runden bringen, bis wir uns wiedersehen. Keine eingesperrte Vera, die würde dir nicht viel nützen.

Hier oben ändere ich meine Meinung. Du hast recht. Wir wollen das Ganze, nicht das Halbe, und du bist bereit, deine Karriere einzusetzen, deinen Ruf, dein Leben, wenn es sein muß. Du bist mutig, du exponierst dich, und das gibt auch mir Mut. Mein Vorschlag von heute früh ist vernünftig und dein Nein in seiner Unvernunft der einzig richtige Weg.

Trotz meiner Vorbehalte gegen deine Reise spürst du hoffentlich, daß ich dir gehöre, dir, dem Mann mit den leeren Weinflaschen und vollen Aschenbechern. Fünf über die Wohnung verteilte leere Flaschen und drei halbleere, eine umgekippt mitten in einer eingetrockneten Weinlache, vier volle Aschenbecher und drei nicht abgewaschene Teller mit ausgedrückten Zigaretten. Ich habe ein zweites Mal nachgezählt. Niemand kann mir also vorwerfen, liebesblind zu sein. Ich stand vor deinem Schreibtisch, hingerissen von der Ordnung. Stifte gespitzt, Papiere gebündelt, Bücher perfekt aufgereiht, Tischplatte glänzend sauber. Und ich umarmte den Mann, der in Chaos und Ordnung zugleich lebt, der jeden Tag eine Zerreißprobe übersteht, an der andere zerbrechen würden, ich allen voran.

Als wir Basel verließen, glaubte ich: Der Höhepunkt ist überschritten, nun bleibt nur der Abstieg. Es kam aber anders. Die letzte Nacht überstieg meine Vorstellungen. Seit ich deine Weinflaschen und Aschenbecher gezählt habe, löse ich mich nicht mehr gänzlich auf in deinen Armen. Besser: Ich löse mich auf, und zugleich erkenne ich dich. Ich spüre deine Freude, deine Zerbrechlichkeit, deine Ängste, alles gleichzeitig. Von wegen erkennen: Meine Mutter zeigte mir vor Jahren die Geschichte von Adam und Eva. Dort steht, daß Adam seine Frau erkannte. Wenn in der Bibel von zwei Menschen die Rede ist, die miteinander schlafen, spricht sie von „Erkennen." Als ich Männer wechselte wie Wäsche, dachte ich: Eigenartig, ich schlafe mit euch, aber ich kenne euch nicht. Dich, David, erkenne ich, und seit gestern kenne ich auch deine Schwächen, die ich über alles mag. Die Angst, ich könnte den Zenit überschritten haben, ist weg.

Anflug auf Tegel. Ich blicke nicht mehr hinauf ins Blaue, sondern hinunter auf die graue Decke, unter der Gefahren lauern. Wenn die am Bahnhof Friedrichstraße meine Texte lesen, kann mich das Kopf und Kragen kosten. Hätten wir uns nicht geschworen, unter keinen Umständen Seiten aus den Tagebüchern zu entfernen, würde ich jetzt chirurgisch tätig. Was ich dir versprochen habe, David, ist mir heilig, und so werde ich ein paar süße Postkarten und eine Tube Kleber kaufen. Hoffentlich schlüpft das rote Büchlein mit aufgeklebten Kätzchen und Hündchen unbemerkt über die Grenze.

Der Pilot kündigt eine Warteschleife an. Verse im Kopf.

Zweite Warteschleife. Das Gedicht nimmt Form an.

Dritte Warteschleife. Fertig. Du kannst zwischen zwei Formen wählen. „Und bloß der Liebe kleines Alphabet" heißt: Wenn alles andere in Brüche geht, überlebe ich dank der Liebe, und ich meine nicht die große Liebe des Apostels, sondern unser kleines Alphabet. Ein paar Buchstaben verändert: „Bloß deiner Liebe kleines Alphabet." Da denke ich an den genetischen Code deiner Spermien.

Sinkflug. Ich will nicht nur dieses Buch bis zu deiner Ankunft schützen, sondern alles, was uns angeht, dich und mich. Ich, Vera Amata, Vestalin unseres Tempels. Kein Staubkorn auf dem Altar. Nichts, kein Sterbenswort über uns.

Landung.

WARTESCHLEIFE

Noch eine Runde Blau
Durchlärmt. Ein letzter Blick
Hinauf. Stiefmutter Grau,
Die unten mein Geschick

Bestimmt: Die Alte muß
Sich noch gedulden. Doch
Sie lauert schon. Ihr Kuß
Ist kalt. Sie wird das Joch

Auf meine Schultern drücken,
Ich werd mich krümmen, bücken,
Schuften, in der Kälte beben,

Und bloß der Liebe kleines
Alphabet wird meines
Winters Grauen überleben.

David 12 Uhr

Im Loch. Verzweifelt.
Vera zum Flughafen gebracht. Nachher zurück ins Bett. Will schlafen, bin aber bloss aufgekratzt. Zucken in Armen und Beinen. Ich kenne das. Der erste Schluck Goron. Gang zum Schreibtisch, packe die „Baby" aus. Das wirkt manchmal. Ein Ding aus Blech. Zum Kleiderkasten. Das Kleid ist elektrisch geladen. Versetzt mir einen Schock. Mehr Goron. Das blaue Buch: Ziehe es aus der Aktentasche. Streichle es. Riecht nach Vera, raschelt beim Durchblättern. Tönt wie die schlafende Vera. Mehr Goron.

Vera 16 Uhr

Im Zug nach Leipzig. An der Grenze die üblichen Schikanen. Das Tagebuch, vorne wuschelige Cockerspaniels und hinten weiße Kätzchen, obenauf im Koffer. Dem Beamten gefallen die Hündchen. Eine Handbewegung, na dann.

Ich bin froh, daß mein Tagebuch schon jetzt genügend Zündstoff enthält, um mich zur Feindin der Republik abzustempeln. Auf ein bißchen mehr oder weniger kommt es nicht mehr an. In zwölf Tagen wird niemand mehr ein Sündenregister erstellen können, ausgenommen du, wenn dir Inhalt und Schreiberin mißfallen. So kann ich hemmungslos drauflos schreiben. Mich auf das einstellen, was mich erwartet, wenn ich Anton begegne.

Anton. Hoffentlich wirst du ihm in Leipzig nicht begegnen. Major Anton Krause ist mein Großcousin, mit dem ich den Familiennamen teile. Vera Krause, Anton Krause, abscheulich. Anton war mein Liebhaber, einer meiner ehemaligen Liebhaber, genau gesagt, die Vorzeigeversion, mit der ich mir über die Jahre den Rücken freihielt. Mein Beinaheverlobter, dem ich ungezählte Hörner aufsetzte. Diese Hörner waren wohl der Grund, weshalb die Stasi gerade Major Krause beauftragte, mich als Inoffizielle Mitarbeiterin anzuwerben. Er kennt die anderen Männer und weiß, über welche unschätzbaren Informationen ich durch meine Affären verfüge. Verfügte, wie du weißt. Was auch heute noch gilt: Ich betreue Patienten aus DDR-kritischen Kreisen, die offen reden, weil sie meine Verschwiegenheit schätzen. Ich bin im Klinikum beliebt und gelte als vertrauenswürdig. Das sind für die Stasi wertvolle Eigenschaften. Als Anton mir einen Heiratsantrag machte, geschah das nicht nur aus Berechnung. Er hat mich – wenn ein Stasi-Major solcher Gefühle überhaupt fähig ist – geliebt, zumindest begehrt, und er begehrt mich wohl weiterhin. Anton wollte mich davon überzeugen, daß wir ein ideales Paar wären, Sex und Politik unter einem Dach. Sobald ich zusage, wird er mein Führungsoffizier, und meiner Professur steht nichts mehr im Weg. Und er bekäme endlich zuverlässige Informationen und müßte sich nicht mehr jeden Tag mit Lügen und Halbwahrheiten herumschlagen. Ich müßte nicht einmal meinen Namen ändern. Immer wieder hat er mir gesagt: Die DDR geht den richtigen Weg und der Westen den falschen, den in den Abgrund. Auf dem Weg nach oben gibt es Durststrecken, da müssen die Guten zusammenhalten. Der Westen will uns fertigmachen, und wir wehren uns. Die haben das Geld und wir die Überzeugung. Also sind wir die Stärkeren. Er glaubt an seine Mission. Er ist schlau und ausdauernd. Daß ich ihn nicht geheiratet habe und nicht für die Stasi arbeite, hat ihn nicht gekränkt. Eher sieht er die Sache als Aufgabe. Seit Jahren sucht er beharrlich nach einer Lösung. Wird er eines Tages zum Ziel kommen? Ich höre ihn sagen: Klar. Wie der Sieg des Sozialismus. Alles eine Frage der Zeit.

Als man mich nach Basel schicken wollte, sagte Anton: Ich gebe dir eine Reisegenehmigung. Man kann dir vertrauen. Damals in Passau hast du dich gut gehalten. Und du wirst mir einen Bericht über deine Auslandbeobachtungen in Basel schreiben.

In Passau begann das ganze Unheil, aber ich will jetzt nicht über diese Reise berichten. Ich bringe es nichts übers Herz. Nur so viel: Daß Anton mich nach Basel reisen lassen wollte, weil ich in Passau seinen Wünschen entsprochen hatte, empfand ich als eine Ohrfeige. Einen Bericht über Basel verfassen, Anton in die Hände spielen: Niemals. Der nächste Schritt wäre meine Mitarbeit bei der Stasi. Mir schauderte bei diesem Gedanken.

So verzichtete ich auf die Reise nach Basel, und das Gesundheitsministerium suchte einen Ersatz. Ohne Erfolg, wie es sich herausstellte. Natürlich wären viele Kollegen gerne in die Schweiz gefahren, aber es fehlte ihnen die Fachkenntnis. Was ich damals nicht wußte: Fritz wollte nur mit mir verhandeln und mit keiner anderen Person. Da es um viel Geld ging, um Devisen, landete ich einen Monat später ein zweites Mal bei Anton, der mir die Reisegenehmigung mit einem Auszug aus meiner Kaderakte aushändigte. Ich war wegen staatsfeindlicher Äußerungen denunziert worden, weil ich zwei Nephrologen in Schutz genommen hatte. Die beiden hatten das Pech, einen groben medizinischen Fehler zu entdecken. Für ihre Aufmerksamkeit wurden sie gerügt. In einer Betriebsversammlung kritisierte ich mit scharfen Worten die Rüge. Auch dazu will ich jetzt nichts sagen.

Anton zeigte sich verständnisvoll. Mach dir nichts draus, Vera, sagte er, solche Denunzierungen finden täglich statt. Berufsneid. Unangenehm ist bloß, daß das vor deiner Auslandsreise passiert und ein paar Monate vor dem Ende der Verhandlung der Akovbiantz-Nachfolge. Deshalb ist es jetzt ganz besonders wichtig, daß du dich im Ausland tadellos verhältst. Wenn du dich auf der Reise gut aufführst, werde ich mir nach deiner Rückkehr die Denunzianten vorknöpfen und gegen sie Anzeige erstatten wegen Verleumdung einer unbescholtenen Kollegin.

Um mein tadelloses Verhalten im Ausland zu überprüfen, gab mir Anton einen Termin am Tag nach meiner Rückreise – morgen also. Morgen um acht Uhr. So hat Anton hinten rum erreicht, was er im Direktgang nicht bekam: Ich muß ihm über meine Reise Bericht erstatten.

Ich habe dir von dieser Vorladung nichts gesagt. Hätte ich dich einweihen sollen? Hättest du mir helfen können, den richtigen Ton mit Anton zu finden? Wohl kaum, denn das morgige Gespräch findet auf einem Planeten statt, den du nicht einmal vom Hörensagen kennst. Wie hättest du reagiert? Hättest du auf deine Reise verzichtet? Du hättest wohl erst recht reisen wollen, um mir beizustehen, und alles wäre noch schwieriger geworden. Du würdest dir unnötig Sorgen um mich machen. Du würdest deine Unbefangenheit verlieren, und die werden wir beide noch brauchen. Und Anton ist mein eigenes, höchst persönliches Problem. Bisher bin ich damit über die Runden gekommen, neun Jahre lang, ohne je mit einem Menschen darüber zu sprechen, außer mit Susanne und Akov. Wenn du das liest, David, wirst du vielleicht wütend sein auf die Frau mit dem falschen Stolz, die auch jetzt noch, in ihrer Glückseligkeit, nichts Besseres weiß, als selbst erfundene Mutproben zu bestehen.

Wenigstens spüre ich dein kleines Alphabet in mir, wenn ich mir jetzt überlege, was ich Anton sagen werde.

Als erstes wird er mich nach dem Resultat der Verhandlungen mit Basipharm und Galland fragen, und da beginnen meine Probleme. Soll ich Anton sagen, daß die Cimetidin-Studie noch nicht unter Dach ist? Daß ich nochmals nach Basel fahren muß? Wenn ich es wüßte. Wir haben das nicht ausdiskutiert. Hoffentlich wirst du Fritz bitten, einen Antrag zu stellen, und hoffentlich wird er uns helfen. Bei Anton werde ich eben um den heißen Brei herumreden und versuchen, ihn auf die Galland zu fixieren, wo alles in Ordnung ist.

Wenn ich Anton sage, daß noch was fehlt, wird er unwirsch reagieren. Du hast in drei Tagen nicht fertig gebracht, ein Dokument zu unterschreiben? Erkläre mir mal ganz genau, was noch fehlt. Und wenn tatsächlich noch was fehlt: Die wollen dich nochmals nach Basel bestellen? Was fällt diesen Schweizern ein? Uns Arbeiter durch halb Europa hetzen, bloß um ein Gespräch zu Ende zu führen? Wozu haben wir hier in Leipzig die größte internationale Messe? Wo sollen weitere Gespräche geführt werden, wenn nicht bei uns? Oder ist bei denen was krumm? Muß man ihnen auf den Zahn fühlen?

Ich kenne Anton, ich höre ihn sprechen, ruhig, langsam und in jedem Satz eine Spitze.

Während ich noch an einer Antwort herumkaue, wird mir Anton ein Fax auf den Tisch legen. Lies das mal. Von der Botschaft in Bern ans Ministerium. Du hast im Ausland mit der feindlichen Presse gesprochen, Vera. Hast du eine Erlaubnis eingeholt? Man wird deine Aussagen genau prüfen müssen. Wenn du die Republik in schlechtem Licht darstellst, hast du ein Problem. Sogar wenn alles stimmt, sogar dann: Die Neuen Zürcher Nachrichten sind eines der schlimmsten Hetzblätter – mit denen spricht man nicht, die übergeht man einfach. Du hast dich über unsere Regeln hinweggesetzt.

Was weiß Anton über Herrn dk, der das Interview geführt hat? Und was weiß er über dich, über uns? Früher oder später wird er erfahren, daß ich im Ausland eine Affäre hatte, und zwar mit diesem Herrn dk. Und was dann?

Ja, eine Affäre, du weißt ja, Anton, mein Lebenswandel. Ich höre mich reden, es wird wehtun. Mit meinem Lebenswandel renne ich bei Anton offene Türen ein, aber er wird nachhaken: Wer ist dieser Mann, hat er Kontakte zu Republikflüchtlingen, zu Westdeutschen? Ist er politisch tätig?

Ich werde antworten, daß ich von dk nichts weiß. Nur geschlafen habe ich mit ihm. Anton wird weiter bohren. Deine Bisherigen, Vera, waren Genossen, aber dieser Kern ist ein Klassenfeind. Den zu decken, du weißt, was das bedeutet. Dafür gibt's Gefängnis. Dumm, das alles. Nun muß ich eben die Denunziationen ernst nehmen.

Im Klartext: Ein schwerer Makel bei der Akovbiantz-Nachfolge. Außer: Ich gehe auf Antons Vorschläge ein, damit er einen positiven Eintrag in meine Kaderakte machen kann. Überleg es dir, Vera, wird Anton sagen. Dann wird er mich zur Wohnungstür begleiten. Ach ja, wird er unter der Tür sagen, wenn dir noch was einfällt, meine Liebe, du weißt ja, ich bin immer für dich da. So enden alle unsere Gespräche.

Ein Gedanke geistert schon seit Berlin in meinem Kopf herum: Warum bin ich nicht bei dir geblieben? Heute früh hätte ich einfach sagen können: Ich geh nicht zurück. Hätte ich? Vera, die sich aufdrängt? Vera, die um einen Gefallen bittet? Vera, die eine schwierige Aufgabe – eine scheinbar aussichtslose Mission im feindlichen Ausland – nicht zu Ende führt und abhaut? Das sind Gedanken, die mir erst jetzt, im Nachhinein, in den Sinn kommen. Und das Tagebuch? Du hast mir eine Aufgabe gestellt: Zwei Wochen lang ein Tagebuch führen. Und wenn ich bei dir weitergeschrieben hätte, in deinem Bett, an deinem Schreibtisch?

Ich muß aufhören, Schweiß steht mir auf der Stirn. Draußen ist es winterlich, und hier im Zug herrscht eine lähmende Hitze.

<u>David 19 Uhr</u>

Hätte das Buch früher finden müssen. War da schon am Ende der zweiten Flasche. Goron. Ein schlechter Wein. Sollte mich an gute Weine halten. Trank eben, was da war. Abscheulicher Geschmack, rasch heruntergeschüttet, aus der Flasche. Wenn ich langsam trinke, bleibe ich auch nach drei

Flaschen nüchtern, aber zwei rasche Flaschen löschen mich aus.

Vera 20 Uhr

Ich muß mich fassen. Nicht in Panik geraten. Nichts tun, bevor alles notiert ist. Es tut gut, das Buch zu halten und an dich zu denken. Es gibt keine Telepathie, aber vielleicht spürst du doch, daß deine Vera in Not ist.

Jemand war in meiner Wohnung. Schon beim Aufschließen merke ich, daß etwas nicht stimmt. Heute brauche ich zwei Umdrehungen, um die Verriegelung zu öffnen. Ich schließe jedoch immer mit einer Umdrehung – bei der zweiten klemmt manchmal der Mechanismus. Ich habe nur einen Wohnungsschlüssel. Jemand hat also einen Nachschlüssel benutzt.

Ich stelle meinen Koffer neben der Tür ab und gehe auf Zehenspitzen durch die Zimmer. Jemand hat sich an meinem Schreibtisch zu schaffen gemacht. Das merke ich, denn ich habe vor der Abreise an einem Manuskript gearbeitet und einen Bleistift an die Stelle gelegt, die ich nach der Rückkehr nochmals ansehen wollte. Der Bleistift liegt nicht mehr da, sondern in der Schachtel mit den anderen Stiften.

Schublade um Schublade: Es fehlt nichts. Das bißchen Geld, die paar Schmuckstücke meiner Mutter, alles da. Wurde meine Korrespondenz durchsucht? Wenn ja, dann mit großer Vorsicht. Nichts Eindeutiges wie im Fall des Manuskripts.

Als nächstes die Toilette. Männergeruch. Auf der Brille klebt ein halb eingetrockneter Urintropfen. Seit einem Jahr habe ich keinen Männerbesuch mehr gehabt. Jetzt weiß ich: Gestern oder heute war jemand hier, ziemlich lange, offenbar. Man war nicht in Eile, denn man kannte meine Reisepläne. Und zwischendrin mußte man mal.

Zweiter Rundgang: Wanzensuche. An den üblichen Stellen – in der Sprechmuschel des Telefons, hinter den Deckplatten der Lichtschalter – nichts. Gut möglich, daß ich einige Wanzen übersehe. Unter dem Wandanschluß des Telefons einige Gipskrümel am Boden. Neben dem Gips ein winziges Stück Telefonkabel. Man hat also am Telefonanschluß herumgebastelt. Von jetzt an landet jedes in dieser Wohnung gesprochene Wort in Durchschrift auf Antons Schreibtisch.

Susanne anrufen? Sie wäre sicher bereit, mich gleich zu treffen. Mit einem Anruf, und sei er auch noch so neutral, liefere ich jedoch Anton wertvolles Material. Also kein Telefonat, auch nicht mit Akov. Überhaupt keine privaten Telefongespräche mehr aus dieser Wohnung. Ich werde mit der Straßenbahn zu Akov fahren und unangemeldet bei ihm klingeln – er ist, schätze ich, zu Hause angekommen und brät sich Spiegeleier. Wenn er ausgegangen ist, werde ich vor dem Haus auf ihn warten. Hoffentlich hilft er mir.

Vielleicht wird das mein letzter Eintrag gewesen sein.

David 23 Uhr

Rufe Marina an. Sie nimmt gleich ab: „David! Was verschafft mir die Ehre?"

„Ich wollte bloss mal..."

„Keine Sprüche. Du hast den Zungenschlag. Du hast getrunken."

„Ja und?"

„Du bist wieder mal im Loch. Komm zur Sache. Wir kennen uns lange genug."

„Ich möchte dich sehen, Marina."

„Gut, aber damit das von vornherein klar ist. In dein Dreckloch komme ich nicht. Du kümmerst dich um ein anständiges Hotel, und du bezahlst die Übernachtung."

„Bitte hör mir zu, Marina."

„Ja, ich weiss, immer diese Eile. Ich muss die neue Kollektion vorbereiten. Also Geduld."

„Ich möchte dich in der Stadt sehen, in einem Restaurant."

„Ist was passiert, David? Bist du krank?"

„Ich habe mich verliebt."

„Oh! Mein Gott. Morgen zum Mittagessen?"

Vera 24 Uhr

Bei meiner Ankunft brät Akov Spiegeleier. Er gibt mir eins ab, ich habe ja noch nichts gegessen seit dem Frühstück mit dir und fühle mich elend. Wir gehen nach draußen. Zu unserem Schutz, sagt Akov. Es ist kalt und neblig, ich friere. Den Mantel habe ich in meiner Aufregung zu Hause vergessen. Akov will umkehren und mir eine Jacke holen, aber ich halte ihn zurück. Nein, bleiben Sie, ich muß reden, sofort. Die Wohnung, meine Reise, David, dk, Anton. Falls Akov doch Stasikontakte hat – in diesem Land kann man nicht einmal den eigenen Eltern trauen – bin ich geliefert, aber dieses Risiko gehe ich ein.

Akov hört geduldig zu. Meine Wohnung, das sieht auch er so, ist nicht länger meine Wohnung, sondern eine Schlafzelle. Daß ich keine Wanzen gefunden habe, heißt nichts – die stecken irgendwo. Das Telefon ist auf jeden Fall an eine Abhörzentrale angeschlossen. Akov kennt ähnliche Fälle.

Klar, ich darf dich hier in Leipzig nicht zu mir in die Wohnung einladen. Was aber können wir tun? Akov wird sich etwas einfallen lassen und bittet um Geduld. Und zur Sicherheit ein paar Fragen, Vera, wer ist denn Ihr Freund? Wenn sich Vera Krause verliebt, muß der Glückliche besondere Qualitäten haben. Kann er schweigen? Ist er zuverlässig, gefestigt, zurückhaltend? Wenn ein Journalist aus dem Westen seine Nase in gewisse Dinge steckt, gefährdet er sich und uns.

Natürlich, Akov, er hat alle diese Eigenschaften, ich lege für ihn meine Hand ins Feuer. David ist ein wertvoller Mensch, einer mit Idealen, ihr beide werdet euch gut verstehen. Während ich Akov antworte, denke ich an deine leeren Weinflaschen und die übervollen Aschenbecher, an deine schwer zu zähmende Neugier, an dein heftiges Temperament. Verzeih, David, das ist keine Kritik und schon gar kein Vorwurf. Ich muß mir bloß eingestehen, daß die Dinge, die mir an dir so gefallen, sich in Leipzig als Nachteil erweisen könnten. Und wenn dir ein Scheusal wie Anton aus deinen guten Eigenschaften einen Strick dreht – was dann? Ich bin in einer Zwickmühle: Akov soll nicht an dir zweifeln und zugleich verstehe ich seine Bedenken. Nicht nur ich bin im Visier der Stasi – er ist es auch.

Akov lächelt. Wenn Ihr Freund wie ich Ideale hat, kann er hier Probleme kriegen. Bedenken Sie, Vera: Ein Besucher aus dem Westen, der das System nur vom Hörensagen kennt. Sie haben Erfahrung mit der Stasi und können auf beiden Beinen stehen. Sie müssen auf Ihren David aufpassen.

Akov, ich kann doch nicht Aufpasserin meines Freundes sein. Was fällt Ihnen ein! Das sage ich mit sehr lauter Stimme. Akov legt beschwichtigend einen Arm um mich und einen Zeigefinger auf meinen Mund. Wir sehen aus wie ein Liebespaar. Man weiß nie, flüstert er, wer hinter einem herläuft und zuhört. Manchmal muß man etwas tun, das einem gegen den Strich geht, aber man muß es eben tun, und der Zweck heiligt die Mittel.

Der Satz könnte von Anton stammen. Ich denke an frühere Gespräche mit Akov, etwa über meine Patientin Helga, da hat sich Akov auch so geäußert. Das war schon schlimm genug. Heute aber fällt der Satz in einem Gespräch über die Stasi, der jedes Mittel recht ist, um mich kleinzukriegen. Ich friere, habe mein Zuhause verloren, und mein Mentor sagt mir, daß der Zweck die Mittel heiligt. Reiner Zynismus. Wütend reiße ich mich von ihm los: Da werfe ich diesem maroden Staat eine Million vor die Füße, und zum Dank knallen sie mich ab wie einen tollen Hund.

Akov wirft mir Selbstmitleid vor. Kümmern Sie sich um Ihr eigenes Fortkommen. Ein Schritt nach dem anderen. Und schauen Sie nicht nach links und nicht nach rechts.

Er hat gut reden. Die Stasi ist Weltmeister des Hinterhalts. Wer in diesem Land nicht nach links und nicht nach rechts schaut, marschiert zielgerade in seinen Untergang.

Akovs nächstes Argument geht unter die Gürtellinie. Er wirft mir vor, öffentlich die beiden Nephrologen in Schutz genommen zu haben, Weiler und Lang. Anstatt mich um mein Fortkommen zu kümmern, kämpfe ich für andere. Tun Sie's, Vera, wenn Sie es nicht lassen können, aber nicht jetzt, nicht in dieser kritischen Situation, wo Ihre Berufung ansteht. Und vor der Ankunft Ihres Freundes erst recht nicht. Und vor allem, tun Sie alles, damit Weiler und Lang Ihrem Freund nicht über den Weg laufen. Und sehen Sie sich vor, Ihr Vortrag beim Internistenkongreß kann ins Auge gehen. Verzichten Sie auf jede Provokation. Stapeln Sie tief, auch wenn es Ihnen schwerfällt.

Ich explodiere. Anleitung zur Feigheit. Am Internistenkongreß stelle ich meine Studie vor, nicht mehr und nicht weniger. Mit Weiler habe ich nichts am Hut. Der Mann ist mir schnuppe. Und Frau Lang ist ein Fliegengewicht. Aber ich kann meine Gesinnung nicht aus politischem Kalkül zum Schweigen bringen. Wenn Sie mich schon zur Ja-Sagerin erziehen wollen, Akov, dann seien Sie wenigstens konsequent. Mir werfen Sie vor, Weiler und Lang in Schutz zu nehmen, aber für Susanne gilt das Gegenteil. Sie ist in Ihren Augen eine Heuchlerin, weil sie sich gegen die beiden ausgesprochen hat.

Akov wiederholt zum hundertsten Mal, daß er Susanne nicht über den Weg traut. Ganz bestimmt war es Susanne, die Sie, Vera, bei der Stasi denunziert hat. Wer denn sonst?

Unsinn. Susanne und ich sind seit bald zehn Jahren befreundet und arbeiten Wand an Wand, sie als Kardiologin und ich als Gastroenterologin. Stört es Sie, daß Susanne und ich uns nahestehen? Sind Sie etwa eifersüchtig?

Akov schüttelt den Kopf und fährt mir übers Haar. Sie sind heute aufgebracht, liebe Vera, ich kann das gut verstehen. Ich habe nur einen Wunsch, einen einzigen: Sie sollen meine Nachfolgerin werden, denn Sie haben das Zeug dazu und Susanne hat es nicht. Sie macht keine gute Medizin und ist ein ausgemachtes Luder. Ihre Chancen, Vera, sind ausgezeichnet, aber bitte, vermasseln Sie die nicht.

Auf dem Karl Marx-Platz werden wir von den Scheinwerfern des Gewandhauses angestrahlt und fallen in Schweigen. In der Stille merken wir, daß wir beide vor Kälte zittern und kehren um. In Akovs Wohnung verabschiede ich mich mit einem Kuß auf seine Wange.

Samstag, 30. Oktober 1982

David 1 Uhr

Schwach, ziemlich ausgenüchtert.

Zum Gespräch mit Marina: Wenn Vera das liest, kann sie es nicht verstehen. Sie kennt den Namen von Marina nur aus meinem Leporelloregister. Deshalb ein Nachtrag. Mit Marina ging es von Anfang an um Sex. Andere Menschen machen gemeinsam Sport oder Musik. Wir betrieben Sex. Techniken, Positionen, Nachsorge. Wir schauten Pornofilme an, übten vor dem Bildschirm, lasen Sex-Heftchen. Nach acht Ehejahren gab mir Marina den Laufpass und wurde alleinerziehende – von unseren zwei Kindern heiss geliebte – Mutter. Warum sie mich wegschickte? „Im Bett bist du gut, aber sonst eine Niete. Besser keinen Mann als einen wie dich. Versteh mich richtig: Ich mag dich immer noch, und wenn du was brauchst, ruf an." Praktisch hiess das: Wenn ich ins Loch fiel, telefonierte ich, und das bedeutete: Ich wollte mit ihr ins Bett, und das wiederum hiess: Terminkalender studieren, einen passenden Zeitpunkt finden. Meine Löcher waren verschiedener Art: Herbstdepression, Liebeskummer, Krach in der Redaktion, Geldsorgen. Erst Wein und dann Marina. Sechs Jahre später, nach ihrer zweiten Heirat mit Hugo, ihrem Produktionsleiter, wurde Marinas Bereitschaft, mich „zu sehen", nicht geringer, im Gegenteil.

Vera 1 Uhr

Ich kann nicht einschlafen.

Aus Distanz besehen, hat Akov recht. Du mußt beschützt werden. Ich wehre mich am Ende nicht dagegen, auf dich aufzupassen. Es darf dir nichts zustoßen. Daß ich hier über Weiler und Lang geschrieben habe, war ein Fehler, aber kein schlimmer, denn du wirst bis zu deiner Abreise nicht über ihre Namen stolpern und sie auf keinen Fall zu Gesicht bekommen, dafür werde ich sorgen.

Jetzt werde ich nochmals versuchen, in diesem verwanzten Loch etwas Schlaf zu finden. Hoffentlich hört mich Anton nicht, wenn ich ihn im Traum verwünsche.

David 2 Uhr

Vera ist in meinen Kopf zurückgekehrt. Ich kann mir ihr Gesicht vorstellen, ihre Hände, ihren Körper und vor allem ihren Geruch. Und mich an alles erinnern: Unsere Ankunft, die Nacht, das letzte Frühstück.

Vor meiner Haustüre. Undenkbar, Vera in meinen Schweinestall einzulassen: „Warte im Tea Room auf mich, bis ich oben ausgemistet habe. Eine halbe Stunde, dann hole ich dich ab."

„Deine Wohnung gehört zu dir. Ich möchte den ganzen David kennen."

„Es geht nicht."

„Hast du vergessen, dass du alles mit mir teilen willst?"

„Nein, habe ich nicht. Aber der Schmutz da oben gehört nicht zu mir und nicht zu uns."

Vera küsst mich, und einige Umarmungen weiter, oben in der Wohnung, fällt meine Abwehr in sich zusammen. Ich will mit dem Aufräumen beginnen, aber Vera führt mich zum Bett. Spät am Abend stehen wir auf, leicht und frisch wie nach einer langen Nacht mit viel Schlaf, und Vera schlägt einen Spaziergang durch Zürich vor, eine fremde, mir unbekannte, nach einem Regenguss verhalten glitzernde, nach Vera duftende Stadt. Am Bahnhof finden wir etwas zu Essen, und Vera kauft ein Paket Kerzen. Nach der Rückkehr stellt sie brennende Kerzen ums Bett, und wir folgen den Schatten, die über die Decke tanzen.

Während des Frühstücks sagt Vera: „Heute Nacht hatte ich eine Idee. Du sprichst mit Fritz. Er soll dem Ministerium schreiben, dass in der kurzen Zeit nicht alles geregelt werden konnte. Er muss mich nochmals in Basel sehen. Fritz wird dir diesen Gefallen tun, ganz bestimmt. Von der zweiten Reise kehre ich nicht zurück. So kannst du deine Reise absagen."

„Meine Reise absagen? Kommt nicht in Frage. Ausgeschlossen."

„Und weshalb nicht?"

„Welch eine Frage. Ich will dich wiedersehen, jetzt, nicht später vielleicht einmal."

„Für uns gibt es kein Vielleicht. Wenn sie die zweite Reise ablehnen, kommst du in ein paar Wochen als Tourist nach Leipzig. Und vergiss nicht: Wir haben einen Trumpf in der Hand. Wenn sie mich nicht reisen lassen, kriegen sie kein Geld, und du weisst ja, wie versessen sie auf Devisen sind. Das heisst: Sie werden den Antrag bewilligen, sie müssen."

„Und die Tagebücher kommen ins Gefrierfach?"

„Keine schlechte Idee. Ich weiss schon heute, welches die letzten drei Worte sind, bevor ich mein Buch einfriere."

„Die möchte ich lesen, solange die Tinte noch feucht ist. Ich komme, und wenn es Katzen hagelt."

Wenige Augenblicke später liegen wir uns in den Armen und schlafen zusammen, das letzte Mal, bevor wir aufbrechen müssen.

Im Auto zum Flughafen sprechen wir über unser Wiedersehen im Palasthotel in Berlin. Empfohlen vom Nachtportier im Hotel *Drei Könige*. Er hat dort gearbeitet, bevor er sich in den Westen absetzte. Jedes der tausend Zimmer wird ständig belauscht. Gerade deshalb sollen wir das Hotel als Treffpunkt aussuchen, wir gehen in der Masse unter. Ich werde mich anmelden und dann Vera am Bahnhof abholen. Sie wird auf mein Zimmer kommen, ohne aufzufallen, denn das Hotel wimmelt von Prostituierten, die ungehindert in die Zimmer gehen. Fast alle sind Mitarbeiterinnen der Stasi, entlocken den Einreisenden Devisen und Geheimnisse. Bei den Freischaffenden, wie sie der Nachtportier nannte, drückt man ein Auge zu, wenigstens die ersten zwei, drei Male. Dann werden sie geschnappt und als Inoffizielle Mitarbeiterinnen eingesetzt. Das soll uns nicht kümmern, wir kommen ja nicht zurück. Fünf lange Tage bis zum Wiedersehen. Telefongespräch nur im Notfall; dazu habe ich die Nummern von Akovbiantz und Susanne Klopfer.

Endlich müde.

Vera 9 Uhr

Das Gespräch mit Anton verläuft beinahe so, wie ich es mir gestern ausgedacht habe, ein perfektes Theaterstück mit den von mir ausgedachten Rollen. Bloß der letzte Einsatz Antons fällt aus dem Rahmen: Bist du sicher, Vera, daß du nichts vergessen hast? Ach ja, diese Gedächtnislücken, das passiert mir auch immer wieder. Nun versuche dich mal zu erinnern, und übermorgen treffen wir uns wieder, um 8 Uhr. Und sollte dir in der Zwischenzeit was einfallen, du weißt, ich bin immer für dich da, auch am Wochenende, Tag und Nacht. Ich hab gehört, du hast Bereitschaftsdienst, da kannst du mich auch von der Klinik aus anrufen, und ich komme vorbei.

Danach fahre ich nach Hause und ziehe das Tagebuch aus seinem Versteck, das unentdeckt bleibt, selbst wenn Anton meine Wohnung in Stücke hacken läßt. Ich versuche mir vorzustellen, was Anton weiß. Etwas, womit er mich erpressen will. Wenn ich herausfinde, worum es sich handelt, kann ich eine Verteidigungslinie aufbauen.

Ich muß nicht lange überlegen. Während des Kleiderkaufs hat mich der graue Mann durch das Schaufenster fotografiert. Das war vor drei Tagen und ist eine Ewigkeit her. Später lag ich auf dem blauen Bett, dachte an den Erlkönig und machte den Augenblick ungeschehen. Nun ist das Ungeschehene eben doch geschehen und hat mich eingeholt. Das Bild aus Basel ist nach Leipzig gefaxt worden. Anton wird es am Montag auf den Tisch legen und fragen: Jetzt soach ma scheen, woas de doa jemoacht hast. Abscheulich, diese Sprache. Wenn Anton besonders gemein sein will, walzt er das Sächsische breit aus, und ich, hier aufgewachsen, reagiere allergisch auf den eigenen Dialekt.

Ja, was ich da gemacht habe: Mein Beischläfer wollte mir Geld geben, das nahm ich natürlich nicht an, da hat er mir ein Kleid gekauft, aber das wollte ich auch nicht und gab es ihm zurück, er soll es der nächsten geben. Eine Maskerade in einem teuren Laden. Ein Klassenfeind, ausgerechnet von einer revanchistischen Zeitung, wird kräftig zur Kasse gebeten. Ist das nicht ganz in deinem Sinn, Anton? Der Westen, der sich selbst zugrunde richtet?

Und warum ich das am Samstag nicht erwähnt habe? Weil es eine Nebensächlichkeit ist, mit der ich deine wertvolle Zeit nicht ver-

geuden wollte. Was hast du mir vorzuwerfen, Anton? Laß mich gehen, bitte, ich habe heute in der Klinik viel zu tun.

Nicht schlecht, dieser Monolog.

Wenn du das liest, David, wirst du hoffentlich nicht entsetzt sein über diese Abscheulichkeiten. Du wirst verstehen, daß ich bloß meinen Kopf aus einer Schlinge ziehen will. Da ist mir alles recht. Ist mir wirklich alles recht? Heißt das am Ende, daß der Zweck die Mittel heiligt? Gestern habe ich Akov für diesen Satz fast die Augen ausgekratzt. Und heute? Oh, David, ich weiß nicht mehr, wo mir der Kopf steht.

Auf zum Bereitschaftsdienst.

David 15 Uhr

Ich treffe Marina um 12 Uhr in der Kronenhalle, bei mir gleich um die Ecke. Piekfein. Man speist unter Originalgemälden von Mirò und Chagall. Mir würde es nicht im Traum einfallen, Marina dorthin einzuladen, so sündhaft teuer sind selbst die einfachsten Gerichte.

Marina strahlend blond, teuer gekleidet, umwerfend elegant, schöner denn je: „Mit deiner Liebesgeschichte hast du mir einen Bären aufbinden wollen, David, und das ist dir fast gelungen. Bravo, du bringst mich zum Lachen wie früher, und dafür lade ich dich zum Mittagessen ein."

„Nett von dir, aber ich bin heute ordentlich gut bei Kasse."

Marinas spöttischer Blick. Sie weiss genau, wie viel ich als freier Mitarbeiter bei den Neuen Zürcher Nachrichten verdiene. Seitdem wir uns kennen, war ich noch nie gut bei Kasse, im Gegensatz zu ihr, aber ich lasse mich nicht von oben herab behandeln: „Ein anderes Mal darfst du mich gerne einladen. Heute habe ich dich sehen wollen. Und einen Bären habe ich dir nicht aufgebunden. Es ist mir ernst: Ich habe mich verliebt."

„Komm schon. David Kern verliebt sich nicht. Unmöglich. Ich weiss doch, wovon ich spreche."

„Offenbar nicht."

„Mir kannst du nichts vormachen. Dreh mal den Kopf ein bisschen nach links, so, zeig dich von der Seite."

Es fehlt nicht viel, und sie würde mir in den Mund blicken. Marinas Viehhändlerblick. Heute begnügt sie sich mit dem Kurztest: „Interessant, gesündere Hautfarbe als sonst, kleinere Tränensäcke, und überhaupt. Dafür, dass du gestern im Loch warst, siehst du verdammt gut aus. Jemand hat dir was Gutes getan. Wer ist denn die Glückliche?"

„Eine Ärztin."

„Oh, dann kann sie dich aushalten, bei deinem Hungerlohn."

„Das glaube ich nicht."

„Warum nicht? Hat sie was verbrochen?"

„Nein, aber sie kommt aus dem Osten, aus Leipzig."

„Gnade Gott. Da tust du mir aber leid."

„Warum?"

„Weisst du, wie viel ein Arzt in der DDR verdient?"

„Ja, sehr genau sogar. Kaum mehr als eine Serviertochter. Weit weniger als einen Tausender."

„Na also. Ich wusste gar nicht, dass du unter die Masochisten gegangen bist."

„Ich will kein Geld von ihr."

„David Kern, der kein Geld will, das sind ganz neue Töne. Aber bitte, heute glaube ich dir alles. Beim Sex dagegen kannst du mir nichts vormachen. Ohne guten Sex überlebst du keinen Tag."

„Das stimmt."

„Ich habe mir sagen lassen, dass die ostdeutschen Frauen ihr Tagessoll abvögeln und es dabei nicht so genau nehmen. Wer gerade da ist, darf mal ran, aber dalli dalli, und dann Dusche, Zigarette und Bier."

„Da kann ich dich beruhigen. Ich hatte es noch nie so gut."

„Bei deinen früheren Frauengeschichten tönte es auch so, und am Ende war es dann doch nicht das Wahre. Aber auch das will ich dir glauben, David. Heute glaube ich dir alles.

Das wirkliche Problem ist Ostdeutschland. Eine Polin, eine Russin, das wäre in Ordnung, die haben keine so schlimme Vergangenheit, aber eine aus der DDR, furchtbar. Erst die Nazis und dann Kommunisten von der übelsten Sorte. Kuschen, lügen, heucheln, denunzieren, das ist bei denen das tägliche Brot. Und wenn man abhauen will, wird man abgeknallt. Rausholen wirst du die Dame nie. Und auf so was lässt du dich ein. Du bist doch ein Starjournalist, die Leute hören auf dich. Unglaublich, wie ein kluger Mann so dumm sein kann. Du weisst, ich sag das nicht aus Hass oder Neid."

„Ich weiss."

„Aber jetzt mal Hand aufs Herz. Was willst du von mir?"

„Ich wollte dir sagen, dass ich nach Leipzig reise, zu ihr. Das ist kein Schleck. Da dachte ich: Wegen der Kinder, wenn mir etwas zustösst."

„Donnerwetter, David, dich hat es wirklich erwischt."

Das Essen kommt, Rehrücken. Marina sagt zum Kellner: „Geben sie dem Herrn zuerst. Er braucht's." Nach einer Pause: „Ich bin beeindruckt. Wenn du wieder auf den Boden zurückkommst, will ich dich sehen. Und das Hotel zahle ich. Und wenn du zu mir zurückkehren willst, jederzeit. Sag's mir einfach, und ich zahle Hugo aus."

Ich bitte den Kellner um die Rechnung, und er sagt: „Die Dame hat schon bezahlt." Sie kann es nicht lassen.

Also: „Danke, wie vornehm."

Auf dem Heimweg nachdenklich. Um mich besser zu konzentrieren, putze ich die Wohnung wie nie zuvor. Entsorge die Weinflaschen, auch die vollen. Hab ich mich übernommen? In meine Frauengeschichten bin ich einfach so hineingeschlittert, und dann ging es eine Nacht lang, einen Monat oder auch einmal, mit Marina, acht Jahre. Gekämpft habe ich nie. Beobachten, das ist meine Masche. Um die Welt fahren und beobachten. Dokumente sammeln. Beobachten und Kluges darüber schreiben. Für diese Objektivität werde ich gelobt. Wer die NZN kauft, sucht keine Indoktrination, sondern will Tatsachen. Meinungen fabrizieren kann jeder und braucht keine Tatsachen dafür, im Gegenteil. Und jetzt plötzlich steckt ein anderer in meiner Haut, einer, der kämpft und meine neunmalkluge Ex-Gattin so durcheinander bringt, dass sie ihn zurück will.

Die Verwirrung ist gross. Was in solchen Fällen geholfen hat: Olivias Bar am Ende der Strasse. Zwei Double Malts, den dritten spendiert Olivia, und auf dem Tablett liegt ihr Wohnungsschlüssel. Sie schliesst die Bar um Mitternacht und wohnt gleich nebenan. Olivia ist aus meinem Repertoire gestrichen. Marina auch. Überhaupt ist mein Repertoire sehr kurz geworden. Ein Name, vier Buchstaben, das ist alles.

Schliesslich ist die Wohnung geputzt, durchgelüftet und duftet immer noch nach Vera. Ist es dieser Duft, der mein Hirn zu Treue programmiert? Bei Tieren geht alles über den Duft. Schmetterlingsfreier überqueren ganze Landstriche, um sich mit einer gut duftenden Dame zu verkuppeln. Werde ich Vera vergessen, wenn die Wohnung nicht mehr nach ihr riecht? Wenn es so einfach wäre. Vera ist überall. Um sie loszuwerden, müsste ich mich selbst auslöschen. Genau das habe ich gestern versucht und nicht hingekriegt. Nun muss ich mir etwas anderes einfallen lassen.

Also werde ich mich auf meine Reise vorbereiten und als erstes Sarah Levi anrufen.

David 19 Uhr

Frau Levi ist zunächst abweisend. Ich erkläre ihr, dass ich in vier Tagen nach Leipzig fahre und dringend mit ihr sprechen muss. Nur sie kann mir Ratschläge für meine Reise geben. Ihre Antwort, schneidend kalt: „Jemand, der so ziemlich alles falsch gemacht hat, ist nicht die richtige Person für gute Ratschläge. Zudem bin ich in meiner jetzigen Position nicht frei, um über gewisse Dinge zu sprechen." Ich insistiere charmant. Sie sagt, sie müsse zu einer Besprechung gehen und rufe zurück. Was sie eine Stunde später auch tut – in der Zwischenzeit hat sie bestimmt mit Fritz gesprochen und grünes Licht bekommen. Nun ist sie immer noch kühl, aber höflich. Und schlägt ein Treffen an der Strassenbahnhaltestelle Barfüsserplatz in Basel vor, morgen um 20 Uhr. Diesen Vorschlag nehme ich ohne zu zögern an. Zwar wundere ich mich über den Treffpunkt, verliere aber kein Wort darüber. Wenigstens keine Autobahnbrücke oder ein leeres Fussballstadion.

Vera 21 Uhr

Heutiges Pensum: Zwei Magenblutungen, drei weitere Gastroskopien, eine Dickdarmblutung, ein eingeklemmter Gallenstein. Zudem Supervision auf der Endoskopie, Notfallvisite, Rapport mit Radiologen und Chirurgen. Abstecher in mein Forschungslabor, wo mir ein Doktorand die Resultate seiner heutigen Experimente zeigen will. Ein normales Wochenendprogramm. Ich habe neben dir ein zweites Leben, meinen Beruf. Daß man mir am Tag nach der Rückreise einen Wochenenddienst aufbrummt, statt mich erst einmal Atem schöpfen zu lassen, empfinde ich nicht als Schikane, sondern gehe gerne in den Bunker. Man braucht mich, und ich lasse mich gebrauchen. Mein Kopf, nach Anton in Aufruhr, kommt bei der Arbeit zur Ruhe. Die schlimme Alternative zum Bunker wäre mein Wanzenloch.

In der Kantine stoße ich auf Akov – keine Überraschung, er ist seit Menschengedenken am Wochenende in der Klinik, erledigt Papierkram und geht in die Bibliothek.

Akov ist froh, daß ich nicht mehr so bleich bin wie gestern Abend. Seinem fragenden Blick antworte ich mit Augenzwinkern: Alles unter Kontrolle, das Gespräch heute früh ohne Überraschungen, das nächste in zwei Tagen.

Dann sprechen wir über interessante Fachartikel – wir halten uns gegenseitig auf dem Laufenden. Die medizinische Bibliothek des Klinikums ist gut ausgestattet und abonniert auch amerikanische und englische Zeitschriften. Die paar ostdeutschen, die niemand liest, bekommt sie gebührenfrei. Akov und ich gehören zu den wenigen regelmäßigen Besuchern.

Unweigerlich folgt Akovs Klagelied über seine Mitarbeiter, die nie in die Bibliothek gehen. Akov behauptet, sie seien faul, was nicht stimmt. Sie ertrinken in Arbeit und können kein Englisch, aber der eigentliche Grund für das mangelnde Interesse ist ein anderer. Ich selbst lege oft eine gute Studie frustriert beiseite, weil ich die Resultate mangels Mitteln nicht verwerten kann. Eine gute Studie lesen, heißt: Sich den Speck durch den Mund ziehen lassen. Und wenn es mir einfällt, mit einem Autor aus dem feindlichen Ausland zu korrespondieren, gerate ich bei der Stasi in ein schiefes Licht.

Akov hört dieses Argument nicht gerne. Er glaubt unerschütterlich an die Zukunft der DDR. Aber nur Sie und Anton glauben das, sage ich. Protest von Akov: Ich lasse mir keinen SED-Fanatismus vorwerfen. Ich bin der erste, der zugibt, daß es noch einige Dinge zu verbessern gibt. Auf was es ankommt: Die Richtung stimmt. Ja eben, so ähnlich spricht Anton auch.

Du wirst Akov begegnen – so kannst du dir selbst ein Urteil bilden. Er ist, wie ich bei Fritz sagte, ein guter Mensch. Er glaubt, daß die westliche Medizin auf dem Holzweg ist, weil sie zusammen mit der Industrie immer teurere Behandlungenausheckt und dann ein übertriebenes Bedürfnis für das Neueste und Teuerste weckt. Das ist nicht völlig falsch. Falsch ist Akovs Einseitigkeit – ich könnte auch sagen, sein Fanatismus. Statt zu versuchen, aus unterschiedlichen Systemen das Beste herauszuholen, verteufelt er die Gegenseite. Daß jetzt zwei Schweizer Pharmaunternehmen in unserem Klinikum Studien durchführen, empfindet er als Erniedrigung – akzeptabel bloß als Zwischenstufe auf dem Weg zum Sieg des Sozialismus.

Meinen endoskopischen Techniken begegnete er lange mit Mißtrauen. Erst, als er selbst an einem eingeklemmten Gallenstein litt und ich ihn endoskopisch davon befreite, begann er, mich zu unterstützen, allerdings nur halbherzig. Weiterhin vertritt er eine Medizin der minimalen Mittel. Als junger Privatdozent, vor dreißig Jahren, führte er Laborexperimente durch und legte dabei die Grundlage zu einer Impfung der Schwangeren, mit der die Rhesusunverträglichkeit bei Neugeborenen verhütet wird. Er arbeitete damals mit ein paar Reagenzgläsern, Glaspipetten, einem Bunsenbrenner, einer alten Zentrifuge und einem Gefrierschrank. Wenn jemand auf der Welt behauptet, Forschung koste immer viel Geld, wird Akov aufs Tapet gebracht. So ist er von einem sozialistischen Land zum anderen gereist, ein Wanderprediger der beschränkten Mittel. Das bedeutet für Akov auch, daß die Ärzte an der kurzen Leine gehalten werden müssen. Sie sind Diener des Volkes und sollen gerade so viel verdienen, daß es für ein ordentliches Leben ohne große Sprünge reicht. Wenn sich der weltberühmte Professor Spiegeleier brät, ist das keine narzißtische Macke. Er will ein beispielhaft einfaches Leben führen. Sich Privilegien zuschanzen, die man anderen vorenthält: Im Ministerium üblich, für Akov undenkbar. Ich selbst bin, wie du weißt, dem Luxus nicht abgeneigt, stehe aber eher auf Akovs Seite und brate mir Spiegeleier. Was mir dagegen schwer fällt, ist die Arbeit mit veralteten, defekten Instrumenten. *Auch heute habe ich mich mit Endoskopen herumgeschlagen, die sich kaum steuern lassen, und durch halb-blinde Optiken geblickt.*

Ich sage zu Akov: Wir hatten keinen guten Morgen in der Endoskopie. Bei einem Patienten mußten wir drei Mal das Gerät wechseln, weil jedes Mal die Steuerung klemmte. Der Mann tat mir richtig leid. Und es sind immer wieder die gleichen Endoskope, weil kein Geld für Reparaturen da ist.

Sie machen das prima mit Ihren Mitteln, Vera. Die Alternative wäre die apparative Medizin des Westens. Die führt dazu, daß man sich keine Mühe mehr gibt und sich bloß auf Maschinen verläßt.

Verzeihen Sie, Akov, Ihre Ansicht ist falsch und unethisch.

Das sagen Sie, weil Sie den Grundsatz sozialistischen Medizin immer noch nicht verstanden haben. Die muß Prioritäten setzen. Zugegeben, Sie haben mir vielleicht das Leben gerettet. Aufs Ganze gesehen, ist jedoch ein Impfprogramm wichtiger als eine Gallensteinbehandlung bei einem alten Mann.

Zum hundertsten Mal erkläre ich Akov, daß die Investition in bessere Instrumente die Gesamtkosten der Medizin senkt, aber ich rede an eine Wand. Kosten-Nutzenrechnungen zerstören die Menschlichkeit der Medizin. Und das sagt ausgerechnet ein Mann, der dafür verantwortlich ist, daß mein Patient heute früh drei Endoskope schlucken mußte. Den man kurz vor seiner Pensionierung fast aus dem Amt gejagt hätte, weil seine Impfung gegen die Rhesusunverträglichkeit eine Katastrophe bewirkte. Akov ist unschuldig, das marode System hat die Katastrophe verursacht. Das gleiche System, das Akov keine Reisebewilligung nach Basel erteilte und ihm Fluchtabsichten unterstellte. Ausgerechnet ihm, der in seinem Leben nie, auch nicht in den dunkelsten Stunden, daran dachte, die DDR zu verlassen. Verstehst du jetzt, warum ich manchmal die Nase voll habe und weggehen möchte – in ein Land, wo ich meinen Beruf richtig ausüben kann? Zu dir, in die Schweiz?

Zurück zum kalt gewordenen Kaffee. Akov und ich sind wieder einmal dort angelangt, wo es eigentlich nichts mehr zu sagen gibt, nämlich bei Weiler und Lang. Für die haben wir uns beide viel zu sehr eingesetzt. Jetzt werfen wir uns das gegenseitig vor. Zwei Gute, die sich gegenseitig ihre Güte vorwerfen. Und bis zu deiner Abreise muß ich, so lautet Akovs Auftrag, Weiler und Lang von dir fernhalten, damit du nicht auch noch ein Opfer des Systems wirst. Der helle Wahnsinn.

Vor der Rückkehr zur Arbeit sieht der Übervater mir, seiner Ziehtochter, in die Augen, und ich erwidere seinen Blick. Akov und ich lieben uns innig, träumen beide von einer neuen Medizin, und beide finden wir die Ideen des anderen unsinnig, abartig, Verrat an der Sache.

David 24 Uhr

Leserrunde in der NZN-Bibliothek. Suche Information zu Veras Chef, Juri Akovbiantz. Stichwort: Sozialistische Präventivmedizin. Idee: Alle arbeiten, niemand wird krank. Kostet wenig. Benötigt Rundfunk, Fernsehen, Druckerschwärze, Papier, Spritzen, billige Impfstoffe sowie eine straffe staatliche Kontrolle von Ärzten und Patienten. Hervorragende Statistiken, zum Teil in Veras Interview erwähnt. Mein Eindruck: Tünche, Schmutz unter dem roten Teppich. Werde mich in Leipzig umhören.

Sonntag, 31. Oktober 1982

Vera 19 Uhr

Susanne platzt in meine Visite in der Notaufnahme herein, sie will gleich alles von meiner Reise wissen. Vor einem Krankenbett bombardiert sie mich schon mit Fragen. Um nicht in aller Öffentlichkeit Vertrauliches auszuplaudern, breche ich die Visite ab und verschiebe die Kontrolle der Krankenakten auf später. Das Getuschel der verärgerten Mitarbeiter hinter meinem Rücken ist mir egal, sollen sie doch. Susanne, meine beste Freundin, mit ihr kann ich reden und lachen wie mit sonst niemandem. Seit meiner Abreise aus Zürich habe ich nicht mehr gelacht und leide an Mangelerscheinungen. Ein Blick in den Spiegel bestätigt das: Ringe unter den Augen, sprödes, abstehendes Haar, belegte Zunge. Und ein bitterer, ein sehr bitterer Geschmack im Mund.

Susanne! Sieh dich vor, David. Eine nordische Schönheit, geht an Männer ran, und eh du dich versiehst, hat sie dich. Schade, daß die Zeit nicht gnädig war mit ihr. Zwar ist sie nur sieben Jahre älter als ich, aber die Stürme des Lebens – die wilden Nächte und was alles dazugehört – haben Spuren hinterlassen. Nicht schlimm – nur wenn sie müde ist oder verärgert, hat sie was Verkniffenes. Dann wieder, wie heute, wickelt sie alle um den Finger. Susanne hat das Leichte in mein Leben gebracht. Lächeln, Kichern, Lachen, das kam mit ihr. Vor Susanne war ich viel zu ernst. Als Halbwüchsige lief ich, während die Mitschülerinnen in den Ecken Lippenstifte ausprobierten, mit einem Gedichtband durch die Gegend.

Viele Jahre lang haben wir gemeinsam Männer durch den Kakao gezogen. Wir tauschten Erfahrungen von unseren Eroberungen aus. Wie wir diesen oder jenen gekriegt haben. Liebesbriefe wurden ausführlich kommentiert. Was sich ein gekränkter Gockel alles einfallen läßt, darüber kamen uns die Tränen, weil wir aus dem Lachen nicht herauskamen. Ein unerschöpfliches Thema war Anton – an ihm biß sich Susanne allerdings die Zähne aus. Er wollte nichts von ihr wissen, und Susanne fragte mich immer wieder: Auf was steht denn dieser Blödmann? Ich empfahl ihr Dinge, die ich selbst erfolgreich an ihm ausprobiert hatte, aber nichts davon verfing, wenn Susanne am Werk war. Wir waren Spielerinnen gleicher Stärke, mal sie, mal ich. Als ich vor einem Jahr meine Affären abbrach, wollte mir Susanne erst nicht glauben. Nun hat sich ein neues Gleichgewicht eingestellt. Sie erzählt weiterhin ihre Geschichten, und ich bin Zuhörerin und Ratgeberin. Dabei wird weniger gelacht als früher, und wir haben uns seltener getroffen, in den letzten Monaten gar nicht mehr.

Heute allerdings verschwinden wir schleunigst aus der Notaufnahme, ziehen uns in den am Sonntag verlassenen Sterilisationsraum zurück, setzen uns auf einen Stahltisch und lassen die Beine baumeln. Ich erzähle von den Schweizer Luxusgeschäften, den mit nagelneuen Autos verstopften Straßen und der überbordenden Werbung. Susanne hört mit mäßigem Interesse zu. Sie will bloß wissen, wie die Schweizer Männer sind und vor allem, ob ich einen im Bett hatte. Eine heikle Frage. Von dir will ich nichts erzählen. So übergehe ich ihre Frage, aber sie läßt nicht locker: Tu nicht so harmlos, ganz bestimmt hast du denen schöne Augen gemacht, und wie haben die reagiert, diese Bürgersöhne, komm schon.

Da rutscht es mir heraus: Ich habe mich verliebt.

Und das soll ich glauben? Du verschaukelst mich! Unmöglich! Nestbeschmutzerin! Verrat! Susanne springt vom Tisch auf: Ich muß dich verhören. Für jede falsche Antwort zehn Peitschenhiebe. Erste Frage: Marke der Uhr, der Unterhose, des Aftershaves.

Keine Ahnung. Ich hatte besseres zu tun, als auf Marken zu achten. Aber bitte, meine Liebe, du sollst deine Antwort kriegen. Ich erfinde Details. Susanne kennt alle Marken und Preise. Der Mann verwendet billiges Zeug, das spricht gegen ihn.

Zweite Frage: Wie viel Geld hat er?

Schluß mit diesem dummen Spiel, Susanne. Ich habe mit ihm nicht über Geld gesprochen. Er hat sich für mich in Unkosten gestürzt, aber nicht, um mich zu kaufen.

Susanne reagiert ungläubig, geradezu bestürzt: Mit einem Klassenfeind im Bett, ohne daß man sein Bankkonto kennt, bist du übergeschnappt? Ist er denn wenigstens im Bett was wert? Kann ich ihn mal ausprobieren?

Um diese peinliche Diskussion in eine andere Bahn zu lenken, flunkere ich was von Familienbetrieb. Eine Schokoladenfabrik. Der Mann hat sie zusammen mit seinen Geschwistern geerbt. Gut, besser als nichts, wenigstens ist er nicht mittellos. Dann laß uns mal planen. Du wirst ein Ferienhaus haben, in Saint-Tropez, und ich komme zu Besuch. Der Gatte bleibt in seiner Fabrik, und wir lassen es uns gut gehen. Auf der Terrasse Champagner – und Männer, viele Männer wie in der guten alten Zeit.

Schon während des Gesprächs habe ich Akovs Warnung im Ohr. Ich kann kaum erwarten, in meine Wohnung zu kommen, zum Buch, zu dir. Meine Beichte: Ich glaubte, ich sei verschwiegen wie ein Grab. Nun habe ich den Vorsatz gebrochen und über dich gesprochen. Eine Frau weiß über uns Bescheid, die Akov für ein ausgemachtes Luder hält. Und für eine Stasi-Informantin.

Bitte glaube mir, Susanne ist zuverlässig. In all den Jahren gab es nicht den geringsten Anlaß für Zweifel. Nie hat sie eines unserer Geheimnisse verraten. Ja, sie selbst hat ein paar Geheimnisse, auch vor mir. Einer ihrer Männer, dessen Namen sie mir verschweigt, arbeitet in einem Ministerium. Ist das schlimm? Vielleicht war es ein Glück, daß ich den Vorsatz gebrochen habe. So wirst du nicht plötzlich aus dem Nichts auftauchen.

David 24 Uhr

Tramhaltestelle Barfüsserplatz. Ich treffe auf die Minute genau ein. Strömender Regen. Sarah Levi wartet unter ihrem Regenschirm und raucht.

Ich frage: „Wohin gehen wir?"

„Geradeaus."

„Ich kenne ein nettes Lokal neben dem Bahnhof, die Bar im Hotel Euler. Ruhig und gut zum Reden."

„Nein danke. Ich gehe lieber."

„Bei dem Regen?"

„Ich habe ja einen Schirm dabei. Also, gehen wir."

„Und warum nicht sitzen?"

„Ach, wissen Sie, eine alte Gewohnheit. Beim Gehen hört uns bestimmt keiner zu."

„Oh, ich verstehe. Damals in der DDR. Aber hier in der Schweiz?"

„Meinen Sie? Aber kommen wir zur Sache. Sie wollten mit mir über Ihre Reise nach Leipzig sprechen."

„Ja. Ich fahre zum Internistenkongress und will etwas über die Medizin in der DDR herausfinden. Wie mache ich das am besten?"

„Sie fahren hin und setzen sich in die Vorträge."

„Die Vorträge, das interessiert meine Leser weniger. Die möchten, dass ich den Ärzten den Puls fühle, gewissermassen."

„Haben Sie eine Einladung zum Kongress, eine offizielle Einladung?"

„Nein, habe ich nicht."

„Dann verschaffen Sie sich eine."

„Und wie?"

„Sie kennen doch Frau Dr. Krause. Ihr Vorgesetzter, Professor Akovbiantz, gehört zum Organisationskomitee."

„Ich möchte Frau Dr. Krause lieber nicht kontaktieren."

„Und warum nicht?"

„Frau Dr. Krause und ich haben, wie Sie wissen, eine persönliche Beziehung."

„Ja und? Frau Dr. Krause hat ihnen auch ein Interview gegeben. Daran hat sie Ihre persönliche Beziehung nicht gehindert."

„Das alles ist ein bisschen heikel. Frau Dr. Krause und ich haben uns erst jetzt kennengelernt, nach dem Interview. Jedenfalls würde ich sie da lieber nicht hineinziehen."

„Da ist es das Vernünftigste, dass Sie nicht zum Kongress fahren. Es gibt unverfänglichere Gelegenheiten für ein Wiedersehen."

„Stimmt, das wäre das Vernünftigste. Aber ich bin unvernünftig und möchte Frau Dr. Krause wiedersehen. Rasch."

„Erstaunlich, dass Sie so unüberlegt handeln, Herr Kern. Ich lese Ihre Beiträge in den NZN, die sind immer klar durchdacht. Warum fahren Sie nicht einfach als Tourist in eine Stadt, in der zufällig ein medizinischer Kongress stattfindet? Warum diese komplizierte Geschichte, die Sie sich da ausgedacht haben?"

„Sie bringen die Sache auf den Punkt. Ich habe bisher ein unstetes Leben geführt. Nicht im Beruf, versteht sich, da bin ich solide. Aber die Frauen. Die kamen und gingen, und oft gab es mehrere zugleich. Und jetzt, mit Frau Dr. Krause, da ist etwas passiert, ich hätte Lust, mit ihr zu leben. Verstehen Sie?"

„Nein, ganz und gar nicht. Sie bringen alles durcheinander. Und ich möchte nicht, dass Sie ihr Liebesleben vor mir ausbreiten. Das ehrt mich zwar, aber es ist nicht unser Thema. Und wissen Sie denn, ob Sie mir vertrauen können? Sind Sie sicher, dass ich keine Stasi-Informantin bin? Abgesehen davon eigne ich mich nicht für Ratschläge bei Herzensfragen, auf diesem Gebiet versage ich. Ich dachte, sie wollten den politischen Aspekt Ihrer Reise mit mir besprechen, oder nicht?"

„Dann muss ich sie jetzt ganz blauäugig fragen: Wenn Frau Dr. Krause und ich heiraten würden, könnte sie dann in die Schweiz ziehen?"

„Wie kann ein in Ostfragen bewanderter Journalist eine solche Frage stellen! Sie kennen die Antwort besser als ich. Frau Dr. Krause hätte in diesem Fall nur Probleme."

„Verzeihen Sie, Frau Levi. Dann eine andere Frage: Wie wäre es, wenn ich gegenüber der DDR verständnisvoll wäre und günstige Reportagen über die dortigen Zustände schreiben würde? Könnte ich dadurch unsere Aussichten verbessern?"

„Um Gottes Willen! Wenn Sie das machen, werden Sie von denen drüben ausgenützt, und die hier machen Ihnen den Garaus. Wie kommen Sie bloss dazu, derartige Gedanken in Ihrem Kopf zu wälzen? Eigentlich geht mich das nichts an, aber Sie sind ein Freund von Herrn Mach, und da bin ich offen zu Ihnen."

„Dafür bin ich Ihnen dankbar."

„Wie ich schon sagte, Sie sind ein guter Journalist, Herr Kern. Sie sind unbestechlich. Und jetzt wollen Sie plötzlich wegen einer Liebesgeschichte alles über den Haufen werfen. Ich habe schon vor wenigen Tagen gedacht, als ich Ihr Interview mit Frau Dr. Krause las: Was ist in diesen Mann gefahren, dass der einfach notiert, was ihm eine ostdeutsche Ärztin vorkaut? Ist ja nicht weiter schlimm. Einmal darf sich jeder irren. Beim zweiten Mal geht es ins Auge, da ist Ihr Ruf hin. Ich muss ihnen ja nicht sagen, dass im Westen die Ideologen ebenso auf Linientreue achten wie die Ideologen drüben."

„Wie meinen Sie das?"

„Sie provozieren mich zu einem Geständnis, Herr Kern. Damals, als ich gerade eine Stelle am Literaturinstitut in Leipzig bekommen hatte, warf ich hochrangigen Genossen vor, die sozialistische Idee zu verraten. Als sie mich mundtot machten, wollte ich weg. Ich war damals mit einem Künstler namens Vogt verlobt, einem Maler. Lass uns abhauen, sagte ich, aber er wollte nicht. Ich bleibe, und wenn die bei mir die Schrauben anziehen, ziehe ich einfach den Kopf ein. Er nannte mich ein blindes Huhn, und wir trennten uns. Ich liebte ihn, aber die Liebe! Wissen Sie, was Liebe ist? Ein Politikum, das grösste Politikum von allen. Und als ich nach dem Knast hier im Westen ankam mit all meinen Idealen und Hoffnungen auf einen Neuanfang, glauben Sie, dass man mich mit offenen Armen empfangen hat? Keine Spur davon. Für die hiesigen Ideologen bin ich eine von drüben, weil ich nicht auf die Westideologie eingeschwenkt bin. Für die Linke bin ich zu absolut und für die Bürgerlichen eine Kommunistin. Und für die drüben bin ich eine Verräterin geblieben. Hoffnungslos. Völlig isoliert. Nehmen Sie mich als abschreckendes Beispiel. Sie können sich nicht zwischen den Linien durchschlängeln. Versuchen Sie es erst gar nicht, es kann nur schiefgehen."

„Sie machen sich Sorgen um mich. Danke. Ich werde aufpassen. Nur keine Tragödie. Nochmals zur Frage, wie ich zu einer offizielle Einladung komme."

„Ich muss Sie zu meinen Feinden schicken, zu denen, die mir das Leben hier zur Hölle machen."

„Bitte fahren Sie fort."

„Gut. Wenn Sie wollen. Morgen verhandelt Herr Mach mit dem Handelsvertreter der DDR in der Schweiz, Benke heisst er. Vizebotschafter. Es geht um Devisenzahlungen. Anschliessend kommt dieser Benke zu Herrn Mach zum Abendessen. Mach soll Sie auch zum Essen einladen, und so können Sie Benke Ihr Anliegen vorbringen, sozusagen über den Esstisch. Männersache. Benke soll Ihnen ein Empfehlungsschreiben mitgeben mit dem Briefkopf der DDR-Botschaft. Das sieht nett aus, und drüben glauben sie an Stempel, Briefköpfe und Formulare. Wenn Herr Mach ein bisschen nachhilft, wird Benke das machen, denn er will ja was von Mach, und ein Brief kostet ihn nichts. Aber sehen Sie sich vor, Benke ist ein gerissener Hund."

„Danke, Frau Levi, Sie haben mir unglaublich geholfen. Noch eine letzte Frage. Haben Sie den Philosophen Pinchas Levi gekannt? Den Mitbegründer der DDR?"

„Mein Vater."

Levis letzter Satz: „Sie und ich haben nicht miteinander gesprochen."

Vera 24 Uhr

Um 20 Uhr, kurz nach der Ankunft in meinem Wanzenloch, klingelt das Telefon. Die Klinik, denke ich, noch ein Notfall. Es ist Susanne. Heute Nachmittag habe ich vergessen, dir was zu sagen, Vera. Vorgestern haben wir im Klinikum Besuch gekriegt. Die Stasi. Sie haben unsere Büros durchsucht, auch deins.

Ich hab was auf dem Herd, eine Sekunde.

Durch diesen Trick gebe ich mir eine Minute, kann durchatmen und überlegen, was ich tun soll. Zu dumm, ich hätte Susanne am Nachmittag sagen sollen, daß die Stasi in meiner Wohnung war. Jetzt weiß sie nicht, daß mein Telefon abgehört wird. Sie darf mir am Telefon auf keinen Fall über Einzelheiten berichten, und ich darf ihr nicht sagen, daß sie sich in Acht nehmen muß.

Ich lasse Besteck und Bücher auf den Boden fallen, öffne den Wasserhahn und nehme dann den Hörer wieder in die Hand: Mist, das Zeug ist angebrannt. Ich habe nichts mehr zu Hause und gehe zurück ins Klinikum, in die Kantine. Sonst ist ja am Sonntagabend alles geschlossen. Komm dorthin, bis gleich.

Während ich den Mantel anziehe, klingelt das Telefon nochmals. Bestimmt wieder Susanne, die sich über meine Reaktion wundert. Ich nehme nicht ab. Sie soll sich selbst einen Reim drauf machen.

Geschlagene eineinhalb Stunden später trifft Susanne in meinem Büro ein – sie hat zu Hause warten müssen, bis ihre Besucher weggingen. Nicht weiter schlimm. Ich habe inzwischen nicht daumendrehend gewartet, sondern Probleme auf der Notaufnahme geregelt. Im Park hinter dem Klinikum erzähle ich Susanne, was in meiner Wohnung vorgefallen ist. Dann höre ich mir die Beschreibung der Stasiaktion an. Ein Großaufmarsch, sieben Mann. Einen ganzen Vormittag lang durfte Susanne ihr Büro nicht betreten. Man verbot ihr sogar, ein paar Patientenakten, die sie für die Visite brauchte, von ihrem Schreibtisch zu holen. Sie drohte, sich im Ministerium zu beschweren, aber das half ihr nicht. Auch mein Büro wurde durchsucht, und zu Akov gingen sie. Bei Weiler blieben sie am längsten.

Die Durchsuchung hat natürlich Weiler gegolten, sagt Susanne. Der Kerl bringt das ganze Klinikum in Verruf und hätte schon längst rausgeworfen werden müssen, und du nimmst ihn immer noch in Schutz. Mir ist das Ganze egal. Wahrscheinlich haben sie gar nichts gesucht, sondern nur die Räume verwanzt. Dann sollen sie mal, diese Rindviecher.

In meinem Büro habe ich gestern nichts von einer Durchsuchung gemerkt. Das spricht für Susannes Vermutung, daß sie nur Wanzen angebracht haben. Man kann bei mir auch nichts finden. Meine Versuchsdaten und die Kontakte mit ausländischen Forschern speichere ich auf dem Rechner, und in den kommt die Stasi nicht rein. Ich sollte mir also keine Sorgen machen. Und doch. Die Stasi inszeniert einen öffentlichen Großaufmarsch in der Klinik, am hellichten Tag, wo es doch in jeder Nacht Möglichkeiten zu diskretem Arbeiten gibt. Wollen sie uns Angst einjagen? Uns warnen? Uns sagen: Macht in Zukunft einen großen Bogen um Weiler? Oder ist das Getöse in der Klinik ein Ablenkungsmanöver von der diskreten Arbeit in meiner Wohnung? Möglich, aber ich bin ein kleiner Fisch. Ein Aufwand mit sieben Leuten lohnt sich nur, wenn sie glauben, daß ich eine gefährliche Spionin bin. Nicht sehr wahrscheinlich. Aber man weiß nie bei denen.

Etwas an Susannes Auftritt mißfällt mir. Ich habe noch nie einen solchen Anruf von ihr gekriegt. Es gibt ungeschriebene Regeln darüber, was man am Telefon sagt und was nicht. Der Besuch der Stasi in unserer Klinik gehört zu den Dingen, die man nicht sagt, es sei denn, die Sache ist dringlich. Und das war sie gestern Abend nicht. Nicht mehr. Wenn Susanne mich wirklich hätte warnen wollen, hätte sie vorgestern telefonieren müssen, gleich nach meiner Ankunft in Leipzig, aber diese Gelegenheit hat sie verpaßt, und nachher kam es nicht mehr drauf an. War der Anruf eine Falle, ein Versuch, mich zum Sprechen zu bringen? Arbeitet Susanne für die Stasi? Gesetzt den Fall, daß die Stasi enttäuscht war, weil sie bei mir in der Wohnung nicht auf ihre Kosten kam und in der Klinik auch nicht: Hoffte man da, ich werde meine Geheimnisse an Telefon ausplaudern? Ist Susanne erst so spät ins Klinikum gekommen, weil sie noch die Stasi kontaktieren mußte? Die gaben Susanne Instruktionen für das Gespräch mit mir. Sagen Sie der Krause, daß Sie sich durch unsere Arbeit belästigt fühlten, so fällt jeder Verdacht von Ihnen ab. Und hauen Sie dem Weiler eins rein. Wenn die Krause den fallen läßt, steht Akovbiantz isoliert da.

Ist das plausibel? Nein. Susanne würde so was nie tun. Mich aus der Notfallaufnahme für eine Tratschrunde wegholen: Das ist Susanne. So muß ich auch den Anruf verstehen. Unberechenbar, spontan, impulsiv.

Ein Mensch hätte mich rechtzeitig warnen sollen, nämlich Akov. Vorgestern Abend, als ich bei ihm war, hätte er sagen sollen: Passen Sie auf, wenn Sie morgen früh in Ihr Büro gehen, schauen Sie, ob was fehlt, und kontrollieren Sie den Rechner. Aber er sagte kein Wort. Steckt er mit der Stasi unter einer Decke? Erpressen die ihn: Halt's Maul, sonst knallt's? Akov, mein geliebter Akov. Nein, der nicht. Er wollte mich bloß schonen. Ich war außer mir, und so dachte er: Wenn ich ihr auch das noch aufbürde, schnappt sie über. Noch so ein Aufpasser.

Vorsicht, sonst brennen bei mir die Sicherungen durch. Ich habe zwei Menschen hier in Leipzig, denen ich vertraue, und jetzt stehen beide unter Verdacht. So geht es nicht. Ich darf die beiden nicht verdächtigen, auch wenn es mir schwerfällt. Löschtaste. Akov und Susanne sind beide reingewaschen.

Warum bringt mich das dermaßen aus dem Gleichgewicht? Weil ich mich verliebt habe. Nach Wladimir ließ ich keine Gefühle mehr zu. Jetzt sind sie wieder aufgetaucht und machen mich verletzlich. Die Dinge gehen mir unter die Haut. Zu Wladimirs Zeiten zeigte mir meine bibelkundige Mutter einen Brief des Apostels Paulus über die Liebe. Ich wollte nicht mit frommen Sprüchen abgespeist werden und lief weg, aber die Sätze habe ich noch im Ohr, diesen Lobgesang der Liebe. Sie ist gütig, sie sucht nicht ihren Vorteil, sie läßt sich nicht reizen, sie freut sich nicht über das Unrecht und so weiter, seitenlang. Paulus, dieser verdammte Hypokrit. Jetzt habe ich die Liebe im Verdacht, mich zu schwächen. David! Wenn du mir über die Schulter sehen könntest! Mir sagen, daß ich mich irre.

Montag 1. November 1982

David 9 Uhr

Rufe Fritz zu Hause an. Er ist am Weggehen. Frau Levi hat ihm schon gesagt, dass ich Benke treffen will. Kein Problem.

19 Uhr.

Ich frage Fritz: „Wird dein Telefon abgehört?"

„Sehr unwahrscheinlich. Ich habe Sicherungen einbauen lassen, die werden ständig kontrolliert. Und deins?"

„Ich bin ein kleiner Fisch."

„Ein Journalist mit Ostkontakten ist kein kleiner Fisch. Um was geht es?"

„Sag Benke, dass Vera nochmals nach Basel kommen muss."

„Stop. Rufe mich aus einer Telefonkabine an."

Fortsetzung in der Kabine: „Wenn Vera das nächste Mal nach Basel kommt, kann ich sie heiraten. Du musst nur sagen, dass es weitere Fragen zu klären gibt, und zwar vor Ort, in Basel."

„Klar. Die Idee stammt von Frau Levi."

„Nein."

„Sie hat sie mir heute früh unterbreitet."

„Mir hat sie davon kein Wort gesagt. Vera hat mir das gesteckt."

„Schau, schau. Zwei kluge Geister. Jetzt wirst du nicht nach Leipzig fahren."

„Doch."

„Du spinnst."

„Kannst du denn nicht verstehen, dass ich Vera sehen muss?"

„Du bist 49-jährig, nicht 17."

„Und du reagierst wie ein Zittergreis."

„Ich hoffe bloss, dass der Zittergreis für dich nicht auf die Barrikaden steigen muss."

<u>Vera 13 Uhr</u>

Ich wollte für dich günstige Nachrichten ins Tagebuch schreiben. Vor dem Treffen mit Anton heute früh war ich guter Dinge. Nun ist das Gespräch schlecht verlaufen. Ich will, entgegen meiner Überzeugung, alles genau notieren, zum Nachlesen vor der nächsten Vorladung. Verzeih mir also, daß ich dir ein Gesprächsprotokoll vorsetze, mit dem du nicht viel anfangen kannst.

Wohnung eines Herrn Schmidt. Hier empfängt mich Anton seit Jahren. Begrüßung nach Plan.

Dann legt Anton die Gästeliste des Hotels Drei Könige auf den Tisch und zeigt auf den Eintrag „Kern, David, Herr und Frau" mit den Daten der An- und Abreise: Du hast dich als Frau Kern ausgegeben. Zeig mir mal deine Dokumente. Bist du mit einem gefälschten Paß gereist?

Ich lege meinen Reisepaß auf den Tisch: Gefälschte Dokumente, Anton, das ist eine üble Unterstellung. Mein Reisepaß ist vollkommen in Ordnung.

Ich sehe Anton an, was er denkt. Matt in drei Zügen. Er sagt: Eine Vera Krause schreibt sich in einem Luxushotel als Frau Kern ein. Erkläre mir mal, wie das geht.

Abwandlung meiner Armanigeschichte: Wenn ich mehr als zwei Tage lang keinen Sex habe, leide ich an Mangelerscheinungen. Das weißt du genau. Deshalb schlief ich in Basel mit einem Journalisten. Er nahm mich ins Hotel Drei Könige mit.

Das interessiert mich nicht. Schlaf mit wem du willst. Du hast eine falsche Identität benutzt.

Anton mag meine Stimme, das hat er mir einmal gesagt, und solange ich spreche, läßt er mich in Ruhe. Also spreche ich so lange wie möglich: Mein lieber Anton, in der Schweiz muß nur der Mann seinen Paß zeigen, wenn er mit einer Frau ins Hotel geht. Mich hat niemand nach einem Dokument gefragt, nicht einmal nach meinem Namen. Sonst hätte ich meinen DDR-Paß gezeigt, keine Frage, ich hatte ihn schon in der Hand. Was sollte ich denn verbergen? Der Mann und ich wollten miteinander ins Bett, und wir hatten es eilig. Das war auch dem Kerl am Empfang klar, und er winkte uns einfach durch.

Matt in zwei Zügen. Anton sagt: Du willst mich verschaukeln. Du bist unter falscher Identität in dieses Hotel gegangen, um mit Herrn Kern die Republik zu schädigen. Ich weiß genau, wie lange ein Geschlechtsakt mit dir dauert, fünfzehn, dreißig Minuten, eine Stunde maximal. Du warst aber 48 Stunden mit diesem Herrn Kern auf dem Zimmer, mit ein paar kurzen Unterbrechungen. Kern ist ein Klassenfeind. Wir wissen alles über ihn. Was hast du mit ihm getrieben?

Flucht nach vorn: Gevögelt habe ich mit ihm. Der Mann ist eine Wucht.

Stille. Entsetzlich, was ich da sage, aber wirksam. Anton schluckt, Sieg nach Punkten, dann schlägt er zurück, schachmatt: „Ich glaube dir kein Wort, Vera. Selbst wenn es stimmen würde, hast du dich strafbar gemacht. Für falsche Identität im feindlichen Ausland kriegst du fünf Jahre und Berufsverbot lebenslang. Es gibt eine einzige Möglichkeit, wie du das vermeiden kannst: Du arbeitest in Zukunft mit mir zusammen. Wir besiegeln das mit Handschlag und Ehrenwort. Alles andere, die Form der Zusammenarbeit, wollen wir später in Ruhe besprechen.

Anton hält mir seine Hand hin, die ich natürlich nicht ergreife: Dann lieber ins Gefängnis. Wenn man unschuldige Menschen verurteilt, habe ich hier nichts mehr zu suchen. In einer Zelle habe ich wenigstens meine Ruhe.

Bist du wirklich so verbohrt, daß du dein Leben aufs Spiel setzen willst?

Ich bin bereit, die Richtigkeit meiner Aussagen zu bezeugen. Deine Spione in der Schweiz können dir hoffentlich nicht nur Gästelisten liefern, sondern auch die Gepflogenheiten der Hotels bei der Registrierung von Gästen erklären. Wenn du mich auch nur einer einzigen Lüge überführst, arbeite ich für dich und gebe dir mein Ehrenwort. Sonst nicht.

Dann muß ich deinen Fall einem Gericht übergeben.

Ich bin unschuldig und habe von Richtern nichts zu befürchten.

Du irrst, liebe Vera, das weißt du so gut wie ich. Aber laß mich bei einem Richter anfragen, wie hoch deine Strafe ausfallen wird. Ich melde mich dann wieder.

Übliche Abschiedsfloskel: Wenn dir noch etwas einfällt, und so weiter. Ich ertrage das nicht.

Nach dem Gespräch gehe ich ins Klinikum und versuche zu endoskopieren. Dabei ein Anfall von Brechreiz – ich kann die Untersuchung nur mit Mühe zu Ende führen und muß mich übergeben. Die Assistentin, die an meiner Stelle das Programm weiterführt, schaut mir spöttisch nach: Da ham Se sich driem was uffgeläsn? Da wärn Se ma bessor nich riebergemacht! Schadenfreude – im feindlichen Ausland infiziert man sich und wird krank. Die Assistentin liegt nicht so falsch. Ich leide tatsächlich an einer Infektion, habe mich aber hier in Leipzig infiziert, und der bösartige Keim heißt Anton.

Ich verlasse die Klinik, fahre ins Wanzenloch, lege mich aufs Bett. Der Brechreiz ebbt beim Schreiben ab. Wenigstens habe ich mich heute nicht verkauft, aber das ist das einzig Positive. Ich fürchte, daß Anton recht hat. Ein Gericht würde mich verurteilen. Zwar habe ich keine gefälschten Dokumente benutzt und keine falschen Angaben gemacht, aber im feindlichen Ausland grobfahrlässig gehandelt. Keine fünf Jahre, sondern Strafe mit Bewährung. Und Ende meiner beruflichen Laufbahn.

Das wiederum wäre für Anton schlecht – ich bin für ihn nur als berufstätige Ärztin interessant. Anton hat es in der Hand, mich zu zerstören, aber er will mich als Informantin an einem großen Klinikum benutzen, vielleicht sogar als Spionin mit Auslandkontakten. Er möchte mich nicht an ein Gericht verlieren, das sein künftiges Werkzeug zugrunde richtet. Wenn er behauptet, daß er Zeit braucht, dann bestimmt nicht für ein Gespräch mit dem Richter. Wenn ein Stasimajor juristische Auskunft will, kriegt er die in ein paar Minuten. Anton wartet wahrscheinlich auf mehr Informationen aus der Schweiz, damit er noch mehr Druck auf mich ausüben kann – es kommt also darauf an, wie engmaschig ich dort überwacht worden bin. Hat mich jemand beim Schreiben der Tagebücher beobachtet? Hat jemand gesehen, daß ich bei Fritz zu Hause war? Wissen sie, daß ich Sarah Levi traf? Natürlich wird Anton auch das Kleid und das Interview gegen mich vorbringen. Diese Informationen hat er längst. Er wartet nur auf einen günstigen Augenblick.

Ich verstehe jetzt die Anspielung von Frau Levi vor ein paar Tagen – daß man im Ausland auf Einzelheiten achten muß. Frau Levi wußte, daß ich einen Fehler gemacht hatte, einen kleinen Fehler mit großen Auswirkungen. Ich vermute mal, dass sie ihr Wissen über meinen Fehler gegen Informationen über den Osthandel verschacherte. Nach dem Gespräch mit Frau Levi hätte ich im Hotel verlangen sollen, daß man die Gästeliste korrigiert. Verpaßt, denn ich wußte ja von nichts.

Jetzt, nachdem alles notiert ist, gehe ich zurück an die Arbeit. Das ist die bessere Option als die Wohnung, in der Anton jeden meiner Atemzüge mithört.

David 17 Uhr

NZN-Bibliothek. Heutiges Thema: Blutspenden. In der DDR Mangel an Blutkonserven. Hilfeappelle. Damit die Genossen nicht verbluten, spenden wir kapitalistisches Westblut. Zugleich riesige Blutspendenaktionen in den sozialistischen Betrieben, nahezu obligatorisch. Wohin fliesst denn dieses Ostblut?

Vera 21 Uhr

Der Rest des Tages verläuft ohne größere Zwischenfälle. Immer wieder Schübe von Brechreiz. Kann aber mein Programm hinter mich bringen. Schreibe jetzt wieder im Liegen ins Tagebuch. Habe ja seit dem Blauen Zimmer Übung, auch wenn inzwischen schon tausend Jahre vergangen sind.

Im Flur neben der Endoskopie begegne ich Weiler. Er hat mich gesucht, will mit mir sprechen. Das trifft sich gut, denn ich muß ja als deine Aufpasserin dafür sorgen, daß du Weiler nicht begegnest. Gute Gelegenheit, meine Absicht zu verwirklichen. Ich schlage einen Kaffee in der Kantine vor. Unser Kantinenkaffee ist bekannt als der schlechteste der Republik. Schlechter als der schlechteste Kaffee während der Kaffeekrise. Niemand geht in die Kantine, um

Kaffee zu trinken. Die Tassen sind am Ende der Kaffeepause so voll wie zu Beginn. Der Kaffee ist bloß Vorwand für vertrauliche Gespräche. Das wissen auch die Denunzianten. Wer außerhalb der Essenszeiten länger als eine Viertelstunde vor einer Kaffeetasse sitzt, ist suspekt. Also maximal fünfzehn Minuten. Das sage ich Weiler gleich bei der Ankunft. Zwar weiß er es nur allzu gut, aber sicher ist sicher, er soll sich gefälligst kurz fassen. Mir genügt eine Denunzierung, eine zweite wegen Verdacht auf Konspiration will ich vermeiden, und außerdem muß ich am Nachmittag alle Untersuchungen nachholen, die ich am Morgen nicht durchführen konnte.

Weiler bedankt sich dafür, daß ich mich für ihn einsetze. Nicht der Rede wert, Heinz. Aufmerksamkeit und Wahrheitsliebe sind Tugenden, die man belohnen soll, nicht bestrafen. Weiler, das spüre ich, würde lieber hören, daß ich für ihn persönlich, für Herrn Dr. Weiler, eintrete, aber diesen Gefallen kann ich ihm nicht tun. Er ist ein netter Kerl, aber langatmig, rechthaberisch und nicht der hellste. Für ihn persönlich würde ich nicht auf die Barrikaden steigen.

So wiederhole ich genau die Worte, die ich in der Betriebsversammlung verwendet habe: Aufmerksamkeit und Wahrheitsliebe. Weiler erwähnt den Stasibesuch vom letzten Freitag. Man hat bei ihm Papiere beschlagnahmt, wissenschaftliche Resultate und Krankenakten. Wie soll er jetzt arbeiten? Sehr einfach, er soll lernen, wie man einen Rechner bedient. Bis jetzt bin ich die einzige, die damit arbeitet, aber er steht allen zur Verfügung. Auf dem Rechner sind seine Resultate und Akten sicher, denn die Stasi ist zu blöd, um drauf zuzugreifen. Sie kann den Rechner kaputtschlagen, aber das wird sie nicht wagen, und für alle Fälle kann Weiler seine Informationen auf Floppy Disks abspeichern und bei sich zu Hause in eine alte Pfanne legen, da sind sie gut aufgehoben. Er darf nur keine Suppe damit kochen.

Ich weiß, mein Rat hat einen Haken: Man muß viel arbeiten, Monate, Jahre, bis man sich mit dem Rechner auskennt, und ein solches Selbststudium ist nichts für den guten Weiler. Er will zu seinem Recht kommen. Wenn er bloß jemanden von der ausländischen Presse kennen würde, sagt Weiler, der könnte ihn rehabilitieren.

Von daher also weht der Wind. Sehr gefährlich. Eigenartiger Zufall, daß er mich zwei Tage vor deiner Ankunft auf die ausländi-

sche Presse anspricht. Alles, nur das nicht. Ich muß zur Knarre greifen und Weiler einen Blattschuß verpassen. Also sage ich, daß er sich die Westpresse aus dem Kopf schlagen soll. Wenn sich die einschaltet, ist er der Leidtragende. Sie würde ihn nicht rehabilitieren, sondern fertig machen. Diese Leute arbeiten nicht für Wahrheit und Gerechtigkeit. Erst kaufen sie ihm die Geschichte ab – die gehört dann der Zeitung und wird so manipuliert, daß sie die Leser aufputscht. Je saftiger, desto besser. Dann wird der Held ans Messer geliefert. Wenn Blut fließt, kriegt die Zeitung noch mehr Leser. Das will Heinz Weiler doch vermeiden. Er hat seine Pflicht und Schuldigkeit getan und auf einen schweren Fehler hingewiesen, und jetzt soll er schauen, wie er selbst über die Runden kommt. Langsam, ein Schritt nach dem anderen. Nicht nach links schauen und nicht nach rechts. Die heiße Phase aussitzen. Nach der Abkühlung wird er automatisch seinen Posten wiederkriegen. Wenn er aber die Westpresse hineinzieht, bringt er nicht nur sich zu Fall, sondern alle, die zu ihm stehen. Dann tritt überhaupt niemand mehr für ihn ein, und er endet im Fleischwolf.

Weiler verabschiedet sich geknickt. Er hat vom Gespräch etwas anderes erwartet, aber das wagt er mir nicht zu sagen. Ich sehe ihm mit rabenschwarzem Gewissen nach, wie er im dunkeln Flur verschwindet. Armer Kerl, das wird für ihn schlecht enden. Aber als deine Aufpasserin habe ich gute Arbeit geleistet. Er wird sich unterstehen, dich anzuquatschen.

Gegen Abend steckt Susanne den Kopf in mein Büro. Du siehst nicht gut aus, Vera, ganz blaß, was ist los? Ich zeige in die Ecke, wo ich Wanzen vermute, und wir verdrücken uns in die Gänge. Welch eine Erleichterung, Susanne zu sehen – gestern Abend muß ich den Verstand verloren haben, als ich sie verdächtigte, mit der Stasi zu kollaborieren. Ich erzähle vom Gespräch mit Anton, und Susanne überzieht ihn mit Beschimpfungen aus der untersten Schublade. Einige sind zu komisch. Wenn der Mistkerl vor mir noch einmal die Hosen runterläßt und sein Pensum abvögeln will, reiße ich ihm den Schwanz aus. So kriegen unsere Urologen einen Notfall und haben Arbeit bis zur Morgenvisite. Du behandelst den viel zu anständig. Vergiß für ein paar Minuten deine guten Manieren und tritt ihm unterm Tisch zwischen die Beine. Wenn du es lieber mit Worten machst, sag ihm, was du von seinem Schwanz hältst, den er allein nicht hochkriegt. Ich weiß noch, damals, was du alles anstellen mußtest. Sag's ihm, und er wird dich in Ruhe lassen. *Du machst dir viel zu viel Sorgen. Sollen sie dich doch abhören. Hast du Geheimnisse? Nicht daß ich wüßte. Also, Schluß mit diesem Theater!*

Susannes Sprüche tun ihre Wirkung, bis ich zu Hause ankomme. Dann holt mich die graue Wirklichkeit wieder ein. Meine Freundin meint es gut, aber ich darf ihren Rat nicht für bare Münze nehmen. Hoffentlich erzählt sie nicht weiter, was ich ihr über Anton erzählt habe. Ich muß wirklich vorsichtiger sein. Die Schlinge zieht sich zu: Mit jeder Bewegung legt sie sich enger um den Hals.

Auf dem Rückflug schrieb ich: Bis zu unserem Wiedersehen verschließe ich meine Gefühle in mir. Ich, die Vestalin unseres Liebestempels. Daß ich nicht lache. Wenn ich im Flugzeug etwas realistischer gewesen wäre, hätte ich vielleicht das Schlimmste verhüten können. Aber ich war romantisch und dumm. Deshalb ist unsere Beziehung ins Offene gezerrt worden. Damit man sie nicht zertritt, muss ich zu abscheulichen Methoden greifen. Ich heuchle, lüge, leugne. Jeden Tag muss ich mir etwas Neues einfallen lassen, eine neue Widerlichkeit. Täte ich es nicht, wäre das Spiel zu Ende.

Vielleicht hat das Schlimme auch sein Gutes. Ich hoffe es. Beim ersten Eintrag schrieb ich von einer Vera, die noch nicht gelebt hat. Seitdem taumelt die neue Vera in rasendem Tempo von einer Metamorphosen zur nächsten. Ich hoffe, ich schaffe es bis zu dem Augenblick, wo ich die Flügel ausbreiten und wegfliegen kann.

Wegfliegen – ja, aber wohin? Und vor allem: Weg von wo? Weg von nirgendwo, wie mir scheint. Ich bin eine Staatenlose. Vor Jahren hat mir Susanne eine Platte von Wolf Biermann vorgespielt. Die erste Strophe seines Hölderlin-Lieds: In diesem Lande leben wir wie Fremdlinge im eigenen Haus. Genauso ergeht es mir. Als Leipzigerin auf eine Reise gegangen und als Fremde zurückgekommen. Ich merke es an Kleinigkeiten: Wie unwirsch ich auf das Sächsische von Anton und meiner Assistentin reagiere. Nicht meine Sprache, nicht mehr meine Sprache. Wenn ich weggehe, werde ich nicht sehnsüchtig auf die verlorene Heimat zurückblicken, denn ich lasse keine zurück. Wenn sie mich lassen, wenn sie mich ausspucken, ohne mir die Knochen zu brechen, werde ich gehen. Wohin?

NORDSTERN

Die Nacht ist grau-verhangen,
Mein Mond nicht aufgegangen.
Wohin des Wegs? Ich weiß
Es nicht. Dreh mich im Kreis

Bis hin zum Morgengrau'n.
Kann ich am Tag mich trau'n
zu geh'n? Steh still. Hier geht kein
Mensch. Ein jeder steht. Allein.

Mein Traum: ich seh der Sterne
Bogen. Einer, hoch gelegen,
Weist mir den ersten Schritt. Zwar seh
Ich keinen Weg, und doch – ich geh
Für immer dir entgegen
Und grüß dich aus der Ferne.

<u>David 23 Uhr</u>

Esse wieder am Tisch, wo ich vor wenigen Tagen neben Vera sass. Ihr Parfum hängt noch im Raum. Heute sitzt mir Willi Benke gegenüber. Schwammig, schwer, riecht ungewaschen. Laut, vulgär, bauernschlau, blitzschnell im Zuschlagen.

Fritz stellt mich vor: Mein Milchbruder, gemeinsam aufgewachsen, Journalist, aber nicht beruflich da, sondern als Freund.

Veuve Cliquot, Salzgebäck: Gespräch über Tennis. Fritz spielt Tennis. Willi ist ein passionierter Tennisspieler. Komische Vorstellung, aber wer weiss, vielleicht war er einmal schlank und rank. Was er immer noch kann: Über Tennis reden.

Russischer Kaviar, Wodka: Man diskutiert Tennisausrüstungen. Auf diesem Gebiet, so Benke, ist die DDR Weltspitze. Fritz hört höflich zu.

Gänseleber und Château Yquem: Der Westen will die DDR mit unlauteren Mitteln vom Markt drängen. Wenn es mit rechten Dingen zuginge, müssten die DDR-Produkte dank ihrer Spitzenqualität marktführend sein. Filet Wellington, Château Talbot: Die Lautstärke nimmt zu. Fritz lässt die Gläser wechseln und schenkt einen Château Pétrus 1975 ein, einen Jahrhundertwein. Benke gibt ein Referat über die der Pomerolweine das Jahrgangs 1975, und ich frage mich, wo er seine Kenntnisse erworben hat. Der servierte Wein kostet, soweit ich weiss, über tausend Franken. Wie komme ich meiner Einladung nach Leipzig?

Profiteroles, Kaffee und Cognac: Benkes Gesicht gedunsen und bis in den Stiernacken rot. Auch Fritz angetrunken. Das Gespräch gerät aus dem Ruder. Anlass ist ein Tennisspiel. Vor ein paar Monaten hat eine junge Münchnerin, Sylvia Hanika, ein unbeschriebenes Blatt, ihren erdrückenden Rückstand aufgeholt und die tschechische Favoritin Mandralikova besiegt. Sogar die NZN widmeten dem Match eine Seite.

„Sie wissen ja, Herr Mach (nicht mehr Fritz!), die Mandralikova hat sich zwei Tage vor dem Match den Fuss verstaucht."

„Warum hat sie sich dann nicht krank gemeldet?"

„Das Turnier war in New York. Die Kerle dort drüben zwangen sie zu spielen. Hätten ihr am liebsten noch eine zerbrochene Flasche vor die Füsse geworfen. Ich bitte Sie, das ist doch kein Sport. Das ist Westhetze."

„Ich verstehe Ihren Ärger, und für die Zukunft hätten wir eine Lösung anzubieten."

„Und die wäre?"

„Sie verabreichen Ihren Sportlern Turbinabol. Geeignet für kurze Leistungssteigerungen. Ihre kleine Sprinterin, diese Marita Koch, kam damit zu Olympiagold. Aber nach ein, zwei Stunden lässt die Wirkung nach. Deshalb sackte die Mandralikova zusammen, und das Münchner Flittchen konnte aufholen. Wir haben ein neues Testosteron mit dreifach längerer Wirkung, das Testosportan. Eine Weiterentwicklung von Turbinabol. Keine Wirkung auf die Geschlechtsorgane. Unbedenklich für Frauen. Das wär doch was."

„Turbinabol? Was ist denn das? Nie gehört. Westpropaganda."

„Verzeihen Sie, Willi. Ich meine, in einem Jahresbericht der Jenapharm hätte ich was darüber gelesen."

„Und wer hat Ihnen den Bericht zugespielt? Eine gewisse Person aus Ihrer Firma, eine Straftäterin, und die hat sich das aus den Fingern gesogen. Aber ich werde es sofort nachprüfen lassen, und wenn in Jena solches Zeug geschrieben wird, wird man denen auf die Finger klopfen."

„Ganz bestimmt werden Sie diese Abweichler eliminieren."

„Darauf können Sie sich verlassen. Ich muss mich allerdings fragen: Was wollen diese Nestbeschmutzer? Wo jeder weiss, dass wir die besten Medikamente produzieren und die beste medizinische Versorgung haben."

An dieser Stelle denke ich: Jetzt oder nie. Er gibt mir den Einsatz, und ich kann an seine beste medizinische Versorgung anknüpfen: „Ich habe eine Bitte, Herr Botschafter."

„Ich höre."

„In drei Tagen beginnt in Leipzig der Internistenkongress. Da möchte ich hin."

„ Guter Plan. Schöne Reise, lieber Herr Kern."

„Wenn Sie mich unterstützen könnten?"

„Ja gerne. Wie denn?"

„Ich bräuchte ein Empfehlungsschreiben."

„Das Sie von den Tagungsgebühren befreit?"

„Nein, damit ich Interviews führen kann."

„Die DDR legt grossen Wert auf freie Meinungsäusserung. Gehen Sie einfach hin und sprechen Sie mit wem Sie wollen."

„Manche Ihrer Genossen glauben vielleicht, dass ich ihre Ansichten entstelle. Wenn Sie schreiben könnten, dass das nicht meine Absicht ist."

„Das kann ich nicht. Die kapitalistische Presse lebt von Lügen und Entstellungen. Und ausgerechnet Sie wollen die löbliche Ausnahme sein?"

„Ich kann Ihnen einen Text zeigen, in dem ich die Medizin der DDR positiv darstelle. Hier, bitte."

„Lassen Sie nur. Ich wollte bloss sehen, ob Sie so reden wie sie schreiben. Ich habe vorgestern Ihr Interview mit der Ärztin aus Leipzig gelesen, zufällig. Meist habe ich besseres zu tun, als mich mit dem Schweizer Pressefilz abzumühen. Aber zugegeben, nicht der übliche Sensationsjournalismus. Also einverstanden. Kommen Sie morgen Abend in die Botschaft in Bern, da liegt das Schreiben für Sie bereit. Ein Visum haben Sie sich natürlich besorgt."

„Nein, leider nicht, Herr Botschafter."

„Aber wenigstens einen Antrag auf Einreise gestellt."

„Auch nicht."

„Donnerwetter, Herr Kern. Für einen Schweizer ganz schön nachlässig."

„Ich werde das morgen früh nachholen."

„Bis zum Bescheid dauert es sechs Wochen."

„Dann fällt mein Plan ins Wasser. Schade."

„Nicht unbedingt. Der Botschafter kann Sondergenehmigungen erteilen, wenn der Antragssteller verspricht, sich bei uns gewissenhaft aufzuführen. Sie wissen, was das heisst, nicht wahr?"

„Natürlich. Und so stelle ich den Antrag auf eine Sondergenehmigung."

„Bewilligt. Bringen Sie morgen Ihren Pass mit."

Auf der Rückfahrt nach Zürich beunruhigt. Muss aufpassen, keinen Unfall zu bauen. Was wurde nach meiner Abfahrt besprochen?

<u>David 24 Uhr</u>

Telefonat von Fritz. Ich soll von einer Telefonkabine zurückzurufen.

Nach meiner Abfahrt hat Benke Fritz angegriffen. Mit der Erwähnung von Turbinabol vor einem Westjournalisten hat Herr Mach die Zusammenarbeit der Basipharm mit der DDR in Frage gestellt. Man wird diesen Journalisten im Auge behalten und hofft in seinem Interesse, dass er in der NZN keine Lügen verbreitet. Vorderhand müssen die finanziellen Vereinbarungen zwischen der DDR und Basipharm neu überdacht werden. Er, Benke, wartet auf Vorschläge. Und um künftige Fehlinformationen zu vermeiden, schlägt die DDR-Botschaft der Basipharm einen ausgewiesenen Ostexperten vor, der die zurzeit tätige Person, diese abgeurteilte Straftäterin, ersetzen wird.

Dienstag, 2. November 1982

David 2 Uhr

Nochmals Fritz. Mit Hosen über dem Schlafanzug in die Telefonkabine. Ich werde dort Dauergast. Fritz: Ich soll von seinem negativen Beispiel lernen. Er war beim Essen spontan, ein grober Fehler. Die Leute aus dem Osten sind anders gewickelt als wir. Bei denen löst eine Fliege eine Lawine aus, deshalb nie spontan handeln. Benke hat die kleine Indiskretion mit dem Turbinabol aufgebauscht, um Geld in die eigene Tasche zu leiten. Es ist nicht in Benkes Interesse, das Geschäft auf Dauer zu blockieren, denn sonst kriegt er gar nichts. Und es hat sich auch schon einer von drüben gemeldet. Sie wollen vorwärts machen, weil sie Devisen brauchen. Die Sache wird die Basipharm eine Stange Geld kosten und zu Verzögerungen führen, aber am Ende kommt alles in Ordnung. Frau Levi bleibt natürlich in der Basipharm, und kein DDR-Spion von Benkes Gnaden wird einen Fuss in die Firma setzen.

Ich höre brav zu, mit mässigem Interesse, und stelle die einzige wichtige Frage: „Und Vera?"

Natürlich, Vera. Fritz hat Benke die Sache mit Vera gesteckt. Benkes Kommentar: Das trifft sich gut. Wir müssen sowieso alles neu überdenken.

Gute oder schlechte Nachricht? Wie lange kann sich Benke zieren, in der Hoffnung, dass die Bestechungssumme weiter ansteigt? Und würde, wenn Benke direkt mit Fritz verhandelt, Vera überhaupt noch in Basel gebraucht? Oder würde sie erst recht gebraucht, um das Medizinische zu regeln? Nichts als Unsicherheiten. So fühle ich mich bestärkt mit meinem Reiseprojekt.

David 3 Uhr

Die Turbinabol-Geschichte wäre ein Knüller. Und mein Renommee in der NZN wieder blütenweiss. Noch vor der Reise hätte ich die DDR am Haken. Aber ich verpasse mir einen Maulkorb. Zu meinem Schutz, wie Benke sagt. Zum Schutz von Vera. Kein Wort über Turbinabol. Schade.

David 14 Uhr

Gespräch mit meinem Chefredaktor Adrian von Steiger. Netter Kerl, wir verstehen uns gut. Seine Redaktionssitzungen laufen ab wie Uhrwerke. Pünktlicher Beginn, pünktliches Ende, ruhiger Ton, zur Sache. Er schätzt meine Professionalität. Als ich vor drei Jahren wegen des Alkohols meine Stellung als Wissenschaftsredaktor aufgab und zum freien Mitarbeiter wurde, war er loyal: „Das ist eine vorübergehende Sache. Sobald du bereit bist, werde ich dich wieder fest anstellen." Vor einem halben Jahr sagte ich ihm, in ein paar Monaten sei ich bereit. Wenn ich an das Loch vor vier Tagen denke, eine zu positive Einschätzung. Aber von Steiger vertraut mir.

Trotz dieses guten Drahts erwarte ich, dass er mich wegen des Interviews kritisiert, und so habe ich mir Entschuldigungen zurechtgelegt. Nach dem gestrigen Abend bin ich beunruhigt. Benke würde ich alles zutrauen, auch eine Verleumdung in meiner Redaktion.

Das Gespräch verläuft völlig anders als erwartet.

„Hereinspaziert, hereinspaziert, David. Ich wollte dir nur gratulieren. Sehr klug, wie du das eingefädelt hast."

Da ich schweige, fährt von Steiger fort: „Ich meine die Sache mit dem Interview. Das Gespräch mit dieser Krause. Eine Rekordzahl von Leserzuschriften. Neun von zehn kritisch, zum Teil empört. Die NZN machen Ostpropaganda. Die leichtgläubigen NZN: wer verdient daran? Die NZN verkaufen uns an Honecker. Und so weiter. Da dachte ich mir: David Kern führt etwas im Schilde, und heute früh habe ich verstanden. Da, dieses Fax von der DDR-Botschaft."

Von Steiger hält mir die Seite hin: „Ihr Mitarbeiter, Herr Dr. David Kern, hat mit dem Unterzeichnenden über seine Absicht gesprochen, am Internistenkongress in Leipzig Kongressbesucher zu befragen. Wir begrüßen diesen Plan und sind gerne bereit, die Schirmherrschaft zu übernehmen. Herr Kern kann das von ihm angeforderte Dokument heute um 18 Uhr auf unserer Botschaft entgegennehmen.
Gez. Benke, Vizebotschafter und Handelsbeauftragter der DDR."

Ich bin sprachlos.

Von Steiger: „Du hast sie also eingewickelt, sie sind dir auf den Leim gegangen. Du hast ein Bauernopfer gemacht und kassierst die Dame ab, gewissermassen. Ganz toll, ich selbst wäre nie auf die Idee gekommen."

Ich murmle was von Dank und Vertrauen.

Von Steiger : „Und jetzt fühle ihnen auf den Zahn und suche die Leichen im Keller. Aber sei vorsichtig, mit denen ist nicht zu spassen. Das letzte Mal haben sie bei der Ausreise alle meine Filme ruiniert. Es wäre mir fast lieber, du würdest dich nicht auf diese Geschichte einlassen, aber jetzt hast du dich entschieden, also toi toi toi."

Ich stottere mich aus dem Büro heraus und empfange unter der Tür einen warmen Händedruck. Seither überlege ich mir, was „Schirmherrschaft" bedeutet.

Von Steigers Rat wegen der Kamera: ich werde sie zu Hause lassen. Zwar bin ich ein passionierter Fotograf, aber schreiben genügt.

Vera 22 Uhr

Ich komme entmutigt aus der Lebersprechstunde, quäle mich den ganzen Abend herum, koche mir eine Suppe und lasse sie kalt werden. Jetzt halte ich es nicht mehr aus und notiere, was ich nicht notieren wollte. Aber was soll's. Du wirst es am Tag deiner Abreise lesen, wie alles andere, das nicht für den ankommenden David bestimmt ist. So erfülle ich Akovs Auftrag, passe auf dich auf und schenke dir doch klaren Wein ein.

Die letzte Patientin der Sprechstunde ist Helga, ehemals Assistentin in meinem Forschungslabor. Erkrankte an Gelbsucht vor drei Jahren, im fünften Schwangerschaftsmonat. Ihr Sohn Juri kam gesund auf die Welt, Helga aber erholte sich nicht. Vor einem Jahr verschlechterte sich ihr Zustand. Ich stellte eine schwere Leberschrumpfung fest. Von da an wußte ich: Helga mußte eine neue Leber bekommen, sonst würde sie sterben. Ich schickte sie in die Charité, und für die war Helga eine ideale Kandidatin für eine Lebertransplantation. Sie kam oben auf die Warteliste. Kurz darauf schrieb mir das Ministerium, Helga sei von der Liste gestrichen worden, zur gfl. Kenntnisnahme. Keine Begründung.

Heute schleppt sich Helga mit Mühe zu mir ins Sprechzimmer, ihr Gesicht gelb wie eine Zitrone, der Bauch prallvoll mit Wasser. Ich will Helga sofort einliefern. Sie lehnt ab – sie weiß, daß sie sterben muß, aber zu Hause, nicht in der Klinik. Sie bedankt sich für meine gute Behandlung und geht. Ich werde sie wohl nie mehr sehen.

Ich behandle viele Schwerkranke. Bei manchen kann ich bloß den Tod hinauszögern. Das ist mein Alltag. Helgas Fall ist so furchtbar, weil sie wegen einer politischen Fehlentscheidung erkrankt ist und sterben muß, damit das Ministerium diese Fehlentscheidung vertuscht kann.

Helga hat einen mit Gelbsuchterregern verseuchten Impfstoff erhalten. Ich weiß, wie es dazu kam, denn der Hersteller des Impfstoffs ist Christian Schuber, ein guter Freund, ehemaliger Leiter unserer Blutbank, und er hat mir alles gebeichtet. Schuber entwickelte unter Akovs Anleitung aus menschlichem Plasma den Impfstoff, der Schwangeren verabreicht wird und die Neugeborenen vor der Rhesusunverträglichkeit schützt. Da die sozialistische Medizin ganz auf Vorbeugung beruht, wurde Schuber zu einem Vorzeigeobjekt. Vor ein paar Jahren gab es jedoch Engpässe bei der Impfstoffherstellung, und Schuber bekam den Druck des Gesundheitsministeriums zu spüren. Mehr Impfstoff, sonst werde man ihn bloßstellen. Die Drohung bezog sich auf Schubers Alkoholproblem, von dem nur wenige Eingeweihte wußten – ich gehörte dazu. Schuber begann für die Stasi zu arbeiten und hoffte, dadurch werde der Druck nachlassen. Natürlich geschah das Gegenteil. Nun hatte man ihn in der Hand und verlangte die Produktionssteigerung sofort. Ich mußte mit ansehen, wie die Stasi einen empfindsamen, gebildeten Menschen vernichtete. Zu meinem Erstaunen lieferte er nur wenige Monate später wieder genügend Impfstoff. Die Welt schien im Lot. Akov sagte: Im Sozialismus kann man die Produktion steigern, ohne mehr Leute einzustellen und ohne mehr Apparate zu kaufen – es genügt, den Fehlbaren ein bißchen auf die Finger zu klopfen. Ein Jahr später häuften sich bei jungen Frauen Erkrankungen von Gelbsucht, und es gab die ersten Todesfälle. Akov war alarmiert und fand die Ursache: Schubers Impfstoff enthielt Gelbsuchtviren. Um die Produktion zu steigern, hatte Schuber heimlich die Sicherheitskontrollen gelockert. So war verseuchtes Plasma in den Impfstoff gelangt.

Schuber verschwand über Nacht aus dem Klinikum. Damit war die Sache jedoch nicht zu Ende. Der Zorn des Ministeriums richtete sich nun gegen Akov. Der war an allem schuld, denn der verseuchte Impfstoff kam aus seiner Klinik. Akov hätte Schubers Fehler rechtzeitig erkennen müssen. Stattdessen lobte er Schuber: Bestimmt steckte er mit Schuber unter einer Decke. Als sich Akov auch noch für Weiler und Lang, zwei weitere Übeltäter, einsetzte, wurde er zum Rücktritt aufgefordert. Am Ende ließ das Ministerium Milde walten. Akov durfte im Amt bleiben und bekam eine zweijährige Bewährungsfrist. Allerdings wird er in den Ruhestand treten, noch bevor die abgelaufen ist. Er kann sich also gar nicht mehr bewähren.

In einer Betriebsversammlung erteilte uns ein Vertreter des Ministeriums Redeverbot, um, wie es hieß, die Bevölkerung nicht zu verunsichern. Die jungen Frauen mit Gelbsucht dürfen nicht erfahren, wie sie sich angesteckt haben. An der Sitzung nahmen zwei ranghohe Offiziere der Stasi teil. Sie schwiegen beharrlich, aber daß sie da waren, war ein Fingerzeig. Wer nicht dicht hält, muß mit dem Schlimmsten rechnen. Schluß.

Doch eine Patientin fand die Wahrheit heraus: Helga. Sie hatte in Schubers Laboratorium alles mitbekommen. Sie schrieb erst an Akov und dann und ans Ministerium, beschwerte sich und wurde zurechtgewiesen, weil sie, wie es hieß, staatsfeindliche Hetze betreibe. Von der Warteliste wurde sie gestrichen. Ein Ministerialbeamter sagte Akov, daß sich Helga bei gutem Verhalten wieder eintragen lassen könnte. Helga schwieg und schrieb keine Briefe mehr, wurde aber nicht mehr auf die Warteliste gesetzt.

Warum nicht? Ich kann mir vorstellen, was man im Ministerium denkt: Besser, sie stirbt in einer stillen Ecke, als daß sie mit einer neuen Leber in der Gegend herumstolziert und Geschichten erzählt. Auf keinen Fall zurück auf die Warteliste.

Ich kann den Fall nicht auf sich beruhen lassen. Gleich nach Helgas Abschied schreibe ich Briefe, beantrage Helgas sofortige Wiederaufnahme auf die Warteliste und schlage eine Behandlung im Ausland vor, falls „die Kapazitäten in der DDR ausgeschöpft sind". In der BRD würde man Helga mit Kußhand operieren, aber ich weiß: Niemals wird man sie reisen lassen. Wenn sie dort erfahren, weshalb Helga erkrankte, ergehen sie sich in Boykotthetze gegen uns und versperren den Weg zur sozialistischen Medizin.

Das sind nicht die Worte des Ministeriums. Akov hat das gesagt. Er ist Pate von Helgas zweijährigem Sohn, der Juri heißt wie sein Patenonkel. Helga verehrt Akov, weil er die Ursache ihrer Erkrankung entdeckt hat, Akov liebt Helga, nicht nur platonisch, wie mir Helga einmal gestand, und derselbe Akov läßt Helga über die Klippe springen.

Akov ist zu Unrecht bestraft und erniedrigt worden, man hat ihn zum Sündenbock für den Impfskandal und die ganze verfehlte Gesundheitspolitik gemacht. Deshalb stehe ich zu ihm. Sein Verhalten im Fall von Helga ist jedoch unmenschlich. Helgas Fall ist für ihn persönlich eine Tragödie, aber der Weg des Sozialismus hat Vorrang vor dem Einzelschicksal, und Opfer sind eben unvermeidlich. Ich halte dagegen, daß niemand einen Menschen für eine bessere Zukunft opfern darf. Und wer es, wie die DDR, ungestraft macht, wird es immer wieder machen. Der Mord wird zu einer schlechten Gewohnheit.

Du kannst dir vorstellen, wie die Fetzen flogen, als Akov und ich über Helga sprachen, und es grenzt an ein Wunder, daß unsere Beziehung dabei nicht in die Brüche ging.

So kommt es, daß ich am Abend vor deiner Ankunft nicht in süßen Erwartungen schwelge, sondern ein Verbrechen notiere, über das ich morgen mit dir nicht sprechen möchte. Du darfst während deines Aufenthalts in Leipzig auf gar keinen Fall in diesen Sumpf hineingezogen werden. Sie würden dich zerstören. Für mein Land steht zu viel auf dem Spiel. Man hat schon so viele Menschen geopfert. Einer mehr oder weniger ändert nicht viel. Auf der Rückreise in die Schweiz wirst du alles wissen, was ich jetzt vor dir verheimliche, und was du dann tust, ist deine Sache. Hängt von deinen Präferenzen ab. Journalismus oder Vera. Wir werden darüber sprechen, wenn die Bücher verbrannt sind. Wenn du willst, kannst du meinen Namen preisgeben. Du weißt, was das bedeuten würde. Aber ich sitze sowieso auf einem dünnen Ast. Lohnt es sich da, daß du auf mich Rücksicht nimmst? Ist es nicht das Beste, daß du deinen Weg gehst und dich nicht nach mir umdrehst?

David 23 Uhr

In der DDR-Botschaft bekomme ich gegen Unterschrift einen an mich gerichteten Briefumschlag ausgehändigt. Er enthält einen Brief Benkes und einen verschlossenen Umschlag.

Hier der Wortlaut von Benkes Empfehlungsbrief:

„Wir unterstützen Ihre Teilnahme am Internistenkongress in Leipzig. Wie vereinbart, übernehmen wir die Schirmherrschaft über Ihr Projekt und bitten Sie, uns Ihre Manuskripte zuzusenden. Ferner bitten wir Sie, das beiliegende Einführungsschreiben Herrn Prof. Klaus Berndt, dem Leiter des Kongresses, zu überbringen."

Der verschlossene Umschlag ist an Prof. Klaus Berndt gerichtet und trägt die Aufschrift: „Vertraulich". Ich öffne ihn und finde einen Brief von Benke an Berndt. Text:

„Der Überbringer dieses Briefes, Herr Dr. David Kern, Wissenschaftsjournalist der Neuen Zürcher Nachrichten, nimmt am 3. Internistenkongress der Gesellschaft für innere Medizin der DDR in Leipzig teil. Die Teilnehmer des Kongresses können Herrn Dr. Kern ohne Bedenken ihre Ansichten und wissenschaftlichen Befunde mitteilen, da die Handelsvertretung der DDR in der Schweiz die Schirmherrschaft über dieses Projekt übernimmt. Herr Dr. Kern hat sich bereit erklärt, seine Texte vor einer Veröffentlichung in der Westpresse dem Unterzeichnenden zu übergeben, der, wo nötig, Streichungen vornehmen und Korrekturen einfügen wird."

Das also versteht Benke unter Schirmherrschaft. Schlicht und einfach Zensur. Schlau, wie er das einfädelt. Er rechnete fest damit, dass von Steiger mir das Fax zeigen würde, in dem das Wort „Schirmherrschaft" vorkommt. Was er darunter versteht, deutet er im Brief an mich bloss an und buchstabiert es im Brief an diesen Berndt aus. Diesen Brief sollte ich nicht lesen. Wenn ich ihn ungeöffnet Berndt übergeben würde, gäbe es kein Zurück aus der Zensurfalle.

Die Sekretärin wirft mir einen vernichtenden Blick zu: „Sie hätten den Brief an Professor Berndt nicht öffnen dürfen."

„Das konnte ich nicht wissen."

„Sie können doch lesen. Es steht ‚vertraulich' drauf."

„Ich dachte, das betreffe mich. Dass ich den Inhalt dieses Briefs vertraulich behandeln soll."

„Sie wissen ganz genau, dass das nicht stimmt. Ich werde das Herrn Vizebotschafter Benke melden."

„Ich sage es ihm gerne selbst. Ist er da?"

Benke ist ausser Haus. Ich hole Briefbogen und Stift aus meiner Tasche und schreibe: „Verehrter Herr Botschafter, Besten Dank für Ihre Briefe, die ich mit Interesse gelesen habe. Wie gewünscht, werde ich den an Professor Berndt gerichteten Brief vertraulich behandeln und Ihnen die definitiven Manuskripte vor der Veröffentlichung unterbreiten, damit Sie, falls Sie dies möchten, meinen Text in einem Leserbrief kritisieren können. Ich werde dafür sorgen, dass Ihr Leserbrief unkorrigiert direkt unter meinem Text erscheint."

Ich gebe das Blatt der Sekretärin zusammen mit meinen Pass: „Ich benötige noch ein Visum."

„Leute wie Sie bekommen hier kein Visum."

„Der Herr Vizebotschaften hat meinen Einreiseantrag bewilligt und mir ein Visum zugesichert."

Die Sekretärin verschwindet wortlos. Im Türrahmen erscheint ebenso wortlos ein hagerer Mann und beobachtet mich. Eine knappe halbe Stunde später kommt die Sekretärin zurück, ergreift meinen Pass, der immer noch auf dem Tresen liegt, und verschwindet ein zweites Mal. Nach einer weiteren Viertelstunde bekomme ich meinen Pass zurück. Das Visum besteht aus Stempeln, die sich über zwei Seiten erstrecken. Der einzige gesprochene Satz vor meinem Weggehen: „Elf Franken siebzig."

Ich zahle und verschwinde. Auf der Heimfahrt überlege ich: Meinen Brief an Benke habe ich spontan herunter geschrieben, und genau davor hat mich Fritz gewarnt. Verdammt. Noch in den Startlöchern und schon Navigationsfehler. Wenn es Krach gäbe, würde sich die Sekretärin nicht an meine Mitteilung für Benke erinnern. Eine Kopie besitze ich nicht. Im Übrigen imitiere ich Benkes Taktik: So tun, als ob man dem anderen einen Wunsch erfüllt, ihm das Gegenteil unterjubeln und den Unschuldigen spielen. Benke beherrscht dieses Spiel virtuos und wird auf mich nicht hereinfallen. Ich hätte mich freundlich bedanken, weggehen und Benkes Briefe Frau Levi zeigen sollen. Sie hätte erst geschimpft und mir dann mit der Antwort geholfen, und die hätte ich mit NZN-Kurier und Empfangsbestätigung nach Bern schicken sollen. Zu spät.

Positiv gesehen: Mit Benkes Brief und dem Visum in der Tasche bin ich morgen bei Vera.

Mittwoch, 3. November 1982

David 10 Uhr

Flug nach Berlin. Kurzflirt mit der Dame am Swissair-Schalter. So tut sie, was sie nicht dürfte und guckt im System nach, wo vor fünf Tagen Frau Vera Krause sass: Auf 21A. Da sitze ich jetzt. Wichtige Frage: Würde der Platz noch nach ihr riechen? Leider sitzt ein Geschäftsmann auf 21B und verströmt einen penetranten Schweissgeruch. Ich muss also unter seinen Augen direkt am Sessel riechen. Dazu lasse ich vor dem Anschnallen einen Stift fallen. Zwänge mich vor meinem Sitz auf den Boden. Tauche mit dem gefundenen Stift wieder auf. Nase streift Sitzpolster: Heureka! Veras Parfum.

Mein Geruchsinn. Ich habe als Weintester gearbeitet. In meiner besten Zeit konnte ich im Wein tausende von Gerüchen erkennen und benennen. Als ich zu trinken begann, verlor sich diese Fähigkeit, aber in den letzten Tagen kam sie trotz Loch zurück. Der Beweis: Ich rieche Veras Parfum. Bin auf dem guten Weg. Kann wieder durch die Geruchswelt gehen wie durch eine Bildersammlung.

Der Geruch von Hinz oder Kunz: eine Mixtur aus drei, vier Elementen. Beispiel: Der Mann auf 21B. Buttersäure, Ammoniak, Zinksulfat, Benzoesäure. Veras Geruch dagegen ist hochkomplex. Mindestens dreissig verschiedene Bestandteile. Und die sind nur eine grobe Umschreibung. Die besten Wein- und Parfümtester der Welt würden sich bis zum Jüngsten Gericht drüber streiten, was den dreissig Elementen zugefügt werden müsste, damit die Mixtur so riecht wie Vera. Ich rieche Veras Geruch aus tausend Gerüchen heraus, wie soeben auf 21A. Ich weiss, wie Vera riecht, aber nicht, wie ich es weiss.

Das Flugzeug hebt ab. Molekulare Wiedervereinigung nach fünf einsamen Tagen. Für mich, Riechmensch, beginnt die Welt, wo sie für euch unten endet. Für euch ist meine Riechwelt unsichtbar, unhörbar, untastbar, unriechbar. Ihr denkt wohl, sie existiere bloss in meiner Einbildung. Die Moleküle meiner Welt sind ebenso gegenständlich wie eure Häuser. Ihr lebt in einem Universum, von dem ihr nichts wisst.

Mitteilung aus dem Cockpit: Wir überfliegen Basel. Fritz und Frau Levi können das Flugzeug durch die Nebeldecke hindurch nicht sehen. Sonst würden sie denken: Da fliegt er, der Dummkopf. Zum Glück habe ich ihren Rat nicht befolgt. Herr Benke will mich im Auge behalten – soll er mal. Marina, von Steiger, alle da unten meinen, dass ich von allen guten Geistern verlassen bin. Auch Vera war gegen die Reise. Für mich hier oben zählt nur eines: In ein paar Stunden werde ich sie sehen.

Blick von hoch oben herab. Fragezeichen hinter alles. Weshalb habe ich Vera nicht vorgeschlagen, in der Schweiz zu bleiben? Verpasste Gelegenheit. Gut, Vera hatte die Idee mit den Tagebüchern, und ich versprach, alles brav mitzumachen. Schreiben, uns trennen, uns wieder treffen und am Ende sehen, ob wir uns noch wollen. Allerdings weiss ich seit dem ersten Tag, dass ich sie will, und sie weiss es auch. Wenn wir vor fünf Tagen im Bett geblieben wären, was dann? Vera wäre bei der Schweizer Fremdenpolizei angezeigt worden – zwecks Überstellung. Leider nicht möglich. Medizinischer Notfall. Ärztliches Zeugnis aus einer renommierten Zürcher Knochenklinik, wo zwei meiner Busenfreunde arbeiten – Reiseunfähigkeit wegen Diskushernie. Die drüben hätten Vera zum Vertrauensarzt der Botschaft beordert. Unmöglich, nicht reisefähig. Der Vertrauensarzt hätte in die Klinik kommen müssen – zu gegebener Zeit. Da wären unsere Tagebücher fertig geschrieben gewesen und wir frisch verheiratet.

Und wie hätte Vera auf meinen Vorschlag reagiert? Positiv? Oder hätte die zukünftige Frau Professor moralische Bedenken gehabt? Hätte ich mit dem Galland-Skandal nachwürzen müssen? Etwa so: „Bei der Galland stinkt's, Du bist unschuldig, aber bei dir drüben knüpfen sie gerne die Unschuldigen auf."

Auf 11.350 Metern kommen mir solche Gedanken. Keiner von euch da unten hat mir so etwas vorgeschlagen. Das zeigt, dass ich nicht auf euch zählen kann. Ich tröste mich mit Veras Molekülen. Die gibt es, ich rieche sie. Ein Hoch auf Veras Moleküle. Das Verpasste dagegen ist bloss ein Konjunktiv, und ich will Tatsachen notieren, keine Konjunktive. So steht's im ersten Eintrag.

Frühstückstablett. Pause.

Der Getränkewagen. Die Stewardess fragt mich: „Rot oder weiss?" Orangensaft bitte. Bisher hätte ich gesagt: Rot und weiss, beides. Veras Moleküle haben meine Zellen umgepolt, den Alkoholschalter umgelegt, von Rot-plus-Weiss auf Orangensaft.

Anflug auf Berlin.

Nein, Warteschleife. Der Geschäftsmann neben mir schaut ständig auf die Uhr und verströmt penetranten Angstgeruch. Im Gegensatz zu ihm bin ich nicht in Eile. Ich habe noch eine Idee.

Zweite Schleife. Fünf Minuten pro Schleife.

Dritte Schleife. Mein Nachbar ist kreidebleich, sein Angstgeruch könnte eine Büffelherde in die Flucht treiben. Ich klingle eine Stewardess herbei; sie bringt ein Glas Wasser. Der Mann zittert, trinkt, dankt. Einfach: Problem erkennen, Lösung suchen, handeln. Die Zeit besteht aus Fünf-Minutenblöcken. Meine Riechwelt besteht aus einzelnen Molekülen. Alles lässt sich in Bestandteile zerlegen, aber Veras Geruch kann ich nur als Ganzes erkennen.

Sinkflug.

David 15 Uhr

Zimmer 8026 des Palasthotels. Warten auf Vera. Es geht mir lausig. Durchatmen, das Buch.

Taxi am Flughafen Tegel: „Zum Bahnhof Friedrichstrasse bitte."

„Wenn Sie in den Osten wollen: Ich habe eine Genehmigung und kann Sie direkt zum Hotel fahren."

„Nein danke."

„Wissen Sie, auf was Sie sich da einlassen? An den Grenzübergängen, das sind alles Sadisten. Bei den Nazis hätten die in einem KZ gearbeitet."

„Ich bin Journalist und will sehen, wie es bei denen zugeht. Das ist Teil meiner Reise."

Mehr als eine Stunde später: Halle vor der Passkontrolle. Warteschlange, hunderte von Menschen in feuchten Kleidern. Beklemmende Stille. Penetranter Geruch nach Lysol, Chlorophen, Zweitaktbenzin und Gummiabrieb. Mein Magen zieht sich zusammen. Brechreiz.

Eine weitere Stunde später komme ich an die Reihe. Sicher ist sicher, denke ich und lege zum Pass mit Visum auch noch meinen Journalistenausweis hin. Er enthält Brust- und Seitenbilder sowie Fingerabdrücke. Gewisse Länder verlangen diese Zusatzinformation. Der Beamte mustert meine Ausweise stumm. Ein zweiter kommt hinzu. Im Nachhinein weiss ich, was die beiden denken: Wenn der so viele Ausweise hat, dann stimmt was nicht.

Der erste Beamte sagt: „Ohren frei."

Ich warte. Er wiederholt: „Ohren frei."

Ich sehe ihn ratlos an, und er starrt feindselig zurück. Nach etwa einer Minute des Schweigens sagt er: „Komm'n Se mit."

Ich werde in einen engen Raum geführt, und hinter mir wird abgeschlossen. Eine Glühbirne baumelt von der Decke. Sonst ist der Raum leer. Nach einer halben Stunde wird das Schloss wieder entriegelt. Derselbe Beamte, derselbe Satz, derselbe Tonfall: „Komm'n Se mit."

Wir betreten ein kleines Büro. Werde durch eine Lampe geblendet. Hinter dem Schreibtisch ein Offizier, ein Oberleutnant, soweit erkennbar. Der Beamte, der mich eingeschlossen hat, steht dicht hinter mir. Ich spüre seinen Atem im Nacken.

In etwa das Gespräch:

„Name?"

„Kern, David."

„Schweizer?"

„Ja."

„Sie haben sich den Anordnungen der Grenzorgane widersetzt. Das ist strafbar."

„Da muss es sich um einen Irrtum handeln. Ich habe mich keiner Anordnung widersetzt."

„Machen Sie das nicht noch schlimmer. Da, unterschreiben Sie das. So kommen Sie mit einer Busse davon. Oder möchten Sie ins Gefängnis?"

„Ich reise auf Empfehlung der DDR-Botschaft in Bern an einen medizinischen Kongress in Leipzig. Wenn Sie mich weiter so behandeln, begehen Sie einen Fehler."

„Sie wollen mich einschüchtern? Das ist meine zweite Warnung. Eine dritte gibt es nicht."

Ich ziehe aus der Brusttasche den Brief von Benke heraus und lege ihn auf den Schreibtisch. Der Oberleutnant liest das Dokument, hält es gegen die Schreibtischlampe, untersucht Benkes Unterschrift mit einer Lupe und sagt: „Warten Sie mal draussen."

Durch die geschlossene Türe höre ich ihn telefonieren, dann leuchtet ein grünes Lämpchen auf. Mein Bewacher und ich treten wieder ein. Der Oberleutnant sagt: „Für heute drücken wir ein Auge zu. Aber machen Sie so was nicht nochmals."

„Erklären Sie mir doch bitte, was ich mir habe zuschulden kommen lassen, damit ich mich bessern kann."

„Spielen Sie nicht das Unschuldslamm. Sie sollten ihren Hut abnehmen, damit der Genosse Ihre Ohren mit denen auf dem Foto vergleichen kann. Das hat Ihnen der Genosse nicht nur einmal gesagt, sondern zwei Mal, und Sie haben sich geweigert. Und nun kommen Sie mit zum Zoll."

Der Zöllner fragt: „Haben Sie westliche Druckerzeugnisse dabei?"

„Ja, ich bin Journalist und habe dieses Interview hier geführt." Ich lege mein Interview mit Vera vor ihn hin.

„Haben Sie dafür eine Einfuhrgenehmigung?"

Die habe ich natürlich nicht. Der Beamte will den Inhalt des Koffers sehen. Der Oberleutnant mustert den Kassettenrekorder: „Den dürfen Sie nicht mitnehmen. Hier, füllen Sie diese Formulare aus. Bei der Ausreise können Sie ihn wieder abholen."

Ich schwitze und versuche, meine Wut zu unterdrücken. Meine geliebte Maskotte. Zwei Formulare, fünfzehn Minuten, dann geht die Suche weiter. Der Zöllner stösst auf Le Monde.

Der Oberleutnant fragt spöttisch: „Arbeiten Sie etwa auch bei denen?" Nachdem ich belehrt worden bin, dass ich dieses Erzeugnis nicht einführen darf, landet Le Monde ungelesen im Abfalleimer. Dazu mein Interview mit Vera.

„Zeigen Sie mal Ihren Fotoapparat."

„Ich habe keinen."

„Das werden wir gleich sehen."

Der Zöllner leert meinen Koffer und reiht millimetergenau Gegenstand neben Gegenstand – im Schweizer Militär spricht man von Auslegeordnung, und bei dieser Erinnerung muss ich schmunzeln. Das ärgert den Zöllner. Er befiehlt mir, Mantel, Hut und Jackett auszuziehen und betastete mich von oben bis unten. Dabei kneift er mich in die Hoden. Ich verziehe das Gesicht, und der Oberleutnant lächelt süffisant. Sichtlich enttäuscht über die unergiebige Suche blickt der Zöllner fragend zum Oberleutnant. Der nimmt das blaue Buch in die Hand und beginnt zu lesen: „Was ist denn das?"

„Der Entwurf für einen Roman. Ich bin auch Schriftsteller."

Der Oberleutnants wirft das Buch in den leeren Koffer und kehrt in sein Büro zurück. Der Zöllner sagt: „Zusammenpacken."

Beim Verlassen des Gebäudes tauche ich unvermittelt in eine graue Welt: Alle Farben weggewaschen. Grau verschwimmt in Grau.

Vor mir warteten etwa fünfzig Leute auf ein Taxi. Jede zwei Minuten kommt eines. Eine gute Stunde Wartezeit im Nieselregen. Einer der Taxifahrer fährt die Reihe der Wartenden entlang auf mich zu, kurbelte die Scheibe seines Wolga-GAZ-24 herunter und fragt: „Ausländer?"

Auf mein Nicken öffnet er servil die Türe: „Steigen Sie ein." Die Wartenden vor mir in der Reihe starren mich an. Kein Wort, kaum eine Bewegung.

In den paar Minuten bis zum Palasthotel redet der Taxifahrer wie ein Wasserfall. Ob ich allein reise? Ja? Die Weiber in der Siriusbar, vor denen soll ich mich in Acht nehmen, Abschaum allesamt. Arbeiten für die Stasi. Und die Preise. Er fährt mich gerne zu einem Bekannten, da kostet es weniger als ein Drittel, alles saubere, anständige Mädchen. Und Sekt gratis. Und gegen einen kleinen Aufpreis kann ich die Mädchen auf mein Zimmer mitnehmen. Und nur ja kein Geld wechseln im Hotel, weder beim Portier noch beim Stubenmädchen oder Kellner, die haben Schwindelkurse, eins zu vier, und man wird verpetzt. Er gibt für einen Schweizerfranken elf Ostmark und, wenn ich mehr als hundert Franken wechsle, sogar zwölf. Und verschwiegen wie das Grab ist er. Und Bückware kann er mir auch besorgen. Der Intershopladen im Hotel, das ist ein Witz, ein Jonny Walker für fünfzehn D-Mark, er bringt mir einen für vier, und dazu noch alles andere, was das Herz begehrt.

Während der Wolga über löcherige Strassen holpert, zieht eine graue Stadt am Wagenfenster vorbei. Ich kann mich an keine Einzelheiten erinnern, bis wir uns dem Palasthotel nähern. Als erstes fällt mir die Farbe auf – schmierigsüssliche, braune Betonwaben, darin eingelassen giftig glänzende Fenster. Vielleicht ist es der Schock am Grenzübergang – jedenfalls setzt mir die Mischung aus Fäulnisfarbe und krankem Glanz zu, Schmeissfliegen auf Kot, denke ich, und um ein Haar bitte ich den Fahrer, zu einem anderen Hotel zu fahren. Aber da hat er schon die Spreebrücke überquert, links das Monstrum, rechts weggebombtes Niemandsland, und im nächsten Augenblick fahren wir unter einem feuchtschlappen Fahnenwald hindurch in den Innenhof. Ich bin, das möchte ich doch festhalten, reiseerfahren – Nord- und Südamerika, Indien, Zentralafrika, Ostasien, Osteuropa, Alaska, Grönland, Arktis, ich habe mich in Diktaturen, Krisen- und Kriegsgebieten aufgehalten, aber ein solches Gefühl der Ohnmacht hatte ich noch nie.

Der Fahrer drückt mir seine Karte in die Hand: „Jederzeit, Tag und Nacht, nur dem Portier sagen, keine fünf Minuten, und ich bin da." Ich bezahle in Schweizer Währung – einen Franken zwanzig – und lege einen Franken Trinkgeld dazu, als Trost, weil ich die offerierten Dienste nicht in Anspruch genommen habe. Überschwänglicher Dank.

Im Lift zum Zimmer, begleitet von zwei leichten Damen auf dem Weg zur Arbeit, überlege ich mir, wo man sinnvollerweise Abhörgeräte anbringt, wenn Geheimnisse im Bett preisgegeben werden. Am Bett natürlich! Oben demontiere ich das Bett und finde am Kopfende zwei Wanzen, eine links, die andere rechts. Hüte mich, sie zu berühren. Dagegen lerne ich: Kein Wort heute Nacht. Was wir sonst im Bett tun, interessiert hier niemanden, die Geräusche des Geschlechtsakts sind für die Überwacher ein lästiger Hintergrundlärm.

Ich bin bei den Barbaren gelandet. Wir müssen die Schreibübung abblasen. Wenn Vera kommt, werde ich es ihr sagen. Die Tagebücher waren eine Schnapsidee. Ich weiss doch, dass ich sie will. Heute Nacht werden wir alles lesen. Dabei können sie uns gerne zuhören: Mehr als das Rascheln beim Wenden der Seiten werden sie nicht aufs Band kriegen. Morgen früh, bevor sie uns umbringen, zerreissen wir das Ganze zu kleinen Schnipseln und werfen es in die Spree.

<u>Vera 18 Uhr</u>

Du bist, schätze ich, schon seit Mittag in unserem Palast – dem zweiten in einer Woche. Die Taxis von Tegel zum Palasthotel werden am Grenzübergang durchgewinkt – gute Fahrt zur Stasi-Hochburg. Als Aufpasserin habe ich eine Gnadenfrist und muß nicht – noch nicht – besorgt sein.

Meine Abreise nach Berlin verläuft weniger glatt.

Ein schwarzes, mit weißen und grünen Spitzen und einer blutroten Rose verziertes winziges Höschen in meinem Gepäck macht mich nachdenklich. Susanne hat es mir mitgegeben.

Ich stecke, schon im Mantel, den Kopf in ihr Büro und will mich verabschieden, da drückt sie mir ein Päckchen in die Hand – für die Reise. Ich bin neugierig, gucke auf der Straßenbahnfahrt hinein und erschrecke. Häßlich, ekelhaft. Susanne trägt Reizunterwäsche, in der Tratschrunde spricht sie über ihre Techniken, und ich sehe es ihr nach, daß sie mir das Unding mitgibt, damit ich dir besser gefalle. Der wirkliche Schrecken sitzt tiefer. Susanne weiß, daß ich als Kompensation für den Wochenenddienst zwei halbe Tage frei nehme. Woher weiß sie, daß ich dich da abhole? Habe ich es ihr gesagt? Nicht das ich wüßte. Offenbar schwatze ich in den Tratschrunden zu viel, und vor allem, ohne es zu merken.

Im allerletzten Augenblick höre ich das Telefon in meinem Büro. Ich sollte den Hörer nicht mehr abnehmen und tu's doch. Helgas Mutter. Helga hat in der Nacht Blut erbrochen. Jetzt ist sie bewußtlos. Die Mutter sucht Rat. Ich muß ihr die bittere Wahrheit sagen: Helgas Leber arbeitet nicht mehr. Die Leber wird nie mehr arbeiten. Selbst wenn Helga in die Klinik aufgenommen wird, ist nichts mehr auszurichten. Auch für eine Operation ist es zu spät. Und Helga hat mir gestern, bei klarem Kopf, gesagt, daß sie zu Hause sterben will.

Nach dem Anruf denke ich, daß Helga nicht jetzt sterben soll, nicht während deines Besuchs. Ich will meine Zeit mit dir nicht auf dem Friedhof verbringen. Und vor allem: Du wirst mir Fragen stellen. Was werde ich dir von Helga berichten? Wäre es nicht besser, wenn ich doch noch Helgas Einlieferung zu veranlassen würde? Sie kann sich ja nicht mehr dagegen wehren. Im Klinikum können wir Medikamente verabreichen, die Helgas Tod um ein paar Tage hinauszögern, bis zu deiner Abfahrt.

Ich rufe Helgas Mutter nicht mehr an, aber ich schäme mich für meine Gedanken. Um ein Haar hätte ich Helgas letzte Wünsche mißachtet und ihren Tod für meine Zwecke manipuliert. Zurückblättern zum Anfang, zur Ballonfahrt, zum Blauen Zimmer. Da stimmte alles. Und jetzt? Ich muß etwas ändern. Sonst wirst du beim Lesen das rote Buch auf den Tisch knallen und mich verlassen.

<u>David 18 Uhr</u>

Eine Stunde geschlafen. Alles wieder gut, ich werde Vera heute nicht belasten mit meinen Erlebnissen; in sechs Tagen wird sie hier alles nachlesen.

<u>Vera 19 Uhr</u>

Nachgedacht. Zwei Vorsätze.

Es gibt Dinge, die du während deines Aufenthalts nicht wissen darfst, aber bei deiner Abreise wissen mußt. In diesem Tagebuch habe ich das bisher durcheinander gebracht. Und es gibt peinliche Dinge, die ich bisher vertuscht habe. Scham, Schmerz, was weiß ich. Von jetzt an werde ich die Dinge nicht mehr durcheinander bringen und werde nichts mehr vertuschen.

Ein Beispiel: Passau. Vor fünf Tagen, auf diesem gleichen Gleis, unter den Teppich gekehrt. Reden könnte ich auch jetzt nicht darüber, aber ich muß darüber schreiben, damit du siehst, wer deine

Vera ist, weshalb ich Susanne vertraue und wie es mit Akov begann. Und mit Anton.

Direkt nach dem Staatsexamen gab mir Akov eine Stelle am Klinikum. Meine Oberärztin war Susanne. Wir waren uns von Anfang an sympathisch. Nach wenigen Monaten rief sie mich zu sich: Sie vertraue mir. Ich sei tüchtig, zu tüchtig für die DDR, und so melde sie mich für einen Endoskopiekurs in Passau an. Zehn Tage Vorlesungen und praktische Arbeit. Der Reiseleiter sei mein Cousin Anton Krause. Anton war damals Oberleutnant bei der Stasi. Ich solle, sagte Susanne, in Passau mit ihm schlafen, falls er ein Auge zudrücke und mich laufen lasse.

In Passau wurde ich am Ende des Kurses zum Klinikdirektor gerufen: er sei beeindruckt von meinen Leistungen, biete mir eine Stelle an und werde sich um meine Papiere kümmern, falls ich bleibe. Ich schlief mit Anton und kehrte nach Leipzig zurück.

Susanne bei meiner Rückkehr: Ihnen ist nicht zu helfen, meine Kleine. So eine Chance gibt's nie wieder. Von zwei schlechten Möglichkeiten die schlechtere aussuchen, das kann jedem passieren, aber beide wählen, das geht zu weit. Sie haben sich doch nicht etwa in Anton verknallt, diese Flasche?

Ich sagte, ich sei aus Gewissensgründen nicht abgesprungen.

Darauf Susanne: Gewissensgründe, hat man da noch Worte? Die machen Sie morgen kalt, wenn es ihnen paßt, und Sie kneifen, wenn man Ihnen ein anständiges Leben unter die Nase hält. Leider hatte Susanne recht. So begann unsere Freundschaft, und noch nach Jahren spielte Susanne in den Tratschrunden auf Passau an. Dann wuchs Gras drüber. Für Susanne wenigstens, nicht für mich, denn ich mußte die Folgen ausbaden. Ich war nach Leipzig zurückgekehrt, weil ich Akov bewunderte, aber je mehr ich seine Ideen hinterfragte, umso größer wurden meine Zweifel.

Jetzt fällt mir durch dich eine zweite Chance in den Schoß. Wenn ich sie mir entgehen lasse, bin ich verloren, und dabei kann mir niemand helfen. Niemand außer ich mir selbst. Und kann ich mir wirklich helfen?

Donnerstag, 4. November 1982

David 11 Uhr

Jetzt kann nichts mehr schiefgehen. Wir sitzen in der Ersten Klasse der Deutschen Reichsbahn. Lipsia-Städteexpress nach Leipzig. Knallig gelb-rote Wagen. Farbe ist Hoffnung im grauen Land. Und die Diesellokomotive, über zwanzig Meter lang, bringt es auf hundert Kilometer pro Stunde. Und bald soll es noch besser kommen. Bekanntmachung in der Bahnhofshalle: Zurzeit werden zwischen Berlin und Leipzig Oberleitungen gebaut. Dann verkehren hier richtige elektrische Lokomotiven.

Unser Abteil: dick gepolsterte Plüschsitze, Teppichboden, sehr nobel. Und tropisch heiss. Niemand sonst in der Ersten Klasse, so dürfen unsere Beine ausgestreckt im Schoss des Gegenübers ruhen. Zwei Stunden Zeit bis Leipzig. Viel Zeit für die Tagebücher.

Gestern Abend: Vera kommt auf dem demselben Bahnsteig an. Eine endlose halbe Stunde Verspätung. Endlich halte ich sie in den Armen und denke an die Bilharziose. Vor ein paar Monaten berichtete ich in den NZN über diese Wurmkrankheit. Der weibliche Wurm bildet an seinem Leib eine Grube, in der sich das endlos kopulierende Männchen für den Rest des Lebens einnistet. Als ich den Artikel schrieb, tat mir der Bilharzienmann leid, immer die gleiche Frau. Und nun: Nichts lieber als ein Bilharzienmann. Vera ohne Ende.

Mein Blick fällt auf ihre kleine Kunststofftasche: „Hast du kein Gepäck?"

„Nur die Tasche. Mimikry fürs Hotel. Sie werden denken, ich sei eine von denen, du weisst. Dazu der passende Mantel. Steht mir noch schlechter als das Kleid in Basel."

Nieseln wie bei meiner Ankunft. Die Warteschlange am Taxistand noch länger als die am Bahnhof Friedrichstrasse. Vera zieht einen Regenschirm aus ihrer Tasche: „Lass uns gehen."

Der Schirm, ein fabrikneues Spitzenprodukt der DDR, will sich jedoch nicht öffnen. Wir bearbeiten ihn im Halbdunkel vierhändig. Jedermann weiss: Schirme mit verheddderten

Stangen können, wenn überhaupt, nur von einer Person geöffnet werden. Falsch: Nach drei Minuten halten wir gemeinsam den Griff des geöffneten Schirms. Das und die Bilharzien: Wir sind füreinander gemacht. Was mir Vera beim Gang durch Berlin auch noch verrät: Sie ist ein Riechgenie. Wir beide sind Riechgenies. Ein Riechgenie pro 100.000 Personen: Zwei Riechgenies stossen somit ein Mal pro 10 Milliarden Begegnungen aufeinander. Und noch etwas: Wir gehen Arm in Arm durch regennasse, kaum beleuchtete Strassen mit tiefen Pfützen und lockeren Pflastersteinen, ohne zu stolpern. Fast drei Stunden lang. Co-itus heisst zusammengehen. Wir können das auf der Strasse ebenso gut wie im Bett.

Vera erzählt von ihrer einsamen Woche in Leipzig. Hat mit Akov und ihrer Freundin Susanne gesprochen. Eine ihrer liebsten Patientinnen, Helga, liegt im Sterben, und in ihre Wohnung kann sie mich nicht einladen.

„Oh! Warum nicht?"

„Seit einem Stasibesuch habe ich Wanzen. Und sei froh, dass du nicht in meinem Bett schlafen musst. Das krümmt sich schon unter meinem Fliegengewicht. Vor zwei Jahren habe ich ein neues bestellt und stehe seither auf der Warteliste."

Ich berichte von meiner Woche: Das Loch, das Essen mit Marina, der Abend mit Benke, das Gespräch mit von Steiger. Den Grenzübertritt und Sarah Levi lasse ich aus. Ich weiss, was Vera von ihr denkt. Sie irrt sich. Frau Levi ist keine Doppelagentin. Aber das ist kein Thema für das Zusammengehen unter dem Regenschirm. Und Vera hat mit der verwanzten Wohnung genügend Sorgen. Wir essen in einem rauchigen Lokal, in dem man uns widerwillig eine Tischecke zuweist. Erst lange nichts, dann eine schmierige Speisekarte, dann wieder lange nichts und schliesslich zwei übervolle Teller mit verkochten Kartoffeln und geschrumpften Fleischkugeln. Ungeniessbar.

Vor dem Wanzenpalast versprechen wir uns, im Zimmer zu schweigen. Nur einmal soll ich im Halbschlaf „Vera" geflüstert haben, aber so leise, dass es die Überwacher ganz bestimmt nicht hörten. Jetzt weiss ich: Auch schweigen können wir zusammen.

Wir wollen den Neun-Uhr-Zug zu nehmen. Vor dem Ostbahnhof sagt Vera: „Ich möchte mich für das Armani-Kleid revanchieren und dir einen Lakowa-Rucksack schenken." In dem, so Vera, ist alles drin, Gegenwart und Vergangenheit: Verdun, Oberförster, Held der Arbeit, Wandervogel sowie ein paar Peinlichkeiten, Russlandfeldzug, Gulag und Sudeten. Und ein bisschen Alpaufzug für den Schweizer Gast. Allen Modellen gemeinsam: Einschneidende Riemen und Hängekonstruktion. Der Inhalt prallt gegen das Gesäss. Genau was ich brauche. Ich werde im Rucksack Baby und Tagebuch verstauen und bei jedem Schritt wissen: es ist alles noch da.

Ein Geschäft für Rucksäcke befindet sich um die Ecke. Der Kauf zieht sich in die Länge, weil ich alle Modelle ausprobiere. Wir lachen Tränen. Schliesslich entscheide ich mich für eine besonders schlaffe kleine Variante, Ränder mit Lederimitat verstärkt, Schnallen angerostet und dünne Riemen aus brüchigem Echtleder. Wir riechen am feldgrauen Tuch: Kampfer, zwei Arten von Motorenöl, Graphit und ein Farbstoff, der im Zweiten Weltkrieg als Tarnfarbe verwendet wurde. Darüber verpassen wir den 9-Uhr-Zug. Der nächste fährt zwei Stunden später. In dem sitzen wir jetzt.

„Nimm Erste Klasse", sagt Vera vor dem Schalter, „Im Zug war es gestern so heiss, dass ich fast geschmolzen bin. In der ersten Klasse sind wir allein und können das Fenster öffnen, ohne dass jemand protestiert."

„Erste Klasse? Klassenunterschiede im Land der Klassengleichheit?"

„Ja, um Klassenfeinde wie dich von den Genossen fernzuhalten. Vor allem von den Genossinnen."

„Bitte zwei Mal Leipzig hin und zurück. Erste Klasse. Jetzt, um zehn Uhr."

„Sie hätten gestern reservieren müssen. Wenn Sie jetzt fahren, kostet das pro Person drei Mark Sonderzuschlag."

Der Gesamtpreis mit Zuschlag beträgt für uns beide umgerechnet fünf Schweizer Franken.

Vera 11 Uhr

Du hast mich gewarnt, das Palasthotel sei verwanzt. Wanzen sogar unter der Matratze. Schweigen bis morgen früh.

Kein Problem, du kannst dich auf mich verlassen.

Ich habe mehr als dreißig Jahre Übung. Das schmerzhafte Schweigen meiner Jugend. Das schuldvolle Schweigen meines Vaters. Die Löschtaste meines Rechners. Und nun, heute Nacht, versöhne ich mich mit dem Schweigen. Es ist kein Makel mehr.

Ich träume von Fischschwärmen. Sie steigen zur Oberfläche, glitzern und verschwinden wieder in der Tiefe. Völlige Stille. Beim Aufwachen spüre ich deine Hand auf meiner. Deine Augen sind geöffnet. Ohne uns zu bewegen, hören wir der Stille zu.

Die Sprache war das Geschenk, das du mir ins Blaue Zimmer mitgebracht hast. Diese letzte Nacht ist dein zweites Geschenk.

Vor dreizehn Jahren notierte ich ein Gedicht. Das dritte, das ich in die Seitentasche meiner Geldbörse steckte und das letzte. Jetzt schreibe ich es für dich ab:

„Der schöne Ort, wo ich mich ergehe,
Wenn deine Hand auf meiner liegt
Und mein Herz satt wird von Freude,
Weil wir zusammengehen.
Wie schön ist doch meine Stunde!
Möchte mir eine Stunde zur Ewigkeit werden,
Wenn ich mit dir schlafe."

Ich fand das Gedicht in einem verstaubten Antiquariat, in einem Büchlein mit altägyptischer Liebeslyrik. „Wenn deine Hand auf meiner liegt und das Herz satt wird von Freude", braucht es keine Worte. Der schöne Ort ist das Zimmer im Palasthotel. Schön ist der Ort, wo deine Hand auf meiner liegt.

Der Lyrikband kostete bloß ein paar Mark. Beim Herumblättern schämte ich mich. Meine Abtreibung. Die Sprengung der Paulinerkirche, von der ich dir noch berichten muß. Ja, ich weiß, mein Vorsatz, nichts mehr zu vertuschen. Warum nicht gleich ins Buch damit? Jetzt, im Zug? Sehr schwierig. Mein Leben. Ich schaff's nicht. Damals, in der Buchhandlung, ging es mir auch so. Schließ-

lich schrieb ich das Gedicht unter den Argusaugen des Antiquars ab. Ein zerknittertes Männchen, das mich zum Kauf überreden wollte. Ein seltenes Stück, fast die ganze Auflage während eines Bombenangriffs verbrannt. Ich brachte es nicht übers Herz, das Büchlein zu kaufen und flüchtete aus dem Laden.

David 14 Uhr

Vor knapp zwei Stunden hielt der Zug, etwa zehn Minuten nach Dessau. Eine flache Ackerlandschaft. In der Ferne ein paar Häuser, sonst keine Ortschaft in Sicht. In der ersten halben Stunde erschien uns der Halt bloss lästig: Wir würden mit Verspätung in Leipzig eintreffen. Dafür hätten wir mehr Zeit für das Tagebuch. Jetzt sind über einen Feldweg vier Autos zum Zug gekommen. Polizeiwagen Marke Lada 2103, drei Mann pro Wagen. Ein Wagen hält direkt vor unserem Abteil, einer fährt zur Lokomotive, zwei weitere ans Zugende. Vor uns steigen drei Volkspolizisten aus. Zwei besteigen den Zug, schauen prüfend in unser Abteil und gehen weiter. Ein dritter bleibt mit einem Fernglas in der Hand neben dem Auto stehen. Im Fonds des Autos Waffen, Sturmgewehre oder Maschinenpistolen. Was ist da los?

Vera 14 Uhr

Halt auf offener Strecke: Felder bis zum Horizont. Eine dieser Pannen, die ich mit Schulterzucken hinnehme. Hinter meiner Gleichgültigkeit die Pannenlitanei unseres Alltags: Pannen sind unser tägliches Brot. Fragen stelle ich keine. Ich lenke eure Blicke nicht auf mich. Ich habe nichts falsch gemacht. Was wollt ihr mir vorwerfen? Ein anderer ist schuld oder auch nicht, das geht mich nichts an. Ich warte ab. Jemand kümmert sich um die Panne, jetzt, später oder nie. Es wird wieder gut. Oder es bleibt so, wie es jetzt ist, bis in alle Ewigkeit. Amen.

Wenn du nicht so neugierig ins Freie und immer wieder auf deine Uhr sehen würdest, bliebe ich weiter in meiner Regungslosigkeit. Alle tun es so. Wenn du mich fragen würdest: Warum tut ihr es so und nicht anders, wäre ich einen Augenblick lang erstaunt: Ja, warum nicht anders? Und dann mache ich es so wie bisher. Eine Überlebensübung.

Vera 16 Uhr

Stromausfall. Das Licht fiel aus, die Heizung auch. Sogar in deinen Armen ist mir kalt geworden. Du spieltest den galanten Eisenbahn-Ritter und gingst in den Speisewagen, um mir einen Tee zu holen. Vor fast einer Stunde gingst du weg und bist noch nicht zurück. Ich mache mir Sorgen. Soeben kamen die beiden Vopos in Begleitung eines Mannes in braunem Ledermantel ins Abteil. Der Mann im Ledermantel, bestimmt einer von der Stasi, wollte wissen, wo du bist. Als ich sagte, im Speisewagen, schnauzte er mich an, er glaube mir nicht, denn der Speisewagen sei geschlossen. Ich hatte Mühe, die drei wieder loszuwerden. Wenn du zurückkommst, wirst du nicht mehr von meiner Seite weichen.

David 17 Uhr

Vor mehr als zwei Stunden Ausfall von Heizung und Licht. Vera begann zu frieren. Ich legte meinen Mantel über ihre Füsse, das half ein bisschen. Als es immer kälter wurde, fröstelte sie. So brach ich zum Speisewagen auf, um einen Tee zu holen. Dabei bemerkte ich, dass im ganzen Zug kein Strom war. Die Passagiere der zweiten Klasse sassen teilnahmslos, in ihre Mäntel eingehüllt, auf den Bänken.

Der Speisewagen luxuriös, Porzellangeschirr, Silberkännchen. Zwei schwarz gekleidete Kellner räumen im stromlosen Halbdunkel die Tassen weg.

„Ich möchte einen Schwarztee, zum Mitnehmen, bitte."

„Es gibt nichts mehr."

Ich hole einen Zehn-Markschein – Westgeld – aus der Tasche: „Könnten Sie mir bitte dafür einen Tee machen?"

Der Tonfall ändert sich radikal: „Diesen Gefallen würden ich Ihnen sehr gerne tun, mein Herr, aber wir haben keinen Strom mehr. Möchten Sie stattdessen ein Bier?"

„Meine Frau ist krank und braucht etwas Heisses. Sie haben sicher einen Boiler. Da bleibt das Wasser über Stunden heiss."

Die Kellner geben mir beflissen ein Silbertablett mit Kännchen und zwei Tassen mit auf den Weg. Ein paar Wagen weiter kommen mir die beiden Vopos entgegen, begleitet von einem Kerl, der sich wichtig nimmt und mich ausfragt. Warum ich im Zug herumgehe, wo ich den Tee herhabe. Dann das Übliche: Pass, Reiseziel, Benkes Brief. Ich bin ziemlich ungehalten, denn während des Verhörs wird der Tee kalt.

Schliesslich komme ich mit dem lauwarmen Tee zurück ins Abteil. Vera sagt: „Ich war sehr in Sorge um dich. Die Stasi war da und wollte wissen, wo du bist. Mit denen ist nicht zu spassen."

David 16.40 Uhr

Vor zwanzig Minuten kam uns eine dunkelgrüne Wolga-Limousine entgegen. Blieb in hundert Metern Entfernung vom Zug stehen. Gestreckte Version des GAZ-24, zwei Passagiere, ein Fahrer und ein Offizier. Wahrscheinlich ein Oberst, aber im trüben Licht und aus der Distanz kann ich den Grad kaum erkennen. Jedenfalls etwas Höheres. Die Vopos verlassen eilig den Zug, begeben sich im Laufschritt zum Wagen. Dort treten sie vor dem Offizier an. Zehn Minuten später salutieren sie und traben zurück. Ich stehe im Korridor vor dem Abteil, rauche und sehe „unseren" zwei Vopos zu, die in jedem Abteil – sie sind alle leer – unter die Bänke schauen. Endlich kommen sie zu mir: „Gehen Sie in Ihr Abteil."

Ich denke an den Grenzübergang, kann mir aber eine Frage nicht verkneifen: „Sagen Sie, was ist eigentlich los? Wir sitzen fest, ohne Strom. Weshalb?"

„Gehen Sie sofort in Ihr Abteil."

„Ich wusste nicht, dass der Korridor für Passagiere verboten ist. Auf meiner Fahrkarte ist das nicht vermerkt."

„Gehen Sie jetzt sofort in Ihr Abteil. Das ist ein Notfall. Sofort."

Vera steht hinter mir und zieht mich zu sich ins Abteil: „Ein Glück, dass sie dir den Pass nicht abgenommen haben."

„Was dann?"

„Anzeige wegen Weigerung, den Anordnungen der Volkspolizei zu gehorchen, und dann noch in einer Notfallsituation. Gerichtstermin, Knast."

„Hast du denn gewusst, dass wir in einer Notfallsituation sind?"

„Wer solche Fragen stellt, muss dafür büssen."

„Aber der Kerl hätte mir doch sagen können, was los ist."

„Er weiss es wahrscheinlich selbst nicht. Der Offizier hat ihm befohlen, die Fluchtwege freizuhalten, das führt er aus."

„Und warum guckt er da unter die Bänke?"

„Du bist unverbesserlich. Ich muss wirklich auf dich aufpassen."

David 17.24 Uhr

Im Weiler hinter den Kartoffeläckern befinden sich seit kurzem drei Panzer. Zwei waren, als ich es bemerkte, bereits in Stellung. Der dritte wendete gerade. In der beginnenden Dämmerung bin ich nicht sicher, ob es sich um das T-55 oder das T-72-Modell handelt. Aufregend.

„Schau, Vera, Panzer. Wir sind im Krieg."

„Ich hab's gesehen."

„Und sagst kein Wort?"

„Besser so. Sonst läufst du denen noch vors Rohr."

„Was tun die da? Und was sollen wir tun?"

„Abwarten. Keine Dummheiten machen."

„Die können den ganzen Zug über den Haufen schiessen."

„Eben. Halt mich fest, mir ist kalt."

Vera 18 Uhr

Seit sechs Stunden sitzen wir fest.

Bewaffnete stehen vor den Türen. Gelegentlich hallen Schritte durch den Korridor, Vopo-Stiefel, dann das Hämmern von Gewehrkolben. Strenge Blicke fallen auf uns. Sie wollen uns Angst machen, haben aber selbst Angst, das sieht man ihnen an. Etwas Schlimmes ist vorgefallen, und jetzt sitzen wir alle in der Tinte.

Eigenartig, daß du diese Katastrophe spannend findest und mit technischen Detailkenntnissen kommentierst wie ein Fußballspiel. Es sind Panzer aufgefahren, und du fragst, welches Modell. Wenn die uns über den Haufen schießen, ist mir das Modell egal, und wenn nicht, dann auch. Warum setzt du, der Mann, mit dem ich leben möchte, eins übers andere Mal dein Leben aufs Spiel? Um mir zu zeigen, wie sehr du mich liebst? Oder muß ständig was geschehen, sonst her mit der Flasche? Oder sitzt nicht David neben mir, sondern dk?

Zurzeit rettest du mich vor dem Erfrieren und blickst diskret weg, während ich in deinen Armen schreibe. Du hast mir von den Walfängern in Alaska und den Astronomen in der Arktis erzählt, damit ich meine kalten Füße nicht spüre. Wilde Reisen, du hast sie alle gut überstanden. Und jetzt wirst du von einer Frau beschützt, die Versprechen bricht, Geheimnisse ausplaudert und lügt.

Kälte und Ungewissheit setzen mir zu. Und Licht haben wir auch nicht mehr. Ich muß aufhören zu schreiben, bevor ich noch größeren Unsinn von mir gebe.

David 18.40 Uhr

Es wird dunkel. Temperatur um den Gefrierpunkt, Nassschnee. Etwas Gutes: Vera ist eingeschlafen. Habe mich nur rasch von ihr gelöst, um diese paar Zeilen zu schreiben – mit Mühe wegen beissender Kälte und Dunkelheit. Wenn wir wenigstens ein Radio dabei hätten.

Freitag, den 5. November 1982

<u>David 8 Uhr</u>

Küche des Taxifahrers Nikolaus Stiller in Dessau. Gestern Abend sassen wir eine weitere Stunde im Abteil. Dann hörten wir das Fauchen einer Dampflokomotive, die an den Zug angekoppelt wurde. Dann im Schrittempo Richtung Berlin. Ich wollte Vera zum Absprung bewegen, weil ich ein ungutes Vorgefühl hatte. Und wenn man uns in ein düsteres Eisenbahndepot schleppt? Und dann eine Nacht lang hier im Zug? In einem Dorf gibt's etwas Warmes zu Essen. Vera sah das anders: Erst musst du das Gepäck aus dem Zug werfen, und dabei geht die „Baby" in die Brüche. Und dann bringen sie uns zur Polizei.

Halt im Bahnhof Dessau. Ich frage einen Vopo, was wir tun sollen. Antwort: „Gehen sie zum Schalter." Dort hat sich bereits die unvermeidliche Schlange gebildet. Vera will im Klinikum anrufen – sie hat morgen früh Sprechstunde, man soll die Patienten für einen anderen Tag einbestellen. Eine einzige Telefonkabine, und auch dort eine Warteschlange.

Eine knappe Stunde später Gespräch mit dem genervten Schalterbeamten.

„Wann fährt denn der nächste Zug nach Leipzig?"

„Das weiss ich doch nicht."

„Meine Frau ist Ärztin. Sie muss dringend nach Leipzig."

„Da kann ich nichts tun."

„Gibt es denn Busse?"

„Gehen Sie morgen zur Busstation."

„Warum erst morgen?"

„Jetzt fährt kein Bus."

Vor dem Bahnhof Nassschnee. Kein Taxi. Am gegenüberliegenden Ende des Bahnhofplatzes das Wirtshaus *Dessauer Bierstuben*. Das Lokal ist so voll, dass wir kaum eintreten können. Die einzige Kellnerin sitzt hinter der Theke und blickt mit Abscheu auf das Treiben. Kämpfe mich zu ihr durch und bitte sie um zwei Gläser Bier, denn etwas anderes gibt es nicht. Sie schnauzt mich an: „Können Sie nicht warten, bis ich komme?" Sie kommt nie.

Eine Stunde später gehe ich zum Bahnhof zurück, zu demselben Beamten. Keine Neuigkeiten. Nach einer weiteren Stunde ist Vera an der Reihe. Während sie weg ist, frage ich den Mann neben mir: „Wollen Sie auch nach Leipzig?"

„Was geht Sie das an?"

„Ich bin fremd hier, und da dachte ich, Sie könnten mir weiterhelfen."

„Zeigen Sie mir Ihren Ausweis!"

„Sind Sie von der Polizei?"

„Ihren Ausweis."

Ich denke an Veras Belehrung. Also keine Widerrede, keine Fragen.

„So so, ein Schweizer." Dann öffnet er mit geübtem Griff die Seite mit dem Visum: „Kern heissen Sie also. Jude?"

Ich sehe ihn streng an, in der Hoffnung, ihn einzuschüchtern: „Geben Sie mir meinen Pass zurück."

Mein Pass landet wieder in meiner Hand, allerdings mit der Bemerkung: „Frech sind sie, die Schweizer."

Vera kommt zurück: „Immer noch nichts."

Ein stämmiger Mann, offenbar der Wirt, ruft in die Runde: „Polizeistunde! Wir schliessen!"

Eine jüngere Frau kommt aus einer Ecke auf ihn zugestürzt: „Das dürfen Sie doch nicht tun. Meine beiden Kinder. Wohin sollen wir denn gehen?" Die Frau zeigt auf zwei Kleinkinder, die auf einer Bank schlafen.

Der Mann neben mir zwängt sich mit „Platz da!" nach vorn und pflanzt sich vor der Frau auf: „Zeigen Sie mir mal Ihren Ausweis."

Die Frau beginnt zu weinen. Ich würde ihr und den Kindern gerne helfen, weiss aber nicht einmal, was aus uns werden soll. So flüchten wir ins Freie.

Der Eingang des Bahnhofs ist mit einer Eisenrolltür verschlossen. Wir brechen in schallendes Gelächter aus – es ist alles so absurd, das Lachen die einzig mögliche Reaktion. Dann sagt Vera: „Bleib mal hier mit dem Gepäck, ich dreh 'ne Runde."

Einige Minuten später das Wunder. Ein Taxi fährt auf mich zu, Vera springt heraus und komplimentiert mich ins Innere.

Palaver mit dem Chauffeur: „Können Sie uns bitte nach Leipzig fahren?"

„Nein, dazu habe ich keine Berechtigung."

„Dann zu einem Hotel."

„Leider nicht möglich."

„Und warum nicht?"

„Die sind voll bis aufs letzte Bett."

„Fahren Sie uns dennoch hin, mit Westgeld lässt sich sicher was machen."

„Unmöglich. Die dürfen nach zehn Uhr keine Gäste mehr aufnehmen, sonst verlieren sie ihren Gewerbeschein."

Ich insistiere, bis der Fahrer nachgibt. Von den drei Dessauer Hotels sind zwei stumm wie das Grab. Aus dem dritten schreit jemand: „Ich rufe die Polizei!"

Der Fahrer dreht sich nach uns um: „Sie sind ehrliche Leute. Mein Name ist Stiller. Stiller Nikolaus. Wenn Sie wollen, wärmen Sie sich bei mir auf. Sie können auch bis morgen früh bleiben, dann sehen wir weiter."

Wir danken und wollen den Preis aushandeln.

„Ich mache das nicht für Geld. Der Herr sagt: Hilf den Bedürftigen."

Zwar werde ich nicht gerne als Bedürftiger abgestempelt – aber so unrecht hat Herr Stiller nicht. Wir sind sehr bedürftig, und er ist unsere einzige Rettung.

Während der Fahrt zeigt Stiller auf ein modernes Gebäude: „Sehen Sie, da drüben, unser Wahrzeichen. War's einmal, vor über fünfzig Jahren. Bauhaus. Kennen Sie das?"

Und ob, jedenfalls von den Bildern der zwanziger Jahre. Klee, Kandinsky, Schlemmer, Feininger. Die Schliessung durch die Nazis noch vor der Machtübernahme, so verhasst war ihnen die Institution. Was jetzt am Strassenrand vor sich hindämmert, sieht nicht aus wie eine Kulturinsel.

„Im letzten Kriegsjahr wurde es ausgebombt. Vor ein paar Jahren haben sie es wieder aufgebaut. Jetzt ist die Verwaltung drin."

Stiller wohnt in einer Plattenbau-Siedlung. Im Treppenhaus flüstert mir Vera zu: „Ich kenne diesen Mann. Fast sicher."

Als Stiller erfährt, dass wir seit dem Morgen nichts gegessen haben, geht er zum Kühlschrank. Während er belegte Brote und Limonade zubereitet, schaue ich mich um: Bücherwand aus Sprelacart, orangefarbene Tapete, Klappenzahl-Uhrenradio, Lederol-Sofa. Genau so habe ich mir eine DDR-Wohnung vorgestellt. Aus dem Rahmen fällt nur die aufgeschlagene Bibel auf dem Küchentisch.

Während wir essen, erzählt Stiller aus seinem Leben. Er kommt aus einer evangelischen Pfarrersfamilie und studierte Theologie in Leipzig. Die Sprengung der gotischen Paulinerkirche im Mai 1968 war für ihn Gottesfrevel. Er protestiere mit einem Transparent und wurde zu zwei Jahren Gefängnis verurteilt. Zudem verbot man ihm die Rückkehr nach Leipzig. So ist er Taxichauffeur in Dessau geworden und fährt Senioren in die Tagesheime. Eine Familie gründen, Kinder: „Ausgeschlossen. Nicht in diesem gottlosen Staat."

Vera ringt nach Worten: „Vor der Kirche, ich stand neben Ihnen und sah alles. Wie man Sie abführte. Ich bewunderte Ihren Mut, so ganz allein da vorne. Ein Vorbild für mich. Einstehen für das, was man glaubt. Das wollte ich Ihnen sagen, schon damals."

Vera ergreift die Hand Stillers, der sie erstaunt und dann dankbar ansieht. Auf ihr Zeichen ergreife ich Stillers andere Hand. Wir bilden einen Kreis um den Tisch mit der Bibel in der Mitte. Gesprochen wird nicht.

Später verabschiedet sich Stiller – er hat Nachtschicht – und lässt uns allein in seiner Wohnung zurück. Die Nacht verbringen wir auf dem Lederol-Sofa. Es ist sehr weich, sehr schmal, sehr kurz und riecht nach Acryl und Polyurethan, aber wir schlafen am Ende doch ein.

Vor einer Stunde hat uns Stiller geweckt, Kaffee gekocht und ist wieder weggegangen: Er will herausfinden, wie wir nach Leipzig reisen können.

<u>Vera 8 Uhr</u>

Stiller. Eine Begegnung vor vierzehn Jahren, bloß eine Minute, aber unvergessen. Jetzt sitzen wir in seiner Küche. Bis er zurückkommt – er will herausfinden, wie wir weiterreisen können – werde ich den Vorfall von 1968 beschreiben.

30. Mai 1968, 9 Uhr 45 Minuten am Morgen, Sprengung der Paulinerkirche. Der Sprengbereich wird von einem Polizeikordon abgeriegelt, dahinter die Schaulustigen. Da schlüpft ein junger Mann zwischen den Polizisten hindurch, überquert den Platz vor der Kirche und hält ein weißes Bettuch in die Höhe. Darauf steht: ‚Die Paulinerkirche darf nicht gesprengt werden.' Ein hausbackener Satz, ebenso rührend wie der junge Mann selbst, dünn, bleich, ein schütteres Bärtchen. Kaum habe ich die Parole gelesen, liegt er schon am Boden. Zwei Polizisten haben ihn umgestoßen und zerren ihn weg, ein dritter rafft das Tuch zusammen. Unwilliges Gemurmel: Spinner, verdrescht den mal ordentlich, ab in den Knast. Ein paar Minuten später die Sprengung: Kein Knall, sondern ein dumpfes Rumpeln. Die Kirche sackt in sich zusammen wie ein Kartenhaus. Die Westwand kippt nach innen und wird vom Dach zugeschüttet. Eine technische Meisterleistung, kann man am nächsten Tag in den Zeitungen lesen.

Die Sprengung richtet sich nicht gegen meine Religion. Ich bin nicht religiös. Jede Form von Ritual stößt mich ab. Gebetslitaneien sind mir genauso verhaßt wie Bekennerchöre der sozialistischen Staatsreligion. In die Paulinerkirche bin ich nur gegangen, wenn ich allein sein wollte. Und doch hat mich die Nachricht von der bevorstehenden Sprengung wochenlang verfolgt. Bei der Sprengung stehe ich in der ersten Reihe. Weshalb? Vier Monate vorher die Abtreibung. Seither das Gefühl, es sei nicht nur der Fötus weggekratzt worden. Hoffe ich, daß der Druck von mir abfällt, wenn ich sehe, wie es geschieht? Bei der Detonation zerbricht etwas in mir, und ein letzter Rest der fühlenden Vera fliegt mit einem vom Lärm aufgeschreckten Taubenschwarm davon.

In den folgenden Tagen verschaffe ich mir den Namen des jungen Mannes, Nikolaus Stiller, Theologiestudent, zurzeit in Untersuchungshaft. Ich will ihm schreiben. Meine Kollegen raten mir ab: Ich würde bloß Stillers Schwierigkeiten vergrößern und mich selbst in die Schußlinie bringen. So unternehme nichts, studiere weiter Medizin und habe Albträume. Ein Jahr später steht in den Lokalnachrichten des Sächsischen Tageblatts, Stiller habe seine verdiente Strafe erhalten, zwei Jahre Gefängnis.

Stiller wußte, als er sein Bettuch in die Höhe hielt, daß viele das mißbilligen würden. Man glaubte den Parolen von Ulbricht und seinem Büttel, Fröhlich. Sprengung der letzten Fesseln des Kapitalismus, Platz für den Fortschritt. Ein paar morsche Mauern wurden für eine bessere Zukunft geopfert. Damals die Kirchenmauern, heute Helga.

Nun steuert uns der gleiche Stiller aus einer Sackgasse heraus. Gefängnis und Verbannung haben ihn nicht gezähmt. Gestern haben wir drei uns an den Händen gehalten, zwischen uns lag die Bibel. Aufgeschlagen das Buch Hiob, wo Gott Hiobs Freunde tadelt und sagt, Hiob sei schuldlos an seinem Leid. Zufall? Die Hiobsgeschichte paßt zu Stillers Leben: Einer, der auch unter unwürdigen Bedingungen seinen Gott preist. Stiller und Hiob werden schuldlos verfolgt, verstoßen, erniedrigt.

Könntest du Stiller helfen? Wie wäre ein Artikel von dk in den NZN über Christen in der DDR am Beispiel von Nikolaus Stiller?

<u>David 9 Uhr</u>

Stiller kommt mit wichtigen Mitteilungen zurück.

Die 8-Uhr Nachrichten haben über ein Zugsunglück berichtet. Der Neun-Uhr Lipsia-Express aus Berlin ist gestern zwischen Dessau und Leipzig entgleist. Vier Tote und 21 Schwerverletzte. Zwei Helfer durch die heruntergestürzte provisorische Fahrleitung ebenfalls schwer verletzt. Die Strecke frühestens am Samstag wieder befahrbar. Man vermutet einen Sabotageakt durch Elemente aus der BRD. Deshalb verstärkt Kontrollen an den Grenzübergängen. Nach den Nachrichten fährt Stiller ins Eisenbahndepot. Dort arbeitet einer seiner Freunde vom Bibelkreis als Streckenwärter. Bei Arbeitsantritt hat ein Kriminalpolizist alle Arbeiter zusammengerufen. Striktes Redeverbot. Das sei nötig, um den Saboteuren auf die Spur zu kommen. Eine reine Lüge, sagt Stillers Freund. In Wahrheit geht es darum, die Ursache des Unglücks zu vertuschen. Nicht die geringste Spur von Sabotage. Der Zug ist entgleist, weil sich verrostete Schienen von den verfaulten Schwellen gelöst haben. Der Streckenwärter bemängelt seit Jahren den schlechten Zustand der Gleise. Die stammen noch aus dem Zweiten Weltkrieg. Seitdem auf der Strecke Eilzüge verkehren, hat der Streckenwärter mit einem Unglück gerechnet. Das Märchen von der Westsabotage ist für ihn günstig. So hat man einen Sündenbock und lässt die Bibelgruppe in Ruhe. Bisher wurden Sündenböcke häufig aus dieser Gruppe ausgewählt.

Der nächste direkte Bus nach Leipzig fährt kurz vor zehn Uhr. Eine Haltestelle befindet sich direkt neben Stillers Wohnung. Jetzt so sang- und klanglos mit einem Bus wegfahren: Schade. Ich hätte dem Streckenwärter gerne ein paar Fragen gestellt. Er weiss vielleicht auch, wo sich der Lokführer des Unglückszuges aufhält. Ein paar Stunden mit Stillers Taxi, und alles wäre im Kasten. Erst das Turbinabol und jetzt der Lipsia-Express. Von einer Tantalusqual zur nächsten. Ein Blick auf Vera setzt mir den Kopf zurecht – ich bin nicht hier, um Streckenwärter und Lokführer zu befragen.

Vera 9 Uhr

Stiller berichtet. Der Zug, den wir gestern hätten nehmen sollen, ist entgleist. Es gab Tote und Verletzte. Entsetzlich.

Im Radio heißt es, wir seien festgehalten worden, weil man Sabotage vermutet. Ein Vertuschungsmanöver, sagt ein Bekannter von Stiller. Der Zug ist wegen rostiger Schrauben und morscher Schwellen entgleist.

Der Bekannte von Stiller meint also, daß man mit Panzern verrostete Schrauben vertuschen will. Unsinn. Ginge es ums Vertuschen, würden ein paar Radiosprecher und Journalisten genügen.

Es geht aber um etwas anderes, um etwas viel Schlimmeres. Der Aufwand, der gestern betrieben wurde, war übermäßig. Jemand ganz oben muß Sabotage vermutet haben. Jemand muß geglaubt haben, daß sich Helfer der Saboteure in unserem Zug befunden hätten. Meine Diagnose lautet: Verfolgungswahn. Erst malt man den Teufel an die Wand, dann glaubt man, daß es ihn wirklich gibt, und schließlich schottet man sich im Wahnsinn ab.

Wir hatten Glück, der Rucksack hat uns das Leben gerettet. Du siehst das anders: Mit etwas Glück wäre uns auch im ersten Zug nichts zugestoßen, und wir hätten beobachten können, wie sich der Sozialismus in einem Notfall verhält. Ich muß das nicht durch eine Zugsentgleisung erleben. Das reglementierte Chaos ist mein täglich Brot. Chaos und Wahnsinn: Die beiden Markenzeichen der Republik.

David 10.30 Uhr

Bushaltestelle Raguhn. Wir sitzen im Eilbus der Marke Ikarus-31. Der Name trügt: Wir fliegen nicht Leipzig entgegen, sondern fahren sehr, sehr langsam. Die hundert Kilometer lange Reise dauert über drei Stunden. Darüber können wir nur froh sein, denn der Ikarus ist über dreissig Jahre alt, klappert, ächzt und kracht in die Schlaglöcher. Schreiben kann ich nur an den Haltestellen. Von denen gibt es viele.

Die Dörfer, neben denen ich gestern im Dunkeln vom Zug abspringen wollte, wirken im nackten Tageslicht verkommen. Der Weltkrieg ist gerade zu Ende gegangen. Hausmauern eingestürzt oder voll von Einschusslöchern. Hier in Raguhn liegt die Haltestelle neben einer Metzgerei. Sie ist, bis auf den Metzger hinter der Theke, leer.

David 10.50 Uhr

Haltestelle Bobbau. Hundert Meter vor der Haltestelle spielen zwei Kinder. Sie werfen vom Strassenrand her ihren Ball in eine Pfütze, fast schon ein kleiner See, und fischen ihn mit einer Stange wieder heraus. Der Fahrer steigt aus, schreit die Kinder an, verlangt, dass sie ihre Mutter holen und will die Frau anzeigen, weil ihre Kinder den Verkehr behindern. Dann fahren wir die paar Schritte weiter bis zur

Haltestelle, wo zwei Passagiere warten. Ich will wissen, welchen Verkehr die Kinder behindern, und mache, bis die Mutter ihre Lektion bekommen hat und die Wartenden endlich einsteigen können, eine Verkehrszählung. 12 Velos, 5 Kleinmotorräder, 2 Pferdefuhrwerke, 2 Kleintransporter, 2 Traktoren, 1 Trabi, 1 Wartburg und 1 handgezogener Leiterwagen. Hinter dem Ikarus hat sich bisher nie eine Schlange rascherer Vehikel gebildet. Offenbar gibt es keine. Somit geht es dem Fahrer um die Behinderung eines Verkehrs, der gar nicht stattfindet.

David 11.20 Uhr

Haltestelle Petersroda. Quer über der Strasse ein Spruchband: ‚Unser Plan ist unser Kampfprogramm'. Das Band war wohl einmal rot. Jetzt ist es verwaschen, mehr grau als rot, kaum lesbar und in der Mitte eingerissen. Der Kampf hängt herunter. Während wir anhalten, kommt uns ein mit Rüben gefülltes Pferdefuhrwerk entgegen. Das Pferd hat Mühe, die Last zu ziehen.

David 11.50 Uhr

Haltestelle Zschortau. Ein Mann will mit einem grossen Korb Kartoffeln einsteigen. Die Falttür des Ikarus klemmt, und die Öffnung ist zu schmal für den Korb. Der Fahrer schaut zwei Minuten lang zu, wie sich der Mann abmüht, und fährt dann ab, ohne Mann und Korb.

Vera 12 Uhr:

Wenn ich allein wäre, hätte ich mein Das-ist-eben-so Gefühl. Du aber notierst die Ungeheuerlichkeiten, an denen wir vorbeirattern. Das ist ansteckend, ich blicke mit dir aus dem Fenster und bin entsetzt. So viel Hoffnungslosigkeit.

Wir müssen zur Ruhe kommen. Ich werde dich in meine Arme nehmen und dir mit der Hand die Augen zuhalten.

David 14 Uhr

Zimmer im Hotel *Merkur* – ungläubig, überrascht, denn soeben gab mir der Tagungspräsident des Internistenkongresses, Klaus Berndt, ein Interview. Ich schreibe es Wort für Wort ins blaue Buch.

„Herr Professor Berndt, was erwarten Sie vom diesjährigen Internistenkongress in Leipzig?"
„Der Kongress wird einmal mehr bestätigen, dass die DDR über ein vorbildliches Gesundheitswesen verfügt."
„Glauben Sie denn, dass Ihre Medizin anderen als Vorbild dient?"
„Natürlich. Unsere Medizin hat Weltniveau und Vorbildfunktion. Vergleichen Sie doch mal unsere sozialistische Medizin mit der kapitalistischen. Wir haben eine medizinische Versorgung auf die Beine gestellt, die jedem zugänglich ist und unentgeltliche Leistungen erbringt. Unser Primat liegt auf der Vorbeugung, aber auch Behandlung und Nachsorge sind optimiert. Ihre Medizin dagegen hat sich an den Kapitalismus verkauft, und das bedeutet immer teurere Spitzenprodukte, die sich keiner leisten kann ausser den paar wenigen, die sich an der arbeitenden Bevölkerung bereichern. Ausserdem sind die meisten Ihrer so genannten Spitzenprodukte wertlos."

„Bedeutet das nun, Herr Professor, dass Sie in der DDR auf eine Spitzenmedizin verzichten?
„Natürlich nicht. Unsere Ärzte kämpfen an der vordersten Front des Fortschritts. Was wir Ihnen hier in Leipzig bieten, ist Spitzenmedizin in Reinkultur. Ich will nur ein paar Stichworte nennen: Dialyse bei Nierenkranken, Lebertransplantation, Impfprogramme bei Schwangeren, Sportmedizin. Spitze auf der ganzen Linie."

„Wie kommt es denn, dass so wenige medizinisch-wissenschaftliche Resultate aus der DDR in führenden medizinischen Zeitschriften publiziert werden?"
„Wenn Sie bedenken, dass das kapitalistische Ausland alles daran setzt, uns mundtot zu machen, wird sogar sehr viel aus der DDR publiziert. Zudem wissen wir, dass fast alle Fachartikel aus dem kapitalistischen Ausland die medizinische Betreuung nicht verbessern und zu nichts anderem dienen als zur Förderung der persönlichen Laufbahn. Für

solche Spiele haben die Ärzte in der DDR weder Lust noch Zeit."

„Ihre Ärzte sind also Leistungserbringer. Wie gestaltet sich da der Austausch zwischen den Ärzten der DDR und den Ärzten anderer Länder, beispielsweise mit der Bundesrepublik?"
„Wir haben hervorragende Verbindungen zu Bruderländern wie Polen, der Tschechoslowakei und natürlich zur Sowjetunion. Im Fall der BRD stossen wir auf Ablehnung, weil uns die Westdeutschen um unser hervorragendes Gesundheitssystem beneiden."

„Wenn das zutrifft, gibt es gewiss viele westdeutsche Ärzte, die in der DDR arbeiten möchten, um von Ihnen zu lernen."
„Wir sind jederzeit bereit, sie mit offenen Armen zu empfangen."

„Man hört immer wieder, dass ein ostdeutscher Arzt nicht mehr verdient als eine Krankenschwester und dass der Ärztestand der DDR sein traditionelles Prestige verliert. Sind schlecht bezahlte Ärzte besser manipulierbar?"
„Das sind Unterstellungen des kapitalistischen Auslands. Die lässt man am besten unbeantwortet. Immerhin möchte ich Sie daran erinnern, dass in der DDR alle Bürger, auch die Ärzte, bereit sind, für die Zukunft zu arbeiten. So, wie wir heute arbeiten, werden wir morgen leben. Unsere Ärzte leisten wie alle Genossen ihren Beitrag zur Sicherung des Friedens, zum Aufbau des Sozialismus, zur Stärkung des Staates, zur Bekämpfung des Klassenfeinds und natürlich auch zur Verbesserung der Medizin."

„Das sind hochgesteckte Ziele. Glauben Sie, Sie können die erreichen?"
„Natürlich, keine Frage. Die unabdingbare Voraussetzung dafür ist eine Zentralisierung des Gesundheitswesens. Bei allem Respekt für die Ärzte glaube ich, dass sie ohne eine straffe Führung die Medizin verkommen lassen würden."

„Das heisst also, dass der Fortschritt der Medizin in den Händen einer Gesundheitsverwaltung liegt. Widerspricht dieses System nicht den Grundlagen der Medizin, dem hippokratischen Prinzip?"
„Sie haben von Hippokrates eine falsche Vorstellung. In Tat und Wahrheit begründete Hippokrates die sozialistische Medizin. Er legte das Schwergewicht auf Vorbeugung,

strenge Führung und eidliche Bindung seiner Schüler. Alle Patienten hatten unbeschränkten Zugang zu dieser Medizin."

„Würgen Sie denn mit Ihrer Zentralisierung nicht jede Initiative ab?"

„Unsere Ärzteschaft ist uns für die Zentralisierung dankbar. Rückfälle in kapitalistisches Verhalten kenne ich nur von älteren, dem reaktionären Bildungsbürgertum verhafteten Ärzten. Die sterben zum Glück aus. Die heutige Medizin der DDR ist eine Säule des Sozialismus, und der ist die beste Medizin."

„Herr Prof. Berndt, ich danke Ihnen für dieses aufschlussreiche Gespräch."

So viel Bombast, Arroganz, Selbstgefälligkeit und Verlogenheit. Ich bin ganz benommen davon. Aber bitte, Herr Berndt wird sich Wort für Wort wiederfinden. Ob er auch meinen Kommentar schätzen wird, steht auf einem anderen Blatt – ein zweites Mal werden die Leser der NZN nicht denken, *dk* sei dem Kommunismus verfallen. Es kommt mir zugute, dass ich in der NZN-Bibliothek ein Sündenregister erstellt habe. AIDS-Leugnung, Luftverschmutzung, mangelhafter Arbeitsschutz, Fälschung von Statistiken etc. Mehr als zwanzig schwere Sünden. Los, 2 Stunden Zeit.

David 17 Uhr

Interview abgetippt, lasse es an der Rezeption kopieren. Kopie geht zu Berndt. Kommentar geschrieben, eine Breitseite gegen Berndt & Co. Von Steiger wird sich freuen.

Kurze Rückblende zur Ankunft im *Merkur*. Hier findet der Kongress statt, und hier hat man mich einquartiert.

Beim Durchqueren der Hotelhalle laufen Vera und ich Akov in die Arme. Untersetzt, glatzköpfig, spricht mit russischem Akzent: „Oi, habe ich mir Sorgen gemacht seit gestern." Vier Ärzte aus Berlin sind beim Zugunglück verletzt worden. Als wir nicht auftauchten, forderte er bei der Reichsbahn Einsicht in die Liste der Toten und Verletzten. Sie wurde ihm heute Morgen überbracht. Unsere Namen waren nicht drauf, aber Akov war nicht beruhigt. Wenn in der DDR Ausländer verunglücken, wird zuerst einmal geschwiegen, bis das Politische geklärt ist.

Akov führt uns vor das Hotel: „Vera hat mir viel von Ihnen erzählt, David. Ihre Reise, sehr mutig. Aber passen Sie auf. In Veras Wohnung können Sie ja nicht gehen. Sie dürfen Vera auch nicht mit auf Ihr Hotelzimmer nehmen. Deshalb biete ich Ihnen und Vera die Wohnung meines Sohnes an. Er arbeitet zurzeit in Rostock, und seine Wohnung liegt direkt neben meiner. Ein Freund von mir, der sich auskennt, kontrolliert sie alle paar Wochen. Wanzenfrei. Beziehen Sie jetzt Ihr Zimmer hier im *Merkur*, markieren Sie jeden Tag Präsenz. Ein paar Minuten genügen. Und nach fünf Uhr sehen wir uns zu Hause."

Vera geht zum Tagungsbüro und ich zum Hotelempfang. Formular für verspätet eintreffende Hotelgäste. Grund für die Verspätung: „Zugentgleisung". Adresse Ihres letzten Übernachtungsortes: „Bahnhof Dessau." Im Zimmer zerwühle ich das Bett, gehe zum Kongress-Sekretariat, wo ich Benkes Brief an den Tagungspräsidenten abliefere und ganz kühn ein Interview mit ihm verlange. Zu meiner grössten Überraschung kommt fünf Minuten später die Sekretärin zurück: „Professor Berndt lässt bitten."

Fortsetzung siehe oben.

David 18.30 Uhr

Komme eine gute halbe Stunde vor Vera in ‚unsere' Wohnung.

Akov steht vor einem alten Samowar und kocht Tee. Der Aufenthaltsraum von Bücherwänden umstellt – Bücher bis zur Zimmerdecke, Bücherstapel in allen Ecken, Bücher auf dem kleinen Lesetisch und auf den Sesseln. Bloss das Sofa, das sich in ein Bett verwandeln lässt, ist freigeräumt worden. Fühle ich mich sofort heimisch.

Akov: „Ich habe gehört, dass Sie ein Interview mit Berndt geführt haben."

„Ja, damit habe ich gar nicht gerechnet. Ich ging in sein Sekretariat und lieferte ein Empfehlungsschreiben der Handelsvertretung in Bern ab. Eine knappe halbe Stunde später war schon alles vorbei."

„Berndt ist Leiter der medizinischen Militärakademie. Da wird nicht lange gefackelt. Anlegen – Feuer. Und was werden Sie jetzt tun?"

„Eine Kopie des Interviews ist bei Berndt, er soll den Text bis morgen gegenlesen. Er wird nichts auszusetzen haben, denn alles ist wortgetreu wiedergegeben. Heute Nachmittag habe ich einen Kommentar zum Interview geschrieben. Morgen faxe ich beides, Kommentar und Interview, an die Neuen Zürcher Nachrichten. Am Montag sollen sie's drucken."

„Kann ich die Texte mal lesen, bitte?"

In den folgenden zehn Minuten vertieft sich Akov in die Lektüre. Es wird kein Wort gesprochen. Beim Lesen meines Kommentars mehrfach ein leises Pfeifen. Am Ende blickt er mich gerunzelten Brauen an: „Das werden Sie nicht in die Schweiz schicken."

„Wie bitte?"

„Vera ist meine Ziehtochter. Da sind Sie so etwas wie mein Schwiegersohn, und ich kann frei reden. Wenn Sie das einem Hotelangestellten zum Faxen geben, können Sie es auch gleich der Stasi in die Hand drücken. Sie werden das nicht schicken. Haben Sie jetzt verstanden?"

„Ich habe das Interview ganz genau wiedergegeben."

„Ihr Kommentar ist eine Schmähung."

„Alles, was Berndt sagte, ist falsch und verlogen, da gebe ich ihm eins über die Rübe."

„Berndt hat mir gesagt, dass Sie ein Empfehlungsschreiben dabei haben. Kann ich das einmal sehen, bitte."

„Wie Sie wünschen, Herr Schwiegervater."

Ich gebe Akov den Brief, den ich von Benke bekommen habe. Er wirft einen raschen Blick darauf: „Berndt hat mir heue Nachmittag einen anderen Brief gezeigt. Da steht drin, dass Herr Benke ihre Manuskripte vor der Publikation korrigiert."

„Diesen Brief habe ich nie gelesen. Er geht mich auch gar nichts an. Es genügt völlig, wenn Berndt mein Interview gegenliest. Wenn ich Kommentare schreibe, ist das meine Privatsache. Da bin ich weder Herrn Benke noch Herrn Berndt Rechenschaft schuldig."

„In der Schweiz vielleicht, aber nicht hier. Im Übrigen haben Sie Benkes Brief Berndt selbst überbracht, und da darf ich wohl davon ausgehen, dass Benke die Sache mit Ihnen abgesprochen hat. Also spielen Sie nicht den Unwissenden, das kommt bei mir schlecht an. Und wenn Sie nicht lebensmüde sind, schicken sie dieses Zeug nicht an Ihre Redaktion, jedenfalls nicht Ihren Kommentar."

„Das Interview ohne Kommentar kann ich nicht schicken."

„Dann schicken Sie nichts."

„Als Journalist habe ich die Aufgabe, Heuchler und Lügner zu entlarven."

„Berndt glaubt an das, was er sagt. Unter anderen Umständen wäre er ein Prälat geworden. Heute schuften für das Paradies von morgen. Wenn Sie Berndt als Heuchler und Lügner bezeichnen, ist das erstens falsch, und zweitens wird er Sie an die Wand stellen, und das möchte ich Vera ersparen."

„Nun hören Sie mal. Wenn einer sagt, dass Ärzte die Medizin verkommen lassen, wenn sie nicht straff geführt werden."

„Berndt bekleidet den Rang eines Generals. Also: Stillgestanden! Die Alternative dazu ist die Verantwortungslosigkeit bei Ihnen drüben. Ärztliche Entscheidung, das war einmal. Heute entscheidet bei Ihnen ein System, in dem Bürokraten, Politiker und Ökonomen das Sagen haben. Und das hat schreckliche Folgen."

„Sehen Sie denn nicht, dass General Berndt die Medizin zerstört? Ärzte als Befehlsempfänger und Leistungserbringer: Wissen Sie, was das bedeutet? Wie Sie richtig sagen, Akov: Stillgestanden. Keine Bewegung, sonst knallt's. Kein Fortschritt, keine Forschung. Nicht einmal ein bisschen Prestige lässt er seinen Ärzten."

„Ärztliches Prestige ist ein Auslaufmodell, bei Ihnen drüben noch mehr als bei uns. Wir ersetzen es durch Opferbereitschaft, Sie drüben durch Technik und Politik. Und Ihre Politiker machen wirklich alles kaputt. Da lobe ich mir Herrn Berndt."

„Und der Fortschritt, die Forschung?"

„Haben Sie sich einmal gefragt, wie viele medizinische Arbeiten bei Ihnen publiziert würden, wenn das Fortkommen der Ärzte nicht davon abhinge und die Industrie nicht dahinter stünde? Und warten Sie mal ab. Wenn bei Ihnen die Medizin immer mehr vom Volkseinkommen auffrisst, wird für den so genannten Fortschritt nichts mehr übrig bleiben."

„Was schlagen Sie da vor?"

„Ich würde ich dem Arzt für jede Diagnose einen fixen Betrag zahlen. Das würde den Fortschritt auf ein vernünftiges Mass reduzieren."

„Akov! Sie sind ja schlimmer als Herr Berndt!"

„Lieber David, es gibt so etwas wie die Tugend der Beschränkung."

Den letzten Satz hat Vera mitbekommen, die zur Tür eintritt. Sie nimmt mich in den Arm und wirft Akov einen spöttischen Blick zu: „Lassen Sie meinen David in Ruhe mit Ihren politischen Tiraden."

Akov schiebt Interview und Kommentar zu Vera hinüber: „Lesen Sie das mal, bevor Sie was sagen. Ihr David will das an seine Zeitung schicken."

Vera ist eine rasche Leserin, zwei, drei Minuten, bevor sie, ganz blass geworden, die Blätter auf den Tisch zurücklegt: „Davids Ruf bei seiner Zeitung ist durch meine Schuld ramponiert. Mit diesen Texten kommt alles wieder ins Lot."

Akov steht mit hochrotem Kopf auf, stemmt die Fäuste auf den Tisch und schreit: „Sie unterstehen sich. Erst lachen Sie sich einen gewissenlosen Schreiberling an, und dann decken Sie ihn auch noch, wenn er uns alle in den Knast bringt. Noch ein Wort, und ich schmeisse Sie raus, beide."

Vera drückt einen Kuss auf Akovs kahlen Schädel. Sehr wirksam gegen die Zornesausbrüche ihres Mentors. Entgegen meiner Überzeugung und gegen Veras Rat verspreche ich Akov, nichts in die Schweiz zu schicken.

Akov füllt die Teetassen und blickt mich väterlich an: „Meine Eltern kommen aus Armenien. Beide überlebten den Genozid. Mein Vater studierte Medizin in Moskau und wurde 1953 in einem Ärzteprozess hingerichtet. Zur gleichen Zeit kam ich nach Leipzig. Sie können sich nicht vorstellen, welche Qualen ich damals durchlitt. Ich habe nur ein einziges Talent, und das ist der Umgang mit gefährlichen Systemen. Das Rezept lautet: Zur rechten Zeit schweigen. Verlassen Sie sich auf mich und lernen Sie was, beide."

Aufbruch zum Festabend.

Vera 18.30 Uhr

Helga ist tot. Das erfahre ich gleich nach der Ankunft. Gut für sie – schlimm für mich. Ich verliere einen lieben Menschen. Wie habe ich für diese Frau gekämpft und bloß Niederlagen eingesteckt. Das Begräbnis findet am Sonntagmorgen statt. Eigenartig, fast schon anrüchig, dieses rasche Verscharren, aber es hat auch was Gutes: Den Montag, unseren letzten Tag, muß ich nicht auf einem Friedhof verbringen und kann dich in meine Vergangenheit mitnehmen, nach Espenhain und an den Pleißner See. Das notiere ich zu meinem eigenen Trost. Mir ist zum Heulen.

Vor den Tagungsräumen irre ich ziellos umher: Was habe ich hier zu suchen? Zwei Mal betrete ich einen Vortragssaal und bin nach wenigen Minuten wieder draußen. Selbst wenn es mir gut ginge, wäre ich keine gute Zuhörerin: Bei solchen Veranstaltungen wird kaum Neues vorgestellt. Auch die Nadel im Heuhaufen ginge mich wenig an. Stets das gleiche Lied: Sobald ich was Neues einführen möchte, fällt mir die Politik in den Rücken.

Kein Wunder, daß ich durchgedreht in der Wohnung ankomme. Unter der Tür traue ich kaum meinen Augen: Meine beiden Männer sitzen am Küchentisch, trinken Tee und sind in ein Gespräch vertieft. Wie schön, fast wie ein Zuhause.

Akovs Satz, den ich noch im Flur mitbekomme, stammt aus der ideologischen Mottenkiste. Der alte Lobgesang auf die Beschränkung. Er versucht, dich zu indoktrinieren.

Dann merke ich, daß ihr euch streitet. Ich begreife, du hast den Journalisten gespielt und bist drauf und dran, dich in die Nesseln zu setzen. Akov will dich davon abhalten. Recht hat er. Das habe ich schon auf der Zunge, aber ein Gedankensturm wirbelt durch meinen Kopf. Ich denke eine Sache und zugleich ihr Gegenteil und das Gegenteil vom Gegenteil. Wenn du nicht mein Freund wärst, sondern lediglich ein angereister Journalist, wäre ich froh, daß du unsere dreckige Medizin ausmistest. Du bist aber kein angereister Journalist, sondern mein Freund, dem nichts zustoßen darf. Nun hast du etwas angestellt. Akov will dich beschützen. Das heißt aber noch lange nicht, daß er dich, meinen David, kritisieren darf. Nur ich habe das Recht, dich zu kritisieren, ich und sonst niemand. Also sage ich Akov: Ich bin schuld an seinem Schlamassel, jetzt muß er seinen Ruf wieder herstellen. Wenn Sie jemand kritisieren wollen, dann nur mich. Lassen Sie David in Ruhe.

Am Ende lenkst du ein und wirst nichts in die Schweiz schicken. Also ist fürs erste die Gefahr gebannt.

Ich versuche, dir zu erklären, worum es geht. Wenn die NZN deinen Text noch vor deiner Abreise drucken würden, wären die Folgen schlimm. Die Stasi würde dich, wie ich sie kenne, nicht gleich wegen staatsfeindlicher Hetze verhaften, sondern erst einmal an anderer Stelle ansetzen. Nichts leichter als das: Man will sicher sein, daß du nicht zu den Drahtziehern der Entgleisung bei Dessau gehörst. Oder man wundert sich, was du bei Stiller, einem Straftäter und Feind der Republik, zu suchen hattest. Glaub mir: Wir sind Stillers Haus von den Mitbewohnern denunziert worden.

Und bist du dir im Klaren, daß du nicht nur dich gefährdest, sondern auch andere? Vielleicht würden sie dich als Schweizer nach ein paar Wochen ziehen lassen, aber dann würden sie sich an mir schadlos halten. Willst du das?

Du hörst mir zu, aber nur mit halbem Ohr.

Man kann dich keine Stunde allein lassen. Ich muß endlich begreifen, daß Du ein Draufgänger bist, sonst wärst du nicht hier, ich könnte deine Hand nicht halten und dir keinen Tee eingießen. Draufgänger sind manchmal blind. Wenn sie immer an die Folgen ihrer Handelns denken würden, kämen sie gar nicht erst zum Zug. Müssen gute Journalisten so sein wie du?

Ja, sie müssen. Aber du bist nicht als Journalist gekommen, sondern als mein Freund. In der Schweiz hast du mir gesagt, deine journalistische Aufgabe sei nur ein Alibi, um in meine Arme zu fliegen. Und doch bist du stracks zu Berndt geeilt und hast noch am selben Nachmittag einen Kommentar verfaßt. In Basel glaubte ich, daß du deinen Jagdinstinkt im Zaum halten kannst, aber jetzt verstehe ich: Die Katze läßt das Mausen nicht. Übrigens bin ich keinen Deut besser. Auch als deine Frau würde ich nie meinen Beruf aufgeben. Und ich sehe dich, wie es mir gerade paßt, als Freund oder als Journalisten. Lies die Zeilen von heute früh. Da steht, daß dk dem armen Stiller aus der Patsche helfen soll. Wie werden wir das hinkriegen, wir zwei?

Es ist wohl am besten, daß du die Texte in die Schweiz mitnimmst und sie erst nächste Woche veröffentlichen läßt. Dazu werde ich dir, wenn sich mein überhitzter Kopf abgekühlt hat, einen Vorschlag machen: Ich habe in deinem Kommentar drei Argumentationsfehler entdeckt. Diese Fehler werde ich in einem Leserbrief an die NZN richtigstellen. Den Briefentwurf werde ich Anton unter die Nase halten. Er soll entscheiden, ob ich den Brief abschicke oder nicht. Schicken oder nicht schicken: Beides ist Wasser auf meine, auf unsere Mühle.

Du freust dich auf den Festabend. Mir ist nicht festlich zumute, aber ich möchte dir Susanne vorstellen – also los.

Samstag 6. November 1982

David 8 Uhr

Der Festabend beginnt mit einem Konzert im Gewandhaus. Wir gehen zu dritt hin: Akov im speckigen Sakko links und ich in der Cordjacke rechts von der Prinzessin im schlecht sitzenden Kostüm. Beide bei ihr untergehakt. Gute Stimmung. Akov wirft einen spöttischen Blick auf meinen Lakowa-Rucksack. Von dem will ich mich nicht trennen – unsere beiden Tagebücher sind auf meinem Rücken besser aufgehoben als so allein in der Wohnung.

Das Gewandhaus wurde vor einem Jahr eröffnet. Weil der Herr Staatsratsvorsitzende damals nicht abkömmlich war, wird der rote Teppich heute ausgerollt. In Leipzig findet von heute an eine SED-Tagung statt und daneben noch der Internistenkongress. Honecker mit Hofstaat, Berndt in schneidiger Generalsuniform. Der Eingang zum Gewandhaus von Scheinwerfern angestrahlt, Ehrenwache mit aufgepflanztem Bajonett. Kein Grau-in-Grau, sondern Pelzstolen und schwarze Anzüge, dahinter Wolken von Naphthalin, Kampfer und Schweiss. Wir drei passen nicht ins Bild.

Das Gewandhaus ist hässlich. Was hat sich der Architekt gedacht, als er über einer gläsernen Bürohausfassade hausgrosse Steinquader auftürmte? Er sagte in einem Interview: ‚So einen Bau macht man nur einmal im Leben.' Hoffentlich hält er dieses Versprechen – das wäre tröstlich angesichts der begangenen Sünde. In der Halle die zweite böse Überraschung: Das Riesengemälde ‚Gesang vom Leben.' 613 Quadratmeter sozialistisches Lebensgefühl. Im Untergeschoss eine Beethovenskulptur von Max Klinger, dort wollen wir uns am Ende treffen. Unsere Plätze liegen an entgegensetzten Stellen des Saals, Küsschen aus der Ferne.

Beethovens Neunte Symphonie. Orchester und Chor ziehen ein, und dann besteigt Honecker das Dirigentenpodest. Künstler als Staffage für einen Popanz. Der Dirigent Kurt Masur wartet bescheiden neben seinen Musikern, bis der Genosse Staatsratsvorsitzende den getreuen Genossen Paul Fröhlich gelobt hat. Der hat unermüdlich die letzten Reste von reaktionärem Kleinbürgertum ausgemerzt und Leipzig zu einer sozialistischen Hochburg gemacht. Minutenlang stehender Beifall. Eine gute Stunde später, am Ende der Neunten, wird lauwarm geklatscht, bevor man sich verzieht. Vera und ich gehören zu den letzten, die klatschen, da ist der Saal schon fast leer.

Neben dem Marmorbeethoven erwartet mich Vera in Begleitung einer hochgewachsenen Frau. Alter aus Distanz schwer zu schätzen. Gibt sich jugendlich. Ich will vorwegnehmen, dass später, auf der heissen Tanzfläche, Krähenfüsse und Falten zum Vorschein kommen. Sieben Jahre älter als ich, sagt Vera auf der Heimfahrt. Auch das Doppelte würde mich nicht erstaunen.

Wir mustern uns. Stahlblaue Augen, Marinas Viehhändlerblick, nur noch schamloser. Eine raue, penetrante Stimme: „Nun muss ich mir mal den Schweizer ansehen, den du mitgebracht hast, Vera." Eine umwerfende Figur. Perfekte Beine, durch einen langen Schlitz im Abendkleid bis zum Ansatz sichtbar. Auf dieser Höhe beginnt schon das Dekolleté. Voller Busen, sogar für Schweizer Gepflogenheiten freizügig zur Schau gestellt. Um einen Kopf grösser als Vera, und die ist nicht kleingewachsen. Da sie hochhackige Schuhe trägt, ragt sie zu meinem Scheitel, zum langen Lulatsch, herauf. Da oben kann ihr niemand das Wasser reichen. Nochmals eine Etage höher ein aufgesteckter Haarschopf, wasserstoffblond gefärbt, denke ich. Dass die Haarfarbe echt ist, erfahre ich später – das gleiche Weissblond schon auf einem Jugendfoto. Ein schlimmer Geruch. Drei teure Parfums vermischt. Jemand mit einer gut entwickelten Nase, Vera zum Beispiel, müsste ihr erklären, dass gewisse Parfums bei gleichzeitiger Anwendung schlecht riechen. Hinter der Parfumfassade die Körperausdünstungen – Raubtierkäfig, Moschus, Vaginalsekrete. Das Abendkleid, das fällt mir bei so viel Körper erst auf den zweiten Blick auf, ist Original Dior, das mit Abstand eleganteste Kleidungsstück des Abends. Während ich mich frage, wie es wohl in die DDR gekommen ist und wehmütig an Veras Armanikleid denke, sagt die Frau zu Vera: „Na ja, auch aus der Nähe nicht schlecht."

„Meine Freundin Susanne."

Das also ist sie, die einzige Frau in Leipzig, der Vera vertraut.

Susanne kommt einen Schritt näher: „Hat es Ihnen denn gefallen, Herr Kern?"

Beim Händeschütteln überwinde ich meine Abneigung, mich vom langgestreckten, wunderbar gepflegten Greiforgan berühren zu lassen. Das einzige Schmuckstück ist ein Solitär. Wenn echt, ein kleines Vermögen wert. Da ich nicht gleich antworte, fährt Susanne fort: „Ich bin fast gestorben. Honecker, dieser aufgeblasene Trottel. Und sahen Sie die netten Knaben vorn im Chor? Das sind die Thomaner, die mussten zu Ehren von Honecker aufmarschieren. Reizend, wie sie stumm ihre Mäuler aufreissen. Der Gesang der Fische. In der Neunten gibt es keine Knabenstimmen."

Aus den Augenwinkeln sehe ich Akov, der bei Susannes Anblick verschwindet. An diesem Abend lässt er sich nicht mehr blicken. Wir verlassen das Gewandhaus und überqueren den Karl-Marx-Platz. Fortsetzung im Rektoratsgebäude nebenan. Es ist im Gegensatz zum Gewandhaus einfach nur banal, wenn man vom Eingang absieht. Der befindet sich unterhalb einer gigantischen Bronzeinstallation, gute fünfzehn Meter breit. Karl Marx sinniert über seinen Platz hinweg. Daneben eine hünenhaften Frau und ein Tross sozialistischer Helden, bereit, sich tonnenschwer auf die Besucher zu stürzen, die untendurch ins Innere kriechen.

Empfang in einem riesigen Saal, aber die Decke aus graubraunen Kunststoffkassetten reicht fast bis zu den Köpfen herunter. Gefühl, erdrückt zu werden. Keine Fenster, weil der Koloss an der Aussenfront alles versperrt. Anstelle von Fenstern ein Wandgemälde. Darauf hunderte von Menschen, die dramatische Gesten ins Leere machen. Arbeiter hieven Lasten ins Leere, Professoren schreiben für niemanden Formeln an Wandtafeln und dozieren ins Leere, Studenten mit leerem Blick hören nicht zu. In der Mitte des Bildes tanzt die schöne Flora mit wehenden Röcken ins Leere. Aber sie tanzt gar nicht – sie ist mitten in ihrer Bewegung erstarrt. Ein böser Zauber ist schuld daran. Alle Menschen auf dem Bild verharren in einer komischen und zugleich beängstigenden Starre. Der Maler versteht sein Handwerk, die Einzelheiten stimmen. Was nicht stimmt, ist das starre Nebeneinander.

Ein Blick in den Saal: Weit über tausend Menschen, jeder einen Kunststoffbecher mit Rotkäppchensekt oder Vita Cola in der Hand. Eindruck wie auf dem Bild: Das ganze Volk ist eingefroren.

Ein Lautsprecher heult auf: Der Erste Sekretär der Leipziger SED, Genosse Paul Fröhlich. Ein nichtssagendes Gesicht unter geschniegeltem Haar. Er bedauert, dass Honecker wegen dringender Verpflichtungen nach Berlin zurückkehren musste und begrüsst die Gäste der Sozialistischen Einheitspartei, viele andere wichtige Gäste und am Ende auch noch die Ärzte der DDR und der Bruderländer an dieser historisch wichtigen Stelle, unter dem Wandbild des berühmten Malers Werner Vogt: „Dieser Künstler hat mit dem Pinsel festgehalten, was wir hier in Leipzig anstreben. Arbeiterschaft und Intelligenz bilden eine gemeinsame Front im Kampf gegen den Klassenfeind und verhelfen dem Sozialismus zum Sieg." Applaus.

Susanne neben mir, ziemlich laut: „Wissen Sie, warum der über das Bild schwafelt? Weil er selbst drauf ist, dieser Geck. Wie finden Sie das?"

Ich finde wohlweislich nichts.

Ein paar Minuten später nimmt mich Susanne bei der Hand: „Kommen Sie mal raus." Vera wirft mir einen ermunternden Blick zu. Gut, ihr zuliebe. Im Freien fragt Susanne: „Sehen Sie da eine Kirche, eine gotische Kirche?"

„Nein. Die wurde gesprengt."

„Bravo, Sie haben Ihre Hausaufgaben gemacht. Wissen Sie, wer den Sprengbefehl gab?"

„Ulbricht?"

„Nein, der Kerl da drin, Fröhlich. Die Kirche stand da, wo wir jetzt stehen, und hierhin hat Fröhlich sein eigenes Portrait stellen lassen. Er hat den Maler erwähnt, Walter Vogt."

„Was wohl im Kopf eines Malers vorgeht, der sich zu so was hergibt?"

„Das können Sie leicht herausfinden. Ich kenne Vogt und bringe Sie hin."

„Sehr gern. Am besten am Sonntag, nach dem Kongress."

Ich greife nochmals vor. Auf dem Heimweg sagt Vera: „Am Sonntag bringt dich Susanne zu Vogt."

„Uns, meinst du, uns beide."

„Nein, sie sagte, du willst ohne mich hingehen."

„Diese gottverdammte Intrigantin. Ich ahnte es in der ersten Sekunde. Ich werde sie erwürgen."

Schallendes Gelächter von Vera: „Susanne, wie sie leibt und lebt. Susanne und die Männer!"

„Ich finde das gar nicht lustig."

„Du musst wissen, in früheren Jahren haben wir uns gegenseitig die Männer ausgespannt."

„Und jetzt übt ihr euch am Schweizer Knaben."

„Du weisst, dass das nicht stimmt."

„Dann pfeif sie zurück."

„Niemand kann Susanne bremsen."

„Ich will nichts mehr von dieser Frau hören."

„Das wird schwierig sein, denn sie hat uns morgen Abend zu sich nach Hause eingeladen."

Zurück auf den Karl-Marx-Platz, zur Stelle, wo Stiller verhaftet wurde. Ich wünsche Susanne zum Teufel. Sie aber rückt unter dem Vorwand zu frieren sehr nahe an mich heran. Rückkehr in den Saal also, da bin ich vor ihr in Sicherheit.

Nicht ganz, wie es sich herausstellt, denn inzwischen hat der gesellige Teil des Abends begonnen. Musik von öder Mittelmässigkeit, aber Susanne will unbedingt mit mir tanzen. Zugegeben: Sie ist eine gute Tänzerin, aber sie will sich vor allem vielsagend anschmiegen. Erst lasse ich es ihr durchgehen. Als sie aber in der ersten Pause meinen Rucksack betastet und spöttisch fragt, ob die Schweizer immer mit zwei Milchbüchlein auf dem Rücken tanzen, reagiere ich gereizt: „Ja, für grosse Kühe braucht wir zwei Büchlein." Ich weiss, eine rüpelhafte Bemerkung, aber sie gibt mir ein bisschen Distanz, wenn auch nicht für lange. Gegen Ende des zweiten Tanzes sehe ich, über Susannes Schulter hinweg, Vera und will ihr zuwinken. In diesem Augenblick fällt mir Susanne um den Hals und macht mit der freien Hand ein Siegeszeichen. Und nicht genug damit: Neben uns taucht ein Fotograf auf und schiesst Bilder der unfreiwilligen Umarmung.

Ich befreie mich von Susanne und schreie ihn an: „Weg da, sonst knallt's."

Er scheint sich seiner Sache sicher zu sein und mustert mich kalt. In meiner Wut balle ich die Fäuste. Als Student war ich ein ordentlich guter Boxer. Einen Fotoapparat könnte ich auch heute noch zerschmettern. Und einen teuren wie diese Praktica B 200 mit doppeltem Genuss. Wenn Susanne nicht „Lass mal" sagen würde, läge der Apparat in Scherben am Boden.

Jetzt, beim Schreiben, frage ich mich, ob Susannes Bemerkung überhaupt mir gegolten hat – sie und der Fotograf scheinen sich zu kennen, und ich nehme mal an, dass er Susannes Eroberungen dokumentiert. So werde ich denn in Susannes Männerregister landen. Von mir aus, wenn es ihr Spass macht. Eigentlich nicht der Rede wert. Sollte Vera das Bild zu sehen bekommen, weiss sie ja, was sie davon zu halten hat. Am Ende des dritten Tanzes bedanke ich mich steif und nehme einen Augenblick später Vera in die Arme. Mit ihr würde ich gerne tanzen, aber sie will nach Hause gehen – sie sei erschöpft.

In Akovs Wohnung frage ich Vera: „Weshalb darf Susanne Dinge sagen, für die andere ins Gefängnis kommen?"

„Sie ist unser Hofnarr."

„Und weshalb traut ihr Akov nicht über den Weg?"

„Du weisst ja, seine Nachfolge. Er reagiert auf den geringsten Verdacht, dass mir jemand gefährlich werden könnte. Medizinisch bin ich Susanne überlegen und habe eine lange Publikationsliste. Susanne veröffentlicht seit Jahren nichts mehr. Er muss sich also um mich keine Sorgen machen."

In Veras Armen ist der Festabend rasch vergessen.

<u>Vera 8 Uhr</u>

Helgas Tod lastet den ganzen Abend auf mir. Dazu dein Interview mit Berndt, dein gefährliches Draufgängertum, meine Unfähigkeit, dich zu bremsen. Ach David, ich wäre lieber mit dir ins Bett gegangen statt aufs Fest. Solche Gedanken habe ich auf dem Weg ins Gewandhaus. Ich bin sterbensmüde und froh, daß du das spürst und mich stützt.

Im Gewandhaus sitzen wir entfernt voneinander. Beethovens Neunte. Als ich sie hier vor einem Jahr zum ersten Mal hörte, löste ich mich ganz auf in der Musik. Das zweite und dritte Mal, am 1. Mai und am Tag der Befreiung vom Faschismus, fand ich sie immer noch schön. Jetzt, beim vierten Mal, höre all die kleinen Fehler heraus, vor allem beim Chor. Im vierten Satz begreife ich endlich das Augenfällige. Der Chor ist viel zu gross geraten, denn Fröhlich hat ein ganzes Regiment für den hohen Besuch aufmarschieren lassen. Kein Wunder, daß sich Masur nicht durchsetzt. Die Idee, auch die Thomaner kommen zu lassen, finde ich so komisch, daß ich das Lachen kaum unterdrücken kann. Furchtbar wird's an der Stelle, wo überm Sternenzelt ein lieber Vater wohnen muß. Da setzt sich in der ersten Reihe Honecker in Positur. Er plustert sich richtig auf, als werde er direkt angesprochen, Landes- und Himmelsvater in Personalunion. Susanne dreht sich nach mir um, und ihren zuckenden Schultern sehe ich an, daß auch sie ihre liebe Mühe hat, nicht herauszuprusten. Ich kann das Ende mit Freude und schönem Götterfunken kaum erwarten. Am Schluß ein Klatschduell – wer gibt zuerst auf, du oder ich? Susanne ist Schiedsrichterin. Der Schweizer da drüben klatscht besser. Den werde ich mir angeln. Wetten?

Unter dem Marmorbeethoven bringe ich die beiden Menschen meines Lebens zusammen und stehe verloren zwischen ihnen. Susanne ist aufgedreht wie in alten Zeiten, und du bist kalt wie ein Fisch. Am Ende des Abends verlangst du von mir, daß ich sie zurückpfeife, weil sie sich so schamlos an dich ranmacht. Ich verstehe dich, auch mir gefällt Susanne heute nicht, aber beim Versuch, sie zu bremsen, würde sie bockig wie ein ungezogenes Kind. Ihr Getue hat sicher damit zu tun, daß sie mich noch nie an der Seite eines Mannes erlebt hat, der mir gefällt. In ihren Augen verrate ich die Sache der Frauen. Liebe ist eine Krankheit. Sie will mir beweisen, daß ich an dieser Krankheit leide, indem sie dich ausspannt. Wenn ihr das gelingt, offenbart sie mir deine niedere Gesinnung und heilt mich vom Wahn. Und sich selbst beweist sie, daß sie die Verführungskunst noch beherrscht wie eh und je. Susanne wird lernen müssen, daß wir ein Paar sind.

Rauschende Feste sind nicht meine Sache. Als junge Ärztin fragte ich mich, warum auf Festen so viel geschwitzt wird, bis ich mir selbst ein Abendkleid kaufte. Der Abend, an dem ich das Kleid zum ersten – und letzten – Mal trug, wurde zur Plage. Schweiß lief an mir herunter. Nach einer peinlichen Tanzrunde ergriff ich die Flucht. Später fand ich heraus, daß für das Kleid ein Gewebe mit dem Namen Präsent-20 verwendet worden war. Es läßt sich aus Kunststoff billig herstellen. Honecker empfahl seinen Genossen, sich an Festtagen der Republik knitterfrei in Präsent-20-Kleidern zu präsentieren, daher der Name. Seither achte ich bei festlichen Anlässen auf Gerüche: Die alten Vorkriegskleider riechen nach Mottenkugeln, die neuen knitterfreien nach Schweiß. Über den Tischen für Ehrengäste liegt eine teure Parfümwolke.

Bis zum Auftauchen von Anton ist der Abend einfach nur lästig, dann kippt er ins Unerträgliche. Offenbar ist Anton für die Sicherheit von Honecker und Fröhlich zuständig und koordiniert im Hintergrund den Einsatz seiner Truppe. Er trägt Zivil und fotografiert verdächtige Elemente unter den Gästen. Reine Routine. Dann aber überschreitet er eine Grenze und greift mich an. Während du mit Susanne auf der Tanzfläche bist, kommt er zum Tisch und sagt: Na, nu iebatreib's ma nisch! Dem Tonfall nach eine Drohung. Ist er etwa eifersüchtig? Eher glaube ich, daß er um seine Macht fürchtet, wenn da plötzlich ein Mann auftaucht, dem ich zugetan bin. Dabei habe ich behauptet, ich sei in Basel bloss mit ihm ins Bett gegangen, weil ich biologische Bedürfnisse hatte. Er erkennt also: Ich habe ihn angeschwindelt, und das läßt er mich spüren. Dann geht er Richtung Tanzfläche. Ich folge ihm und sehe, wie er dich und Susanne fotografiert. Susanne, die dich umarmt und ein Siegeszeichen macht. Will er mir beweisen, daß ich mir den Falschen geangelt habe? Einen, der es mit allen treibt? Soll er doch, das beeindruckt mich nicht. Und weil es mich kalt lässt, will ich mit dir jetzt nicht drüber sprechen. Wenn du wüßtest, daß dir ein Stasimajor nachstellt, würdest du ihn am Ende noch verprügeln.

In der Nacht kommt alles wieder ins Lot. Jetzt auf zum Kongreß. Mein Vortrag.

Vera 11 Uhr

Akov erwartet mich vor dem Hörsaal der Gastroenterologen. Er will mich sofort sprechen. Wir verlassen das Merkur, kaum, daß ich es betreten habe.

Akov ging gestern nach dem Konzert nach Hause, aber heute früh hat ihm eine Person seines Vertrauens vom Festabend berichtet. Sie hat beobachtet, was sich auf der Tanzfläche abspielte, besonders, als du Anton begegnet bist. Es gab einen kurzen und heftigen Wortwechsel zwischen Susanne und Anton. Jetzt ist es für Akov erwiesen, daß Susanne für die Stasi arbeitet.

Akov hat eine günstige Gelegenheit gefunden, Susanne das Handwerk zu legen. Er erklärt mir seinen Plan.

Während meiner Schweiz-Reise kam es zu einem Zwischenfall in Bad Düben. Susanne verabreichte einem hochrangigen russischen Diplomaten eine Injektion. Noch während der Injektion starb der Patient. Dafür gibt es drei Zeugen. Wahrscheinlich war der Patient auf das Mittel allergisch und starb an einem allergischen Schock. In der Krankenakte stellt Susanne den Fall als tödlich verlaufenen Herzinfarkt dar, ohne die Injektion zu erwähnen. Diese Vertuschung, meint Akov, macht den Fall besonders schwerwiegend. Nun hat Akov heute früh mit seinem Freund, dem russischen Botschafter, gesprochen. Der ist bereit, gegen Susanne Anzeige wegen fahrlässiger Körperverletzung mit Todesfolge zu erstatten. Über die Hälfte der Patienten in Bad Düben sind Russen – Offiziere, Diplomanten und Angehörige – und deshalb, so Akov, führt eine Klage des Botschafters so gut wie sicher zu einer Verurteilung. Aufgrund der Klage kann Akov Susanne sofort, vor dem Prozess, vom Dienst suspendieren. Zugleich verliert sie die Stelle in Bad Düben.

Bis jetzt hat Akov gezögert, etwas zu unternehmen. Er hat mit mir nach meiner Rückkehr aus der Schweiz nicht über den Zwischenfall gesprochen, denn er wollte mich zu Atem kommen lassen und deine Abreise abwarten, aber nach den Ereignissen am Festabend kann er nicht länger schweigen. Er ist er überzeugt, daß Susanne sofort außer Gefecht gesetzt werden muß. Da es um meine Zukunft geht, will er auch jetzt nichts ohne mein Einverständnis unternehmen, aber ich muß ihm, sagt er, grünes Licht geben, sonst geschieht ein Unheil. Wenn er zuschlägt, muß ich bereit sein, vor Gericht gegen Susanne auszusagen. Dabei genügt es, daß ich ihre wissenschaftliche Befähigung in Frage stelle. Über medizinische Qualifikation und Zuverlässigkeit von Susanne muß ich mich nicht äußern. Das ist Akovs Sache. Er hat schon mehrere Zeugen im Auge.

Alles ist so ungeheuerlich – ich brauche Zeit, um mich zu fassen. Meine Antwort in etwa: Ich bezweifle den Bericht über den Fest-

abend. Ich stand ja in der Nähe der Tanzfläche und konnte alles sehen. Es gab keinen Wortwechsel zwischen Susanne und Anton. Selbst wenn es einen gegeben hätte, wäre dies kein Beweis, daß Susanne Mitarbeiterin der Stasi ist. Susanne und Anton kennen sich seit Jahren, auch privat. Der angebliche Zwischenfall in Bad Düben hört sich nach einer Intrige an. Wenn Susanne als Kardiologin von einem Herzinfarkt spricht, hat sie wahrscheinlich recht, und die Injektion ist etwas Nebensächliches. Jedenfalls ist es verfrüht, von Schuld zu sprechen. Ich bin nicht bereit, einen Schlag gegen meine beste Freundin gutzuheißen, jedenfalls nicht, solange David in Leipzig ist.

Akov bedrängt mich – die Zeit läuft uns davon, Anton sitzt uns im Nacken, aber ich bleibe dabei – jetzt nicht. Am Ende einigen wir uns auf einen Kompromiß. In drei Tagen, am Tag deiner Abreise, wirst du diese Aufzeichnungen lesen. Ich werde dich dann fragen, was ich tun soll und mich ohne Widerrede so verhalten, wie du es für gut hältst. Ehrenwort. Nach deiner Abreise, am Dienstagnachmittag, treffe ich Akov und teile ihm mit, was du mir aufgetragen hast.

Akov wirkt erleichtert, gibt mir einen Kuß auf die Stirn. Ich sei ein guter Mensch, viel zu gut.

Nun bin ich am Ende meines Lateins. Ich stehe zu dem, was ich von Susanne halte. Bin ich blind?

Muß mich jetzt beruhigen. In einer Stunde ist mein Vortrag.

David 14 Uhr

Veras Vortrag ist der letzte der Vormittagssitzung. Sie berichtet über zweihundert Leipziger Patienten mit Zwölffingerdarmgeschwüren, die eingewilligt hatten, an einer Doppelblindstudie teilzunehmen. Sie bekamen nach Zufallskriterien entweder Süssholzextrakt aus Jena oder Cimetidin, das Medikament von Basipharm. Nach vier Wochen führte Vera eine Magenspiegelung durch. Von den mit Cimetidin behandelten Geschwüren waren fast alle geheilt, von den mit Süssholzextrakt behandelten Geschwüren dagegen fast keine.

Die Studie zeigt nicht Neues, aber das ist nicht Veras Schuld. Fritz gab fünf ähnlich gestrickte Cimetidin-Studien in Auftrag, vier im Westen und eine in Leipzig, alle mit dem gleichem Budget. Der Unterschied liegt im Kleingedruckten: In Leipzig zahlte Fritz pro Patient nur die Hälfte, und so musste Vera doppelt so viele Patienten untersuchen wie die Kollegen im Westen. Die konnten ihre schlanken Studien im Frühling abschliessen. In den NZN berichtete ich darüber: Cimetidin war allen bisherigen Medikamenten haushoch überlegen. Für die Autoren viel Ruhm, für Basipharm ein Milliardengeschäft und für Vera der magere Trostpreis: ihre grosse Studie ist erst jetzt fertig geworden und bestätigt bloss die Resultate aus dem Westen. Am Schluss erwarte ich ein höfliches Dankeschön und eine rasche Entlassung in die Mittagspause.

Wie ich mich täusche!

Es melden sich zwei ältere Herren zu Wort, ein Spitaldirektor aus Jena namens Huber und der Bezirksarzt aus Leipzig, Krüger. „Beides Schweine", flüstert mir Susanne von hinten zu.

Der Spitaldirektor sagt: „Sie haben die Patienten um ihr Einverständnis gebeten. Das ist eine westliche Unsitte, die man uns hier aufdrängen will. Im Westen kann ich es ja verstehen, dort werden Patienten als Ware behandelt und müssen sich immer fürchten, verkauft zu werden. Aber bei uns weiss jeder Patient, dass er das Beste kriegt. Und zudem muss der Patient die Anordnungen befolgen, das ist seine Pflicht. Wozu also diese Fragerei?"

Vera: „Die Einverständniserklärung wird von der Weltgesundheitsorganisation gefordert, der, soweit ich weiss, auch die DDR angehört."

Krüger: „Aus meiner persönlichen Erfahrung wirkt unser Süssholzextrakt ausgezeichnet. Es hat doch keinen Sinn, dieses Spitzenprodukt mit einem Produkt aus dem kapitalistischen Ausland zu vergleichen."

„Ich wusste gar nicht, dass Sie als Bezirksarzt auch Patienten sehen."

„Ich sehe die Akten sämtlicher Patienten, die in Leipzig behandelt werden."

„Aber keine Patienten aus Fleisch und Blut. Ich habe alle meine Patienten selbst untersucht."

„Und haben sich dabei hundertmal geirrt."

„Irrtümer unterlaufen Leuten, die planlos Akten durchblättern. Ich untersuche meine Patienten nach einem wissenschaftlichen Protokoll. Das schliesst solche Irrtümer aus."

„Sie sind der kapitalistischen Medizin auf den Leim gegangen, Frau Doktor Krause, und machen sich stark für ein unwirksames Produkt, das uns das feindliche Ausland für teures Geld verkaufen will. Ich muss Sie schon sehr bitten, den Weg zurück in die sozialistische Medizin zu finden."

„Cimetidin war in allen Studien hochwirksam, auch in meiner. Wenn ein kapitalistisches Medikament wirksamer ist als unser Spitzenprodukt, hat das beste Gesundheitswesen der Welt an dieser Stelle eine Schwäche, die behoben werden muss."

„Sie zweifeln also an der sozialistischen Medizin."

„Nein, nur an Ihrem Denkvermögen."

Unterdrücktes Gelächter im Saal.

Beim Verlassen des Saals ist Vera bleich und drückt stumm meine Hand. Susanne dagegen zetert: „Abscheulich, die zwei Typen. Und weil sie am Drücker sitzen, werden sie uns noch alle ins Grab bringen. Aufhängen sollte man sie, bevor es zu spät ist."

Krüger und Huber gehen an unserer Gruppe vorbei und mustern uns böse. Akov sagt zu Vera: „Da haben Sie sich was eingebrockt."

Vera, immer noch bleich: „Wie meinen Sie das, Akov?"

„Gehen Sie zu den beiden hin, Vera. Entschuldigen Sie sich."

„Was sagen Sie da? Jetzt verstehe ich nichts mehr. Sie fallen mir in den Rücken. Warum?"

„Die beiden sind gefährlich und haben nicht ganz unrecht."

„Wie bitte?"

„Sie fühlen sich eben als Gralshüter unserer Medizin."

„Der Heilige Gral, dass ich nicht lache. Der eine lügt und der andere verachtet die Menschenrechte."

„Beruhigen Sie sich, Vera. Denken Sie mal nach. Wir sind Staatsdiener. Da müssen wir die Patienten nicht immer um ihr Einverständnis bitten, sondern machen, was wir für richtig halten."

Susanne schreit: „Jawohl, Herr Doktor Mengele."

Akov mit hochroten Kopf: „Schämen Sie sich, Susanne. Bei uns wird niemand diskriminiert und umgebracht."

Vera kramt zittrig in ihren Papieren: „Sehen sie sich mal diese Liste an, Akov. Es sind die zwanzig DDR-Krankenhäuser, die mit Cimetidin arbeiten. Und wissen Sie, welche? Jene für Parteifunktionäre und sowjetische Offiziere. Das Volk darf ruhig an Magenblutungen sterben. Die Bonzen sind vor Blutungen geschützt, weil sie Cimetidin kriegen. An der Liste hat übrigens Krüger mitgearbeitet. Das ist der Beweis, dass er lügt."

„Um Gottes willen, Vera, halten Sie den Mund."

Susanne höhnt: „Hör nicht auf den alten Onkel, Vera. Steig auf einen Stuhl und schreie es heraus."

Es fehlt wenig, und ich würde Susanne ohrfeigen, kann mich aber beherrschen und sage bloss: „Tun Sie's doch selbst, Susanne, anstatt Vera anzustiften. Komm mit mir raus ins Freie, Vera. Da drin stinkt es."

Nach der dritten oder vieren Zigarette sage ich: „Du warst wunderbar, Vera. Aber du darfst dich durch Susanne nicht aufhetzen lassen."

„Sie ist die einzige, die zu mir hält. Akov ist mir in den Rücken gefallen, und du hast Susanne angegriffen."

Susanne, diese Intrigantin, aber ich will Vera nicht widersprechen, nicht jetzt. So halte ich wortlos ihre Hand und kaufe belegte Brote, die wir ebenso wortlos herunterwürgen. Vera muss bald wieder in ihre Sitzung zurückkehren, und ich ziehe mich in eine Ecke der Halle zurück, um dies hier zu notieren.

David 18.30 Uhr

Nach dem letzten Eintrag gehe ich für eine Rauchpause vor das Hotel. Dabei werde ich angesprochen. Ein hoch aufgeschossener, etwa 40-jähriger Mann, der sich als Heinz Weiler vorstellt. Seine scheue Begleiterin heisst Marianne Lang. Sie hält sich in der Folge stumm im Hintergrund.

„Sie sind der Schweizer Journalist, der Berndt interviewt hat."

„Stimmt. Und Sie?"

„Ich leitete die nephrologische Station und die Dialyseabteilung am Klinikum bei Professor Akovbiantz. Und Frau Lang war meine Assistentin."

„Und jetzt?"

„Darüber möchten wir mit Ihnen sprechen."

„Woher kennen Sie mich?"

„Von einem Foto am Schwarzen Brett."

„Ich weiss nicht, wovon Sie sprechen."

„Haben Sie es nicht gesehen?"

„Nein, aber bevor wir weitersprechen, schaue ich es mir an. Warten Sie mal."

Ich will sicher sein, dass Weiler die Wahrheit sagt – mit Leuten, die aus dem Nichts auftauchen, habe ich schlechte Erfahrungen gemacht. Doch Weilers Aussage stimmt. Am Schwarzen Brett neben Berndts Sekretariat hängt eine vergrösserte Photographie. Berndt in Pose dozierend; ich im Profil. Den Fotografen hinter mir habe ich nicht bemerkt. Text unter dem Bild: ‚Professor Klaus Berndt spricht mit der ausländischen Presse: Unsere Medizin hat Weltniveau und Vorbildfunktion.' Ich bin in die DDR-Propaganda eingespannt worden. Ohne mein Zutun. Hinter meinem Rücken.

Rückkehr zu Weiler und Lang: „Nun bin ich ganz Ohr. Um was geht es?"

„Das können wir hier nicht sagen."

„Und warum nicht?"

„Wir möchten Sie bitten, uns an einen sicheren Ort zu begleiten. Das *Merkur* ist nicht sicher."

„Ich bin nicht hier, um mir Geschichten anzuhören, tut mir leid."

„Unsere Geschichte wird Sie interessieren."

„Wie soll ich das beurteilen, wenn Sie nicht darüber sprechen?"

Längere Pause. Dann flüstert Weiler: „Es geht um siebenundvierzig Patienten, die an einer vergifteten Dialyselösung gestorben sind. Und mehrere Dutzend Frauen sind an einem kontaminierten Impfstoff gestorben."

„Das ist nicht Ihr Ernst."

„Doch. Ich bin der Nephrologe, der das Dialyseproblem aufgedeckt hat."

„Und das sagen Sie mir, ohne mich zu kennen."

„Ja."

„Sehr eigenartig. Arbeiten Sie für die Stasi?"

„Nein. Wo denken Sie hin. Die Stasi verfolgt uns."

„Wie können Sie wissen, dass Sie mir trauen können?"

„Wir haben nichts zu verlieren."

„Hat Ihnen jemand empfohlen, mit mir zu sprechen?"

„Ja."

„Wer?"

„Dürfen wir nicht sagen."

„Sagen sie mir wenigstens: Ist es Frau Dr. Klopfer? Ja oder Nein?"

„Wir dürfen nichts preisgeben."

„Gut. Als Journalist kann ich das akzeptieren. Ist allerdings kein guter Auftakt für ein vertrauliches Gespräch."

„Ich darf Ihnen sagen, wer uns empfohlen hat, nicht mit Ihnen zu sprechen."

„Wer?"

„Frau Dr. Krause. Wir bitten Sie dringend, mit ihr nicht über unsere Begegnung zu sprechen."

„Geht in Ordnung, Ich werde Sie anhören."

„Danke."

„Sie haben verstanden: Anhören, mehr nicht. Was nun?"

„Wir gehen in die Wohnung. Dort hört uns niemand zu." Ein Marsch von zehn Minuten, auf Geheiss von Weiler mit viel Abstand zwischen uns. Wohnung im vierten Stock eines heruntergekommenen Mietshauses. Musik und Kindergeschrei von den Nachbarn. Wackeliger Küchentisch, vier Stühle, sonst leer.

Weiler (Aussagen gekürzt): „Vor drei Jahren hatten meine Dialysepatienten Krampfanfälle, zudem schwere Blutarmut. Frau Lang dachte an Bleivergiftung und untersuchte die Dialyseflüssigkeit. Sie enthielt viel Blei. Umfrage in der DDR: Siebenundvierzig Patienten an der Vergiftung gestorben. Wahrscheinlich viel mehr. Deshalb wollten wir am Internistenkongress darüber berichten, als Warnung an andere Kollegen. Stattdessen erhielten wir eine Vorladung ins Ministerium. Vortrag vom Programm gestrichen und Verfahren zum Entzug unserer Approbation wegen Verleumdung."

„Das kann ich nicht glauben."

„Es war so. Professor Akovbiantz setzte sich für uns ein. Kompromiss: Wir durften unsere Approbation behalten, aber nicht mehr als Nephrologen arbeiten. Und jetzt zum Hauptpunkt. Mein Nachfolger hat vor kurzem wieder Bleivergiftungen gesehen. Es muss etwas geschehen."

„Wer produziert die verseuchte Dialyseflüssigkeit?"

„Die Berliner Firma Transcommerz."

„Warum legt man der nicht das Handwerk?"

„Sie hat gute Beziehungen zum Westen und verkauft denen Blutkonserven aus der DDR. Wenn man sie schlechtmacht, bricht der Konservenhandel zusammen."

„Das sind ungeheuerliche Behauptungen. Wo sind Ihre Beweise?"

„Frau Lang hat Kopien von allen Krankenakten. Die zeigen wir Ihnen, falls Sie etwas schreiben."

„Und welche Beweise haben Sie für Ihre Anschuldigung gegen Transcommerz?"

„Wir möchten Ihnen einen Mitarbeiter der Firma vorstellen. Dr. Schuber."

Schuber hat in einem nahen Gasthaus gewartet. Um von dort zu uns zu gelangen, benötigt er trotz Weilers Unterstützung beinahe eine Viertelstunde. Schwer krank. Alkoholische Leberschrumpfung, das kann sogar ich als Journalist sehen. Kurzatmig, spricht mit Mühe. Bittet um ein Glas Wein. Trinkt mehrere Gläser. Erst nach einer guten Stunde ist das Wesentliche gesagt.

Schuber (stichwortartig): Er leitete die Blutbank am Universitätsklinikum. Schüler von Akov. Entwickelte Impfstoff aus Blutplasma, der Schwangeren verabreicht wird. Verhütet Rhesusunverträglichkeit beim Kind. Vor einigen Jahren Mangel an Blutplasma. Deshalb Engpass bei der Herstellung von Impfstoff. Das Gesundheitsministerium verlangte eine Produktionssteigerung. Druck auf Schuber, der nach Absprache mit Akov die Sicherheitskontrollen lockerte. Dadurch wieder genügend Impfstoff, aber es geriet nun Plasma mit Gelbsuchtviren in den Impfstoff. Geimpfte Frauen wurden leberkrank, einige starben. Schuber verlor die Approbation als Hämatologe und kam als Laborant in die Firma Transcommerz, wo er seither Blutkonserven für den Westhandel austestet. Er weiss jetzt auch, weshalb es vor einigen Jahren kein Blutplasma mehr gegeben hat. Es ist ebenfalls an den Westen verkauft worden. Und er hat gesehen, wie das Blei in die Dialyseflüssigkeit kommt, aber das behält er für sich. Es hört ihm sowieso niemand mehr zu.

Eine der schlimmsten Geschichten meiner Laufbahn. Ich sage: „Ihr Vertrauen rührt mich. Ich verpflichte mich, Ihnen zu helfen, aber ich weiss im Augenblick noch nicht wie. Nach meiner Rückkehr in die Schweiz werde ich Kontakte knüpfen. Gedulden Sie sich bitte."

Aufbruch.

Weiler wirkt zuverlässig. Solide Geschichte. Schubers Bericht über Handel mit Blutkonserven glaubhaft, dem kam ich schon in Zürich auf die Spur. Zweifel an Schubers Behauptung, er habe Lockerung der Sicherheitsmassnahmen mit Akov abgesprochen. Nachprüfen. Wenn es stimmt, ist Akov mitschuldig. Gäbe der Sache einen anderen Anstrich. Hoppla! So schreibt *dk*! Den muss ich zurückpfeifen. Eine journalistische Klärung ist jetzt kein Thema. Es geht um Vera und mich, darum, wie wir aus diesem Sumpf herauskommen. Vera sitzt drin und hat versucht, mich herauszuhalten – deshalb wollte sie Weiler daran hindern, mit mir zu sprechen. Schade, dass ihr das nicht gelungen ist – und nun bin ich hineingerutscht. Was soll ich tun? Muss ich Vera sagen, dass ich die drei getroffen habe? Nicht heute. Der Schock nach dem Vortrag setzt ihr schon genügend zu.

Ein Grund dafür, jetzt auszupacken, wäre, Susanne zu neutralisieren. Ich bin fast sicher, dass sie Weiler auf mich angesetzt hat. Könnte ich damit Vera endlich davon überzeugen, dass Susanne eine gefährliche Intrigantin ist? Wohl kaum. Sie findet ja immer Erklärungen, die Susanne in ein günstiges Licht stellen. So ist es das Beste, abzuwarten. In drei Tagen, wenn sie dieses Buch liest, wird sie alles wissen.

Ein letzter Punkt. Ich bin jetzt Mitwisser eines Verbrechens. So und nicht anders muss ich die Sache bezeichnen. Und ich habe dem Trio versprochen, etwas zu tun. Wenn noch mehr Menschen sterben, bin ich mitschuldig.

Lösung dieses Problems?

<u>Vera 18.30 Uhr</u>

Gäbe es einen Gott, müßte er mich vor meinen Freunden bewahren. Vor meinen Feinden schütze ich mich selbst. Nach meinem Vortrag greifen mich zwei Schergen des Ministeriums an, und ich wehre mich. Und erwarte von meinen Freunden Solidarität. Sie sollen meinen Mut loben. Alles an mir soll gut sein, zumindest bis ich aufhöre zu zittern. Meine linke Hand, die du jetzt hältst, zittert immer noch.

Du und Akov, meine lieben Freunde: Ihr fallt mir in den Rücken. Die einzige, die mir wirklich zur Seite steht und mit mir kämpfen will, ist Susanne. Du rempelst sie an. Das sehe ich dir nach, denn du kommst von weit her und kannst nicht wirklich ermessen, was hier gespielt wird. Mag sein, daß dir der Streit im Vorlesungssaal harmlos vorkommt. Nichts Aufregendes im Vergleich zu den Schauergeschichten, vor denen ich dich abschirme. Und du bist aufrichtig zu mir – die Cimetidin-Studie ist leider ein Nachzügler. Stimmt. Meine Untersuchungen zur Magensekretion schaffen es in erstklassige Fachzeitschriften. Die Cimetidin-Studie werde ich in einer drittklassigen Zeitschrift unterbringen.

Und doch gehen mir Krüger und Huber unter die Haut.

Der erste Giftpfeil – er kommt von Huber – richtet sich gegen meine Moralvorstellung. Ich will, ich muß, Studienpatienten um ihr Einverständnis bitten. Nach Huber weiß bei uns jeder Patient, daß er das Beste kriegt. Wenn er einwilligen muß, stellt man die sozialistische Medizin in Frage. Falsch. Ich darf keinem meiner Patienten eine Behandlung aufzwingen, sie mag aus meiner Sicht noch so gut sein. Zwar habe ich Medizin studiert und meine, es besser zu wissen, aber mein Patient ist mündig. Er darf wählen und eine anscheinend gute Behandlung ablehnen. Ich kann ihm die Gründe nennen, weshalb er ein Antibiotikum schlucken, sich operieren oder bestrahlen lassen soll, aber die Entscheidung liegt am Ende bei ihm. Er will nicht bestrahlt werden, weil er die Bestrahlungsfolgen fürchtet. Daß die Bestrahlung sein Leben verlängern kann, zählt für ihn nicht. Ein anderer Patient sieht das genau andersherum. Besonders heikel ist es, wenn ich eine Studie durchführe, denn da verfolge ich auch meine eigenen Interessen. Ich bin nicht mehr die Ärztin, die das Beste für ihre Patienten will. Ich will publizieren. Ich brauche neue Endoskope. Basipharm will das Cimetidin verkaufen. Da muß der Patient ganz genau wissen, auf was er sich einläßt.

Huber tritt das Erbe des Faschismus an. Gleichschaltung, Gehorsam. Der Patient muss die Anordnungen des Arztes befolgen, das ist seine Pflicht. Die Gruppe, zu der Akov gehört, ist gefährlicher, weil ihre Haltung auf den ersten Blick einleuchtet. Man verletzt keine internationalen Abkommen, man lehnt die Patientenaufklärung nicht ab, man findet sie nur überflüssig, denn nicht der einzelne Patient soll behandelt werden, sondern das Volk. Der einzelne muß Opfer bringen, damit das Volk gesundet. Susanne reagiert auf diese Tirade richtig und vergleicht – übertrieben natürlich, wie es ihre Art ist – Akov mit dem berüchtigten Dr. Mengele.

Krüger greift die klinische Forschung an, die sich, meint er, der Politik unterzuordnen hat. Nicht der klinische Versuch entscheidet darüber, was wirksam ist, sondern das Ministerium. In diesem Sinn bezeichnet Krüger das Cimetidin als unwirksames Produkt, das uns der Feind für teures Geld verkaufen will. Du weißt besser als ich, daß das nicht stimmt. Cimetidin ist das erste wirksame Medikament gegen Geschwüre und Magenblutungen. Ich kann beweisen, daß Krüger weiß, was das Cimetidin kann. Er hat mit dem Gesundheitsministerium Listen zur Verteilung des Cimetidins in der DDR ausgearbeitet. Zwanzig Krankenhäuser, in denen Parteifunktionäre und sowjetische Offiziere behandelt werden, erhalten das Medikament. Diese vertrauliche Liste habe ich in Basel von Fritz Mach erhalten. Alle anderen Krankenhäuser erhalten kein Cimetidin.

Die Cimetidinliste ist ein Beispiel für Zweiklassenmedizin. An sich keine Todsünde. Die gibt es offenbar auch in der Schweiz. Dort spricht man allerdings darüber. Unsere Zweiklassenmedizin dagegen ist ein Staatsgeheimnis. Das Volk darf davon nichts erfahren. Krüger lügt und mit ihm der gesamte Gesundheitsapparat. Deshalb habe ich die Fassung verloren und Krüger das Denkvermögen abgesprochen. Nichts ist schlimmer für einen Dummen, als wenn man seine Dummheit entlarvt und seine Autorität in Frage stellt. Das spöttische Lachen im Saal trifft ihn. Er ist als Bezirksarzt mächtig und wird sich rächen. Aber ich werde mich zu wehren wissen.

Und nun zum schlimmen Teil. Ich mache es kurz. Akov ist mein Beschützer, mein väterlicher Freund. Kannst du dir vorstellen, daß es doppelt schmerzt, wenn er mir in den Rücken fällt? Kein einziges seiner Argumente ist neu für mich. In der Kantine sind Ströme von ungenießbarem Kaffee drüber geflossen. Aber hier, vor dem Hörsaal! Hat denn dieser Mann überhaupt kein Gefühl dafür, wann man zum Kopf spricht und wann zum Herz und wann man überhaupt nicht spricht, sondern einfach nur da ist, wie du im Regen draußen?

Weißt du, was mein größtes Problem ist? In Basel ist es mir klar geworden: Ich will die Medizin weder der Politik noch dem Profit opfern. Ich ecke hier im Sozialismus an, ich würde auch im Kapitalismus anecken und beginne Sarah Levi zu verstehen. Wenn ich in den Westen ginge, würde ich im gleichen Niemandsland leben wie sie. Nie würde ich für ein Unternehmen arbeiten, das aus dem Leiden der Menschen Profit zieht.

Sonntag, 7. November 1982

David 9 h

Susanne wohnt in einer grossbürgerlichen Wohnung – hohe Decken mit Stuckverzierung, geschnitzte Türflügel, Brokatvorhänge. Sie empfängt uns in einem schlichten, hocheleganten schwarzen Kostüm. Perfekte Manieren – nichts von der lärmigen Ungezogenheit nach Veras Vortrag. Ein Champagner – kein Rotkäppchensekt, sondern Louis Roederer – steht im Eiskübel, daneben drei geschliffene Kristallgläser. Offenbar will uns Susanne beeindrucken, gerät aber bei mir an den Falschen. Ich inhaliere ihren Geruch – etwas weniger penetrant als am Festabend, weniger vaginal, dafür mehr vom Raubtier, das der Beute auflauert. Die mitgebrachte Wut nimmt noch zu, während wir Begrüssungsfloskeln austauschen. Nach wenigen Minuten ist der letzte Rest meiner Höflichkeit aufgebraucht, und ich lege los: „Heute Nachmittag wollten Sie, dass Vera auf einen Stuhl steigt."

„Stimmt. Ich war ausser mir und hätte die ganze Bude anzünden können."

„Aber Sie haben die Bude nicht angezündet, sondern Vera angestiftet."

„Entschuldigen Sie mal, David. Vera hatte doch die Liste, nicht ich."

„Eine billige Ausflucht. Sie selbst hätten auf den Stuhl steigen können und schreien: Süssholzextrakt für meine Patienten im Klinikum und Cimetidin für meine Bonzen in Bad Düben. Das wäre mutig gewesen."

„Bad Düben? Von was reden Sie da?"

„Können Sie lesen? Bad Düben steht auf Veras Liste der privilegierten Spitäler, die Cimetidin verschreiben."

„Ich kann Ihnen nicht folgen. Sie reden wie ein Kriminalbeamter bei einem Verhör."

„Wenn das ein Verhör wäre, kämen Sie in den Knast."

„Da kann ich ja von Glück reden, dass Sie nicht von der Polizei sind. Vergessen Sie bitte nicht: Sie sind mein Gast. So dürfen Sie in meinem Haus nicht mit mir reden."

„Sie wollen mir also vorschreiben, was ich sagen darf."

„Wenn Sie mich nicht beleidigen, höre ich Ihnen gerne zu."

„Vera ist gegen zwei Schwergewichte angetreten. Und Sie haben nur von hinten gekeift. Widerlich. Pfui!"

„Warum spielen Sie sich so auf? Was wollen Sie von mir?"

„Nichts. Von Ihnen persönlich gar nichts, ganz im Gegenteil. Als Journalist möchte ich bloss begreifen, wie ihr hier arbeitet."

„Wir haben es schon schwer genug, da brauchen wir keinen Westjournalisten, der alles entstellt."

Vera schaltet sich ein: „David ist ein Wissenschaftsjournalist und nicht auf Sensationen aus."

„Du siehst zurzeit alles durch eine rosa Brille, Vera. Schweig mal lieber."

„Ich verstehe. Wir sind hier als Gäste geduldet, und Sie geben Sprecherlaubnis. Darf ich bitte etwas sagen, Frau Doktor Klopfer?"

„Sie haben mich falsch verstanden, David. Ich will nur verhüten, dass wir Probleme bekommen. Bad Düben ist eine heikle Sache."

„Ich habe Sie sogar sehr gut verstanden. Zu Ihrer Beruhigung: Ich bin nicht als Journalist hier, sondern als Veras Freund. Wenn Bad Düben eine heikle Sache ist, sprechen wir nicht mehr darüber."

„Bad Düben ist eine Aussenstation des Universitätsklinikums Leipzig, und einige Spezialisten gehen dort auf Visite."

„Das heisst: Ich könnte hinfahren, die Leuten interviewen und in den NZN darüber schreiben."

„Sie sind also doch ein Journalist und wollen mich aushorchen."

"Ich will bloss, dass Sie endlich mit der Wahrheit herausrücken."

„Bad Düben ist kein offizieller Betrieb. Und kein Wort davon in der Presse."

„Kein Wort."

„Wenn sie mich verraten, werde ich mich an Vera rächen. Spass beiseite: Seit zwei Jahren fahre ich ein Mal pro Woche hin, am Montag früh. Eine schicke Limousine holt mich zu Hause ab. In Bad Düben betreibe ich eine völlig normale Medizin, wenn ich das mit Ihren Schweizer Verhältnissen vergleiche. Moderne medizinische Apparate und gut ausgebildetes Personal wie bei Ihnen. Zufriedene Patienten."

„Und wen behandeln Sie?"

„Am vergangenen Montag habe ich den Dekan der medizinischen Fakultät behandelt, den stellvertretenden Leiter des Ministeriums für Staatssicherheit und zwei sowjetische Generäle."

„Und das Cimetidin?"

„Ich mache kardiologische Visiten, aber Genossen mit Geschwüren kriegen Cimetidin, keine Frage. Am nächsten Tag ist der Schmerz weg, und man lobt mich als gute Ärztin."

„Haben Sie da keine Gewissensbisse?"

„Gewissensbisse? In Bad Düben habe ich keine. Klar, die Zimmer sind luxuriös. Alles Einzelzimmer mit Bad, aber das geht mich als Ärztin nichts an. Gewissensbisse habe ich im Universitätsklinikum. Ich zeige ihnen mal meine Kardiologie. Das tägliche Gerät stammt zum Teil noch aus der Vorkriegszeit. Vor ein paar Tagen habe ich einen Elektrokardiographen repariert und an der Hinterwand ein Hakenkreuz gefunden und die Jahreszahl 1938."

„Haben Sie denn kein Budget zur Erneuerung Ihrer Apparate?"

„Es gibt jede Menge nicht eingehaltener Fünfjahrespläne. Wenn ich das Bitthändchen gen Westen mache, kriege ich eine ausrangierte Maschine aus Bochum, oder ich gehe zur Evangelischen Kirche und warte auf eine milde Gabe. Und dann muss ich der SED danken, damit mir der Gang zu den Pfaffen nicht als Fehltritt angekreidet wird."

„Wie können Sie denn da im Universitätsklinikum Ihre Patienten richtig behandeln?"

„Ich habe den falschen Beruf in einem verfluchten System gewählt. Wenn ich reich wäre, würde ich keinen Finger mehr rühren."

Vera mit müder Stimme: „Ich bin gerne Ärztin und würde weitermachen, auch wenn mir eine Million zuflöge."

„Jetzt hör mal. Wenn du dich schon abrackern willst, dann wenigstens unter würdigen Umständen. Jedes Mal, wenn ich, den Schwestern zusehe, wie sie Rekordspritzen aus der Kriegszeit durchspülen, kriege ich Heulkrämpfe. Und wenn beim Injizieren die Hälfte der Flüssigkeit hinten raus spritzt und mir ins Auge, verfluche ich den Tag, an dem ich mein Medizinstudium begonnen habe."

Vera: „Akov sagt, Not macht erfinderisch."

„Onkelchen weiss nicht mehr, wo ihm der Kopf steht."

Nochmals Vera: „Akov war mit wenigen Mitteln ein erstklassiger Wissenschaftler."

„War er? Hast du mal seine Publikationsliste angeschaut? Selt den sechziger Jahren nur noch Gequatsche über sozialistische Medizin. Und wenn man an der Oberfläche kratzt, kommt der linientreue Genosse raus. Außerdem hat er einen guten Draht zur Stasi. Ein falscher Hund, ich halte ihn mir vom Leib und würde dir sehr raten, das auch zu tun."

Ich wechsle das Thema: „Mag ja alles sein, aber als Frau geniessen Sie in der DDR Rechte, um die sie viele Westler beneiden."

„Frauenrechte! Wissen Sie, wie viele Professorinnen es gibt an der Karl-Marx-Universität? In der Medizin sind es vier, und Männer gibt es ein paar hundert. Holen Sie Ihre Vera da raus, seien Sie ein guter Junge."

„Und wie soll ich das anstellen?"

„Sie werden schon einen Vorwand finden, damit Vera nochmals nach Basel fahren kann. Und dann lässt Vera die Rückreise verfallen. Sie haben, soweit ich weiss, gute Freunde, die Ihnen da helfen könnten. Fritz Mach zum Beispiel."

„Was wissen Sie von Fritz Mach?"

„Er ist doch der Wohltäter von Vera, oder nicht?"

„Ja und?"

„Besser Herr Mach als die Herren von der Galland. Mit denen lässt sich kein Staat machen."

„Schau, schau, Sie sind auffallend gut orientiert. Jetzt verstehe ich, weshalb sie Ihre Patienten nicht behandeln können. Bei Ihrer Schnüffelei haben Sie keine Zeit für die Medizin."

„Schnüffelei, sagten Sie? Ich will Sie bloss unterstützen, Sie und Vera. Ihr beide möchtet doch in der Schweiz leben, vermute ich."

„Vorderhand stellen wir uns viele Fragen."

„Und notieren die in die beiden Milchbüchlein im Rucksack."

„Das geht zu weit. Was wir notieren oder nicht, ist unsere Privatsache."

„In diesem Land gibt es keine Privatsache. Seien Sie nicht blauäugig, David. Und fallen Sie nicht über mich her, wenn ich Ihnen helfen will."

Beim Abschied blickt mich Susanne vielsagend an: „Bis morgen dann. Soll ich Sie abholen?"

„Nein danke, das ist nicht nötig."

Mit meiner Antwort lasse ich Susanne im Glauben, dass ich allein zu Vogt kommen werde. Dort wird sie herausfinden, dass ihr plumper Versuch, mich Vera auszuspannen, in die Hosen ging. Rache ist süss.

Im Bett sage ich zu Vera: „Erst leugnet sie alles. Dann lässt sie kein gutes Haar an der DDR und plaudert alles aus. Sogar medizinische Geheimnisse, wen sie behandelt, das wäre in der Schweiz strafbar."

„Sie weiss, sie kann sich auf uns verlassen, aber ich habe sie noch nie so reden hören, so ausser Rand und Band."

„Ausser Rand und Band? Das war nicht mein Eindruck. Und sie ist auffallend gut orientiert, mit unseren guten Freunden in der Schweiz, Fritz Mach und der Firma Galland."

„Gut so. Wenn sie einfach daherreden würde, wäre uns nicht geholfen."

„Du selbst warst heute Abend schweigsam."

„Ich war erschöpft und wollte zuhören."

„Und was hast du gehört?"

„Dass sie wie eine Verrückte spricht, aber nicht wie eine Verräterin."

„Hoffentlich hast du recht."

Vera 9 Uhr

Auf dem Weg zu Susanne fühle ich mich nur noch wie ein Häufchen Elend. Die Beerdigung von Helga, deine nahende Abreise, und dann noch Akov und Krüger und Huber und Krause und Passau und Dessau und Düben und Stiller und Schuber und Weiler und Lang, und es lauert Unbekanntes im Dunkeln. Ich, die sonst immer meint, die Welt auf ihren Schultern tragen zu müssen, sitze ausgelöscht auf Susannes Sofa, muß mich zusammenreißen, um wenigstens zwei, drei Sätze über die Lippen zu stoßen, während Susanne ihre Federn spreizt.

Zum Glück kann ich mich an dich anlehnen. Ich wage, mich anzulehnen und falle nicht ins Leere. Und du haust auf die Pauke, schüttelst die Faust und rollst die Augen. Du schreist „Pfui!", und die Meissner Tassen vibrieren im Schrank. Ein Riesenklamauk. Musik in den Ohren deiner erschöpften Frau.

Du fährst Susanne an den Karren. Keine Strafaktion für begangene Sünden, sondern ein Dressurakt. Du bringst dem wilden Tier Umgangsformen bei. Susanne muß lernen, daß sie mit dir nicht umspringen kann wie mit den Männern, die sie sich am Abend zum Spielen ins Bett holt und am Morgen verspeist. Viele Menschen haben Angst vor ihr, wenn sie ihre Schau abzieht, aber du läßt dich nicht beeindrucken, im Gegenteil. Und du weißt, wie weit du gehen kannst. Beweis: Am Ende ist sie ein liebes Mädchen und erteilt Ratschläge.

Du meinst, Susanne hätte mich aufgehetzt und sei feige im Abseits geblieben. Das ist nicht ihre Art. Sie ist die erste, die sich die Fin-

ger verbrannt. Stimmt, wegen Cimetidin und Bad Düben spielt sie zunächst die Unwissende, aber Hand aufs Herz, würdest du nicht genauso handeln, wenn dich ein Fremder anrempelt? Später packt sie aus. Das ist typisch für sie: Sie ist so sprunghaft, so erfrischend unausgeglichen, genau dafür habe ich sie ins Herz geschlossen. Kapriolen wie an diesem Abend hat sie allerdings noch nie gemacht. Ich sorge mich um ihren Geisteszustand.

Susanne sagt Akov alles Schlechte nach, vom Altersschwachsinn bis zur Mitschuld an Schubers Fehlverhalten. Glaubt sie, Akov sei am Ende seiner Kräfte und könnte sich nicht mehr wehren? Sie täuscht sich, wie du jetzt, beim Lesen dieser Aufzeichnungen erfährst. Akov hat Macht genug, um sie zu zerstören. Ohne mich wäre es schon geschehen. Ich muß Susanne beschützen, uns aber auch. Stell dir vor, es ginge Susanne ans Leder – sie würde alles tun, um uns auch in den Abgrund zu ziehen. Ihr Schicksal wird sich erst nach deiner Abreise entscheiden – da kann sie dich nicht mehr treffen.

Und jetzt der furchtbare Gang zu Helga. Ich bin froh, daß du mitkommst.

David 13 Uhr

Ich begleite Vera zur Beerdigung von Helga Schöne auf den Südfriedhof. Dieser Tod bedrückt sie sehr. Auf dem Weg zum Friedhof sage ich: „Eigenartig, eine Beerdigung an einem Sonntag."

„Schon zu Lebzeiten war Helga gefährlich, und jetzt ist sie noch gefährlicher – sie könnte die Genossen auf falsche Gedanken bringen. Also rasch ins Loch mit ihr. Ausserdem kommen am Sonntag nicht viele Leute. Unter der Woche kann man freinehmen, aber am Sonntag muss man die Freizeit opfern. Das machen die Genossen nicht gerne."

„Hast du Helga gut gekannt?"

„Ja, sehr gut. Wir waren befreundet, und sie war meine Laborantin. Bei mir arbeitete sie mit Isotopen. Als sie schwanger wurde, wechselte sie in die Hämatologie wegen der Strahlen. Und dann ist sie an Gelbsucht erkrankt."

„Konnte man sie denn nicht behandeln?"

„Ich beantragte eine Lebertransplantation, aber Helga stellte unbequeme Fragen. Da strich man sie von der Warteliste und liess sie sterben. Das ist schmerzhaft, und ich möchte nicht darüber sprechen."

Beim Weitergehen schweigen wir beide.

Vera wird übermorgen lesen, dass ich nur allzu gut orientiert bin über Helga. Sie gehörte zu jenen Patienten, die Schuber mit seinem verseuchten Impfstoff ansteckte. Vera schweigt auf dem Weg zum Friedhof, um mich zu schützen. Wenn sie weitersprechen würde, könnte ich auspacken und ihr helfen, ihre Trauer zu tragen. Umgekehrt würde sie mir helfen, einen Ausweg aus meiner Zwickmühle zu finden. Pech für uns beide. Das macht deutlich: Schweigen ist Silber, Reden ist Gold. Veras Tagebuchidee ist ein wohlgemeinter Irrtum. Jedes Mal, wenn ich etwas notiere, damit Vera es am Ende nachlesen kann, verpasse ich die Gelegenheit, es gleich zu sagen. Die Stunden, die Vera und ich schreibend verbracht haben, aneinandergeschmiegt, vertieft in unser Tagebuch – das reine Glück. Aber teuer erkauft.

Am Begräbnis von Helga nehmen etwa hundert Menschen teil, mehr, als Vera erwartet hat. Es wird eine Ansprache gehalten, posthum ein Orden verliehen und etwas Musik gespielt, alles sehr schnell, weniger als eine halbe Stunde, und dann verläuft man sich im Nieselregen. Auch bei schönem Wetter wäre der Friedhof nicht einladend. Reihenweise umgestürzte Grabsteine, zerfallene Grabkapellen, Wege mit tiefen Löchern, lieblos abgeholzte Bäume. Auf die Ereignisse vor dem Grab kann ich mich nicht konzentrieren, weil ich einen Fotografen beobachte, der mit einem Teleobjektiv herumschleicht. Ich weiss ziemlich genau, was er will. Helga ist einen politischen Tod gestorben, und die Stasi will wissen, wer da war. Als er zum vierten Mal seine Kamera auf mich richtet, strecke ich ihm die Zunge heraus.

Vera13 Uhr

Requiem für Helga

Wir haben uns alle / Schön für dich hergerichtet. / Damit ich dir gefalle, / War ich beim Frisör. So was verpflichtet,

Ein letztes Geleit. Die von der Krippe / Hält Juri im Arm. Wie süß, seine Locken, / Und noch so klein. Deine ganze Sippe / Ist da. Es bleibt kein Auge trocken.

Zwei in Niethosen stützen deinen Mann, / Deinen Witwer. Donnerwetter, schau / Mal, die beiden, die geh'n aber ran. / Schön doof, der hat schon 'ne neue Frau,

Die von der Krippe. Vorn schreit / Einer ins Mikrophon: „Und ernennen / Genossin Helga zur Heldin der Arbeit." / Den Orden kriegt dein Witwer. „Uns trennen

Von der verdienten Genossin", sagt der vorn, / Und dann ein bißchen Musik. Hinzuzufügen / Wäre: Du bist mutig und ohne Zorn / Für uns gestorben. Um mal auf fromme Lügen

Zu verzichten, Helga: Wir sind dir so dankbar / Für dein Opfer, auch wenn es nicht / Ganz freiwillig war, wie du weißt. Im Klar- / Text: Wir haben dich angesteckt. Die Sicht

Für unsere gläubigen Genossen / Heißt: Pech gehabt, die arme Frau. / Verstehste, Helga, auf den Sprossen / Einer Leiter gibt's kein Trau Schau

Wem, da oben muß man glauben, / Daß das Zeug, wenn man mal draufsteht, auch hält. / Den Genossen ihren Glauben zu rauben, / Wäre dumm. Damit keiner runterfällt,

Wär's besser, du würdest da nicht rumstehen, / So gelb und marode. Zu unserem Bedauern / Müssen wir dich bitten, wegzugehen, / Anstatt für alle sichtbar zu versauern.

Noch anders gesagt: Wir bekamen / Was aufs Auge gedrückt, / Eine Göttin mit dem Namen / Illusio. Grau, altersgebückt,

Aber noch stark. Die verspricht: Ich verrichte / Saubere Arbeit, wenn man mich jeden / Tag mit Menschenfleisch füttert. Da verpflichte / Ich mich, den Genossen Hoffnung einzureden.

Leider ist die Alte im Weltkrieg / Ziemlich verludert, unersättlich fraß / Sie da tausend aufs Mal und versprach den Endsieg. / Das hat sich nun gebessert. Sie verspeist mit Maß

Ein Häppchen, selten mal zehn oder so./ Dich wird sie mögen, Helga, und so schmieden / Wir mit deinem Opfer die Zukunft. Sei froh / Über dein Schicksal und gehe in Frieden.

David 19 Uhr

Walter Vogt lebt, wie Susanne, in einer bürgerlichen Wohnung in einem bürgerlichen Haus in einem bürgerlichen Quartier. Ein etablierter Künstler. Veras Mietskaserne ist nach ihrer Beschreibung das pure Gegenteil. Ihre Präzisierung: „Ich könnte was Besseres kriegen. Aber ich müsste Bücklinge machen und noch Schlimmeres." Eine spezielle Form der Klassenordnung also, eine besonders anrüchige.

Vor der Haustür stossen wir auf Susanne, die gerade ihrem Wartburg entsteigt. Sie wirft Vera einen finsteren Blick zu. Ich fahre mit dem Taschentuch über einen Kotflügel und schneide eine anerkennende Grimasse: „So ein schönes Auto, und sicher wohlverdient." Susannes Antwort: ein Schulterzucken. Schade, dass sie nichts sagt. Ich hätte ein paar saftige Kommentare auf Lager, die ich gestern nicht loskriegte. Während wir schweigend im Lift hochfahren, steigt die Wut wieder in mir hoch.

Oben öffnet uns der Hausherr, grossgewachsen, hager, aufrecht und streng dreinblickend wie ein Berufsoffizier. Trägt die Uniform eines Künstlers, nämlich einen weissen, dezent mit Farbflecken bekleckerten Kittel, den er auch beim Kaffee nicht ablegt. Saugt von Anfang bis Ende an einer erkalteten Pfeife. Frau Vogt serviert Kuchen und verschwindet in der Küche. Auf einem Schreibtisch eine den Besuchern zugekehrte gerahmte Fotografie: Vogt mit Frau und fünf Kindern. Gute Leistung auf dem Sektor der Fortpflanzung.

Erfolglos versuche ich, meine Gabel in eine steinhart gebackene Leipziger Lerche zu bohren, und dabei nimmt meine Wut weiter zu. Innerer Dialog: *dk* gegen David. Immer mit der Ruhe, sagt *dk*. Du bist bei Vogt, nicht bei Susanne. Der Mann hat dir nichts angetan. Du magst seine Bilder nicht. Er ist dir unsympathisch, aber niemand hat ihn dir aufgedrängt. Du wolltest ihn treffen. Du bist doch ein bestandener Journalist. Einer, der Sympathie und Interesse nicht vermischt.

Schweig, sagt David. Ich tu, was mir passt. Den Kerl da werde ich mir mal vorknöpfen.

Und so lasse ich Vogt meine Abneigung schon bei der ersten Frage spüren: „Sind Sie eigentlich ein moderner Maler?"

„Nein, das bin ich nicht."

„Dann leben Sie in der falschen Zeit."

„Da muss ich Ihnen widersprechen. Bei Ihnen im Westen sind moderne Maler gut, und die andern sind schlecht. Bei uns zählt nur das Talent."

„Sie sind also ein talentierter Maler."

„Ja, diesen Ruf habe ich. Übrigens war ich in meinem früheren Leben ein moderner Maler."

„Sie haben also schon einmal gelebt."

„Ja, als Malermönch in der Toskana zur Zeit der Frührenaissance. Damals wurde ich verbrannt."

„Im übertragenen Sinn natürlich."

„Nein. Ich glaube an Seelenwanderungen."

„Und warum wurden Sie verbrannt? Weil Sie damals so modern und mutig waren?"

„Ich weiss, auf was Sie anspielen. Im Westen gelte ich als Hofkünstler des sozialistischen Systems, aber das stimmt nicht. Ich wende mich bloss gegen Ihren westlichen Unsinn."

„Und der wäre?"

„Der Unsinn in Würfelform."

„So passen Sie ins Kunstdiktat der DDR und gefallen dem politischen System."

„Gestatten Sie, dass ich Ihnen nochmals widerspreche. Meine Abneigung gegen Ihren Abstraktionismus ist mir nicht aufgezwungen worden. Sie entspricht meiner persönlichen Überzeugung."

„Und wie stehen Sie denn zum politischen System?"

„Durchaus kritisch. Ich bin von meiner Hochschule aus politischen Gründen entlassen worden. Später wurde ich dann auf Druck meiner Studenten wieder eingestellt."

„Ihrer unabhängigen, unbeeinflussbaren Studenten natürlich. Und Sie stehen mutig zu Ihrer Meinung."

„Wenn Sie an meinem Mut zweifeln, brauchen Sie sich nur meine Bilder anzusehen."

„Ich habe Ihr Wandbild gesehen im Rektoratsgebäude mit all den SED-Grössen. Wo ist denn da Ihre mutige Aussage? Die ist mir irgendwie entgangen."

„Ich habe den Mut, die Dinge so zu malen, wie sie sind."

„Das heisst: Sie malen den SED-Vorsitzenden Fröhlich, weil er den SED-Vorsitz hat."

„Nein, ich male ihn so, wie er ist, mit der ganzen Pomade im Haar. Ich habe viele Entwürfe gemacht, um pomadiges Haar auf die Leinwand zu bringen."

„Wäre es da nicht besser, Herrn Fröhlich überhaupt nicht abzubilden?"

„Und statt dessen griechische Götter oder weisse Quadrate oder Alt-Leipzig?"

„Alt-Leipzig, das wäre doch was! Die Paulinerkirche, beispielsweise."

„Und die würde dadurch aus dem Schutt wieder auferstehen."

„Nein, aber sie würde nicht mehr totgeschwiegen. Sie bekäme ein würdiges Denkmal, und Sie selbst würden für Ihren Mut gelobt."

„Man würde mich verhaften und das Bild wegkratzen."

„Sie halten also nichts davon, zu Ihrer Meinung zu stehen."

„Denken Sie mal an die kleinen Studentinnen im Weltkrieg, die ihren braunen Professor kritisierten und dafür von den Nazis gehängt wurden. Haben die das Ende des Dritten Reichs um einen einzigen Tag verkürzt? Wem nützen alle diese Opfer?"

„Ich verstehe. Sie setzen die DDR mit Nazideutschland gleich. Natürlich, da hat man keine Wahl und malt Fröhlich und Konsorten."

„Mein Bild ist keine Verbeugung vor dem Regime. Es ist voll von kritischen Aussagen."

„Auf Ihrem Bild ist der Maler Walter Vogt abgebildet. Er dreht dem Betrachter den Rücken zu. Das ist Ihr Problem, Herr Vogt. Der Sache den Rücken zudrehen."

„Sie kommen aus der Schweiz hergereist, zeigen mit dem Finger auf uns und reisen wieder ab. Wir leben hier. Wenn einer von uns mit dem System nicht einverstanden ist, muss er sich genau überlegen, wie er seine Kritik formuliert, sonst wirft man ihn am selben Abend mit zugestopftem Maul in den Knast."

Susanne schlägt mit der Hand auf den Tisch: „Du knallst alles auf deinen Schinken. Ein politisches Warenhaus. Jeder findet, was er braucht. Sogar die Nazis werden bei dir fündig. Und du ziehst dir die Narrenkappe über und bist fein raus und an nichts schuld, während wir an den politischen Problemen ersticken."

„Die Politik geht mich nichts an. Dieses ganze politische Getue läuft an mir runter wie Wasser."

„Du spielst den Unbeteiligten, aber du bist einfach ein Feigling."

Um die Diskussion in weniger aggressive Bahnen zu lenken, sage ich: „Sie kannten in früheren Jahren eine Frau namens Sarah Levi. Haben Sie damals nicht erwogen, zusammen mit Frau Levi Ihr Glück anderswo zu versuchen?"

„Sie wissen offenbar viel über mich, da muss ich mich in Acht nehmen. Aber was soll's. Sarah ist ein typisches Beispiel dafür, was man mit Mut erreicht. Sie hat alles kritisiert, bis sie in den Knast kam. Dann wollte sie abhauen und kam wieder in den Knast. Später hat man sie abgeschoben, und jetzt spioniert sie für eine Schweizer Firma in der Welt herum. Eine kluge Frau, und ich habe sie gern gemocht, aber ein vergeudetes Leben. Das kann es doch nicht sein!"

Eine schwere Pause.

Vera: „Unter ihrem Bild im Rektoratsgebäude liegt eine Kirche begraben. Hat Sie das beim Malen bedrückt?"

„Ich verstehe ihre Frage nicht. Unter mir lagen Steine, keine Lebewesen."

„Doch, Herr Vogt. Da unten liegen Hoffnung, Glaube und Freiheit vieler Menschen begraben."

„Wie ich schon sagte, das alles kann man nicht mehr zum Leben erwecken."

„Wenigstens geben Sie jetzt zu, dass bei der Sprengung etwas Lebendiges zerstört worden ist. Aber es geht mir nicht um Wiedererweckung. Ich habe Sie bloss gefragt, ob Sie die Sprengung bei ihrer Arbeit bedrückt hat."

„Ich musste ein Bild von fünfzehn Metern Länge malen. Wissen Sie, was das bedeutet? Allein die physische Anstrengung."

„Ich verstehe. Die Schwerarbeit dispensiert Sie von moralischen Überlegungen."

Auf dem Weg zurück zu unserer Wohnung sage ich zu Vera: „Ich weiss nicht, ob ich Vogt bedauern oder beneiden soll. Er und Susanne. Beide haben sich einträgliche Überlebensformeln zurechtgezimmert."

Vera 19 Uhr

Susanne nimmt mir übel, daß ich dich begleite. In Vogts Wohnung flüstert sie zischend, ich sei wohl meiner Sache nicht sicher, sonst hätte ich ihr David überlassen, wenigstens für den Kaffee bei Vogt.

Vogt ist ein Zuträger des Systems – aber vielleicht gehe ich ihn zu hart an. Deine wunderbare Vera, David, schau sie dir mal genauer an. Gestern habe ich mich mit zwei Popanzen herumgeschlagen, setzte mich für eine gute ärztliche Versorgung und gegen die Dummheit ein. Dabei war ich die Dumme. Mit meiner Attacke habe ich der Heilkunde nur geschadet. Niemand wird hingehen und ausrufen: Die Krause hat recht, wir müssen was tun für die klinische Forschung in der DDR, für die Patientenrechte, für die Ärzte, gegen das Diktat der SED und des Ministeriums. Warum also habe ich losgeschlagen? Hatte ich am Vortag nicht erkannt, was dem blüht, der für seine Überzeugung eintritt? Warum wollte ich dem armen Stiller nacheifern? Ausgerechnet ich, die jammert, weil ihr Freund ein Draufgänger ist? Hat Vogt vielleicht doch recht? Wie du vorhin sagtest: Womöglich geht es nur ums Überleben, egal, um welchen Preis.

Nein, das kann es nicht sein. Weg von hier.

David 22 Uhr

Um 21 Uhr klopft es an der Wohnungstüre. Akov: „Tut mir leid, ich muss euch stören. Es ist dringend. Ich bekam soeben einen Telefonanruf. Anonym. Sie sollen abreisen, David."

„Bitte, Akov, was genau wurde gesagt, Wort für Wort."

„Eine weibliche Stimme. Sind Sie Professor Akovbiantz? Ja, und wer sind Sie? Kurze Pause. Sie haben einen Gast. Sagen Sie ihm, dass er gleich abreisen soll. Dann wurde der Hörer aufgelegt. Wer könnte es gewesen sein? Haben Sie eine Ahnung?"

Vera wurde bleich. Ich nahm sie in den Arm und begann laut zu überlegen: „Niemand weiss, dass ich bei Ihnen wohne. Ich hatte von hier aus keine Kontakte in die Schweiz. Nicht einmal mein bester Freund, Fritz Mach, weiss, wo ich bin. Hatte die Frau einen schweizerdeutschen Akzent oder einen sächsischen?"

„Weder noch. Sie sprach akzentfreies Hochdeutsch."

„Kam der Anruf aus dem Ausland? Manchmal kann man das erkennen am Knacken oder Piepen zu Beginn des Anrufs."

„Es hat weder geknackt noch gepiept. Aber das will nichts heissen."

„Können wir herausfinden, woher das Gespräch kam? In der Schweiz wäre das möglich."

„Sogar wenn wir es könnten, würde ich davon dringend abraten. Sie verstehen, weshalb, David."

Vera, immer noch blass: „Jemand weiss, dass du hier bist. Die Frage ist bloss: Meint es dieser Jemand gut mit dir oder gerade nicht? Möchte dir dieser Jemand helfen oder schaden? Ich glaube, er meint es gut. Und du?"

„Ich glaube gar nichts. Auf Eventualitäten lasse ich mich da nicht ein. Übermorgen fahre ich ab. Es stehen noch zwei sehr wichtige Dinge auf unserem Programm, die Fahrt an den Pleissner See und der Austausch der Tagebücher. Bis jetzt gab es nichts Schlimmes, und es wird auch bis übermorgen früh nichts passieren. Ich bleibe hier bei dir."

„Bitte, David. Dir darf nichts zustossen. Wir verzichten auf den Ausflug, und mit den Tagebüchern lassen wir uns was einfallen. Pack deine Sachen, geh, ich begleite dich."

Akov: „Wenn David geht, dürfen Sie ihn nicht begleiten. Wenn es tatsächlich eine Gefahr gibt, wird sie dadurch noch grösser, Verdacht der Republikflucht und so weiter."

„Was raten Sie mir, Akov? Sie kennen dieses Land. Ich bin hier bloss ein Besucher."

„Sie bürden mir grosse Verantwortung auf. Ich kann nicht für Sie entscheiden. Ich selbst würde wenig tun, möglichst gar nichts. Reisen wie geplant. Keine grossen Bewegungen, damit ziehen Sie die Aufmerksamkeit auf sich, und das dürfen Sie auf keinen Fall."

Danach zieht sich Akov zurück. Vera bleibt angespannt. Auch mit Küssen und Umarmungen kann ich sie nicht beruhigen. Was mich quält: Hätte ich Akov von Weiler und Lang beichten sollen? Sicher würde er mir auch nach einer Beichte denselben Rat geben. Muss ich jetzt mit Vera darüber sprechen? Nein, das würde die Spannung nur vergrössern. Meinen Entschluss, hierzubleiben und an den Pleissner See zu fahren, in Veras Vergangenheit, habe ich in Kenntnis der Lage gefasst. Ich weiss Dinge, die den beiden anderen nicht bekannt sind. Ich muss also selbst entscheiden. Wenn jemand von meinem Kontakt mit dem fatalen Trio Wind bekommen hat, wartet er nur darauf, dass ich in Panik gerate. Also Ruhe.

Vera 22 Uhr

Meine beiden Männer stellen sich gegen mich, und ich? Ich kann mich nicht durchsetzen. Nach dem Telefonanruf hast du nicht deinen Koffer gepackt. Ich verkaufe meine Idee schlecht. Susanne würde mich in der Tratschrunde auslachen: Du mußt genauso auftreten wie in den Betriebsversammlungen, mit Nachdruck, nicht kleinlaut und zittrig. Merk dir das!

Meine Überlegungen: Wenn jemand herausfindet, daß du nicht im Interhotel Merkur übernachtest, sondern bei Professor Akovbiantz, hat er gute Arbeit getan. Wenn dieser Jemand meint, du seist in Gefahr, sollte man ihm glauben. Wenn er dir die sofortige Abreise nahelegt, wenn er den Mut hat, dich trotz der Telefonüberwachung zu warnen, liegt ihm viel an deinem Schicksal. Wenn jemand dir schaden möchte, würde er anders vorgehen. Wovor will dich dieser Jemand warnen? Ist etwas vorgefallen? Liebster David, schreibender Unschuldsengel neben mir: Hast du was verbrochen? Ist Anton dir auf der Spur?

Die Forscherin in mir entwickelt eine Hypothese: Du hast etwas angestellt, und Sarah Levi hat aufgeschnappt, daß Anton hinter dir her ist. Sie informiert Fritz Mach. Der befiehlt: warnen, sofort! Man findet eine Person, die von einer Telefonzelle aus Akov anruft und einen von Frau Levi verfaßten Satz abliest.

Was mich an der Hypothese ärgert: Mußt du dich von einem Kapitalisten übelster Sorte retten lassen? Hört sich an, als würde mein sozialistisches Herz aufbegehren. Oder bin ich eifersüchtig auf Fritz, weil ich dich ganz für mich haben will? Wenn dich jemand rettet, dann ich! Wie auch immer: Nichts tun, dableiben, das wäre – das ist – die schlechteste Option. Warum sie schlecht ist, könnte ich begründen.

Warum tue ich es nicht? Weil ich ins Schleudern komme, wenn du in Gefahr gerätst. Ich kann nicht mehr denken und nicht mehr sprechen. Schlimm ist, daß ich mich nicht einmal schäme. Und mach dir keine Illusionen: du hast dir eine ausgesucht, die mit der Zeit immer dümmer wird, eine, die jetzt mit kindlicher Freude zu dir ins Bett steigt und alles andere vergißt, wenn du sie bloß mit einer Fingerspitze berührst.

Montag, 8. November 1982

David 8 Uhr

Vor einer halben Stunde hat es geläutet. Wir sind bereit, die Strassenbahn zum Bahnhof zu nehmen. Bisher haben wir noch nie die Wohnungsglocke läuten hören. Es kann nicht Akov sein, denn der klopft sanft einen Takt aus Schuberts achter Symphonie. Damit ihr wisst, dass ich es bin, hat er uns erklärt.

Nach dem dritten, penetranten Klingelton öffnet Vera zögerlich.

Im Hausflur Susanne: „Kann ich kurz reinkommen? David? Da sind Sie ja. Guten Tag, mein lieber David. Ich bin auf dem Weg nach Bad Düben. Da dachte ich: Vorgestern haben Sie mich deswegen gelöchert. Also, kommen Sie mit, unten wartet der Chauffeur."

Ich stottere heraus: „Wie haben Sie uns denn gefunden, Susanne?"

„Die ganze Stadt weiss, dass Sie hier sind."

„Das kommt so abrupt. Und einen Westbesuch werden die in Bad Düben niemals zulassen."

„Keine Sorge, David. Ich habe heute früh mit der zuständigen Person im Ministerium gesprochen."

„Und das heisst?"

„Der Chefarzt von Bad Düben erwartet Sie. Interview, Rundgang, was Sie wollen."

„Sie haben sich aber mächtig ins Zeug gelegt."

„Gern geschehen. Und jetzt kommen Sie."

„Das ist mein letzter Tag mit Vera, morgen reise ich ab."

„Ich weiss, David, deshalb bin ich ja hier. Vera hat in Leipzig nicht viel für Sie tun können. Jetzt haben Sie diese einmalige Chance, bevor Sie abfahren. Stellen Sie sich vor, der erste Westjournalist da draussen. Ihr Artikel wird ein Knüller. Habe ich recht, David?"

„Ja, das ist an sich richtig."

„Also dann, los."

Vera schaltet sich ein: „Kein Problem, David, ich kann in der Zwischenzeit was anderes machen."

Ich wache wie aus einer Trance auf – Susanne hat hypnotische Kräfte, die ich jetzt von mir abschüttle: „Bei meinem nächsten Besuch in Leipzig komme ich auf alle Fälle, aber seien Sie mir nicht böse, Susanne, den letzten Tag vor meiner Abreise werde ich mit Vera verbringen."

„Überlegen Sie es sich gut, David. Chancen wie diese gibt's nur einmal. Morgen würden Sie die Absage bereuen."

„Mag sein, Susanne, aber heute nicht."

Ende von Susannes Auftritt. Sie rauscht wortlos ab – an uns beiden vorbei ins Treppenhaus, die Wohnungstür lässt sie hinter sich offenstehen. Wir bleiben verwirrt im Flur zurück.

Vera, totenblass: „Du musst gleich abreisen." Das ist im Schock gesagt. Ich schlage vor, dass wir erst einmal einen zweiten Kaffee trinken und uns beim Schreiben beruhigen, bevor wir einen späteren Zug nehmen.

Meine Vorbehalte gegenüber Susanne haben sich nochmals bewahrheitet. Sie hat uns ausspioniert, sie hat Vera schlecht gemacht, und die Einladung nach Bad Düben ist bestimmt eine Falle. Susanne ist verdorben, und Vera ist blind. Morgen früh, mit etwas Abstand, muss ich ein ernstes Wort mit ihr reden.

Was immer der Grund für Susannes Angriff ist – wir haben unseren letzten gemeinsamen Tag gerettet.

Vera 8 Uhr

Das hätte übel enden können. Schlimmer als der Auftritt von Susanne war unser nachträgliches Gespräch. Stimmt, ich habe dich gebeten, gleich abzureisen, aber nicht, wie du meinst, aus Mangel an Liebe. Ich habe mir so gewünscht, mit dir nach Espenhain zu fahren, in meine Vergangenheit zurückzukehren, damit sie mich endlich in Ruhe läßt. Versteh, deinetwegen drängte ich auf deine Abreise und wollte auf alles verzichten, auf Espenhain, den Pleiß-

ner See, sogar auf den Austausch der Tagebücher. Die hätten wir ungelesen verbrannt.

Ich habe zu heftig reagiert, zu schwarzgesehen. Jetzt sehe ich wieder klar. Susanne will dich bloß verführen. Kein Wunder, daß sie es auf dich abgesehen hat. Daß ich mich in dich verliebt habe, weckt ihren sportlichen Ehrgeiz. Dabei legt sie sich, wie du sagtest, gewaltig ins Zeug. Meine Schuld: Ich hätte, als ich ihr von der Schweiz erzählte, vorsichtig sein sollen.

Bad Düben ist ein fetter Köder, für den muß sie sicher Federn lassen. Der Preis? Ich kann mir den ungefähr vorstellen. Susanne will am frühen Morgen die Bewilligung zu deinem Besuch erhalten haben, von einem Mitarbeiter des Ministeriums. Am frühen Morgen ist kein Ministerialbeamter im Büro. Also lag er in Susannes Bett und hat für deinen Besuch weitere Nächte zugesichert bekommen. Der Chefarzt in Düben arbeitet nebenamtlich im Gesundheitsministerium. Ministerialbeamter und Chefarzt sind ein- und dieselbe Person. Susanne hat einmal von einem übelriechenden Sadisten gesprochen, den sie nicht loswerden kann, weil er hoch oben sitzt. Wenn es sich um den Mann von heute früh handelt, tut sie mir leid.

Akov meint, daß Susanne sich Bad Düben hintenrum erschlichen hat. Untenrum. Das streitet Susanne nicht ab. Die Männer nutzen uns aus: Warum nicht mit gleicher Münze heimzahlen? Susanne meint, ich spiele die Schloßdame, weil ich nie etwas angenommen und nie einen Liebhaber um einen Gefallen gebeten habe. Stimmt. Keine Abhängigkeit. Auf und davon, wann es mir paßt.

Akov hält mich für ein naives Mädchen. Ob Susanne sich Bad Düben erschleicht oder eine Professur, es ist immer das gleiche Spiel. Kann sein, daß sie die Männer bezirzt, aber das sind kleine Zugaben. Susanne hat Bad Düben durch politische Zugeständnisse erhalten, und das heißt: Durch Mitarbeit bei der Stasi.

Unsinn. Ich weiß, was der Stasi gefällt. Nur allzu gut, denn ich, die Vertrauenerweckende, Stabile, bin im Visier der Stasi. Susanne dagegen ist eigenwillig, aufsässig, frech, unbeherrscht, kritisch, sarkastisch: Solche Menschen sind ungeeignet für eine Spitzellaufbahn. Susanne sieht das genau so. Und an der Akov-Nachfolge liegt ihr nichts. Da müßte sie das fürstlich bezahlte Bad Düben aufgeben und sich mit dem Lohn eines Professors durchschlagen.

Auf zum Bahnhof.

David 23 Uhr

Der Tag mit dem schrecklichen Anfang endet glücklich. Aber der Reihe nach.

Auf dem Weg zum Bahnhof sind wir beide noch verwirrt und so schweigsam wie gestern auf dem Weg zum Friedhof. Im Zug gebe ich mir einen Ruck: „Wir müssen ein Hühnchen zusammen rupfen. Gestern Abend hast du mich wegschicken wollen und heute früh nochmals."

„Ich wollte dich in Sicherheit wissen. Nichts wie weg."

„Wenn das so ist: Weshalb wolltest du, dass ich mit Susanne weggehe?"

„Wenn du es genau wissen willst: Ich bin eifersüchtig. Am Abend bei Fritz und jetzt wieder. Ich kämpfe dagegen an. Sobald ich spüre, dass ich dich festhalten will, verbiete ich es mir. Also: Wenn du mit einer anderen Frau weggehen möchtest, dann geh."

„Ich wollte nicht weggehen, und du hast mich einem blonden Gift die Arme gedrückt."

„Du weisst, sie ist kein blondes Gift. Verführen wollte sie dich, einfach nur verführen. Und sei nicht so zimperlich. Eine Frau, die dich verführen möchte. Nicht die erste und nicht die letzte."

„Mit Verführungskünsten muss man mir nichts vormachen. Und Susannes Auftritt hat mit Verführung nichts zu tun."

„Oh doch. Und sie hat dir einen Köder hingehalten. Einen fetten Köder. Den hättest du dir ja schnappen können."

„Mitsamt dem Angelhaken."

„Schnappen und dann weglaufen, bevor sie dich frisst."

„Jetzt sagst du es selbst. Sie wollte mich nicht verführen. Sie wollte mich fressen und fertigmachen. Und du hast sie sogar noch unterstützt."

„Ich war kurz mal in Panik."

„Nein, so war es nicht. Sie hat uns beide hypnotisiert. Sie ist eine Hexe."

„Das hatten wir schon mal, David. Wenn sie eine Hexe wäre, hätte ich das in den neun Jahren merken müssen."

„Du verteidigst sie bis aufs Blut, aber sie ist von Grund auf böse und hat hypnotische Kräfte. Das habe ich gespürt. Plötzlich war ich meiner Sache nicht mehr sicher. Ich wusste, dass ich nicht mit ihr nach Düben wollte und hätte es um ein Haar getan. Deine Stimme hat mich aus der Hypnose geweckt. Mich hat sie ein paar Sekunden lang hypnotisiert und dich neun Jahre lang. Und es wäre ihr fast gelungen, uns auseinanderzureissen."

„Glaubst du das wirklich, David?"

„Ja, und wir müssen gegen sie vorgehen."

„Das werden wir morgen früh besprechen. Heute ist unser Tag."

„Einverstanden, Vera. Aber jemand muss ihr das Handwerk legen. Falls nötig, mache ich das allein."

„Vergiss diese ganze Geschichte. Zum Glück wirst du Susanne nicht mehr sehen. Du bist so gut wie abgefahren und in Sicherheit."

In Neukieritzsch steigen wir aus. Riesige Gruben, Braunkohleförderung im Tagebau. Fördermaschinen, Grubenbahnen, Lastwagen, Ameisenmenschen. Kein Grün, soweit das Auge reicht. Hinter den Gruben Schornsteine und Kühltürme, ein ganzer Wald davon. Das Kraftwerk Tierdorf. Rauch über der ganzen Landschaft.

Gleich nach dem Aussteigen beginnen meine Augen zu brennen. Beide heulen wir wie Schlosshunde, brechen in Lachen aus und küssen uns die Tränen weg. Vera führt mich auf ein Feld. Schütterer Bewuchs. Auch hier wurde früher gefördert. Die Erde hat sich nicht erholt.

Nach einer halben Stunde kommen wir zum Pleissner See. Schilf, Gestrüpp und Sand. Ein paar Wasservögel.

Vera sagt: „Das war meine Kindheit. Da gehen die Gespenster um."

„Hast du als Kind hier gebadet?"

„Nein. Mein Vater hat es mir verboten."

„Warum?"

„Er liess die Pleisse in die alte Grube leiten, damit das Wasser alles überdeckt. Eine gute Idee mit Tücken. Das Wasser ist voll von Schwefel und Eisen und so sauer, dass es die Haut verätzt. Wenn man Fische aussetzt, sterben sie. Mein Vater sagte: Sobald es einmal Fische gibt, darfst du ins Wasser, vorher nicht."

„Kann man denn nichts gegen die Verschmutzung tun?"

„Man kann Soda ins Wasser schütten und Filteranlagen bauen. Mein Vater hat das vorgeschlagen. Aber es fehlte das Geld."

Auf dem halben Weg zur Ortschaft Espenhain bleibt Vera stehen: „Hier war's."

Hinter dem Gestrüpp eine flache Sandmulde. Vera zittert und verbirgt ihren Kopf in meinem Mantel. Während fast einer halben Stunde stehen wir still. Ein Bussard zieht seine Kreise über dem See und fliegt unverrichteter Dinge davon. Etwas Längliches treibt zwischen den Schilfhalmen: Ein Hecht? Nein, bloss ein Stück totes Holz.

Schliesslich nickt mir Vera zu: „Es ist gut. Wir können gehen."

Espenhain. Weder Espen noch Hain, sondern grau. Auf der Strasse des Friedens zeigt Vera auf ein Haus, das etwas grösser ist als die anderen. Im Vorgarten ein paar geplagte Bäume: „Da bin ich auf die Welt gekommen. Nach dem Tod meiner Mutter war ich nochmals drin und nahm ein paar Sachen mit, eine Einkaufstasche voll. Die steht immer noch bei mir im Schrank."

Auf einer kleinen Erhöhung das Gasthaus *Zur Erholung*. Welch ein Name in dieser Umgebung. Die Wirtin ist ausser sich vor Freude über das Wiedersehen mit Vera: „Sie ist ein Engel, ein richtiger Engel. Und dabei hatte sie's nicht einfach."

Nach dem Essen bringt die Wirtin eine gerahmte Photographie. Ein kleines Mädchen – ich erkenne Vera – hält einem Mann mit Spitzbart einen Blumenstrauss hin. „Ich weiss noch genau, der Besuch unseres Staatsratsvorsitzenden, Walter Ulbricht, am Mittwoch, den 13. Juni 1956. Erst das Kraftwerk, und dann kam er hierher, zum Essen. Ach, wir waren alle so aufgeregt, und Vera mit dem Blumenstrauss.

Wir haben vorher lange geübt, wie man einen artigen Knicks macht und die Blumen richtig hinhält. Alles ging gut, bis der Genosse Ulbricht Vera einen Kuss gab. Da sagte der Frechdachs: Das sticht aber, Herr Ulbricht, und ich dachte: Mein Gott, jetzt wird er wütend, und mein schönes Essen ist für die Katz. Aber nein, er ging in die Knie und sagte: Ach, ich habe nicht aufgepasst. Entschuldige. Wie heisst du denn, kleines Mädchen? Da war es mir ganz anders, und als der Ulbricht gegessen hatte, da sagte mein Mann: Siehste, dieser Kerl, der ist gar nicht so schlimm, man muss mit ihm nur reden wie die Vera."

Die Wirtin möchte, dass wir über Nacht bleiben: Wir seien ihre Gäste. Am Abend koche sie das gleiche Essen wie für Ulbricht, Wiegebraten mit Leipziger Allerlei. Mir gefällt der Vorschlag: Die Tagebücher habe ich im Rucksack. Wir würden sie in unserem Zimmer lesen und dann am See verbrennen. Und wir könnten freier miteinander sprechen als in Leipzig. Und an Erfahrung, wie man eine Nacht ohne Zahnbürste verbringt, würde es uns nicht mangeln. Und keine Eile, denn mein Flugzeug geht erst morgen abend. Vera dagegen will schon heute nach Leipzig zurückkehren – ich verstehe jetzt, weshalb und bin froh, dass wir hier sind, wir drei.

Auf dem Weg vom Bahnhof zu Akovs Wohnung sagt Vera, sie müsse kurz ins ihr Büro gehen. Ich denke mir nichts dabei und schaue eine halbe Stunde lang dem Treiben in der Eingangshalle des Klinikums zu. Jetzt weiss ich natürlich: Vera ist in die Frauenklinik gegangen, um sich einen Schwangerschaftstest zu besorgen.

Zu Hause kommt sie, noch den Teststreifen in der Hand, strahlend aus dem Badezimmer: „David, ich bin schwanger!"

Ein heiliger Schrecken, etwas durch und durch Unerklärliches. Bisher habe ich nicht im Traum daran gedacht, dass Vera von mir ein Kind bekommen könnte. Dabei hat sie mir gesagt, dass sie seit langem die Pille nicht mehr nimmt. Ich wusste es und wusste es nicht.

Wenn ich nachrechne: damit der Test heute positiv ist, muss das Kind in der ersten Nacht gezeugt worden sein. Ein Schuss, ein Treffer. In Liebe gezeugt und empfangen. Ich habe kürzlich in den NZN über menschliche Einzelzellen berichtet – weisse Blutkörperchen üben ihre Funktion viel besser aus, wenn sie von frohen Menschen stammen. Bestimmt gilt das auch von Spermien und Eizellen, und unser Kind wird das spüren. Zum Glück bin ich nicht Hals über Kopf abgereist. So ist die Erdbeere, wie Vera das Wesen nennt, von Anfang an unser Kind. Zwar hat mir Marina eingebläut, ich sei als Vater unbrauchbar. Aber ich werde es schon schaffen, diesem Kind ein guter Vater zu sein.

Jetzt ein Leben zu zweit zu beginnen: Dem steht die Politik im Weg. Zum Glück ist ihre Macht beschränkt. Auch ein Unrechtsstaat kann uns nicht nehmen, was wir geschaffen haben. Und wir werden einen Weg finden, denn wir haben zwei Wochen lang alles geteilt. Zugegeben, nicht ganz alles. Ich will nicht an Einzelheiten herumklauben. Lieber denke ich an meine Frage im Zug nach Neuchâtel: Sind eins plus eins manchmal eins und manchmal drei? Ja, bei uns schon. Wir haben aus einer Zwei eine Eins gemacht und aus einer Eins eine Drei. Heisst das auch, dass wir deckungsgleiche Texte geschrieben haben? Bestimmt. Morgen früh werden wir sehen.

Vera 23 Uhr

Ich rufe dir die Neuigkeit vom Bad aus zu, freudig und ängstlich zugleich: Und wenn du willst, daß ich sie wegmache, meine Erdbeere? Aber du strahlst und nimmst mich in die Arme.

Erinnerung ans Blaue Zimmer – der Morgen, an dem „Baby" hier im Buch stand. Mein Kopf wußte von nichts. Mein armer Kopf. Nicht er hat das geschrieben, sondern mein Bauch. Der wußte was und wollte was und kriegte es. Die vier Buchstaben wiegen am Ende mehr als die vielen verkopften Seiten, die wir morgen früh ins Feuer werfen werden. Das Vierbuchstabenwort aus dem Bauch wird später grüne Augen haben wie Mama und Papa.

Und das am Ende des Tages, der mich von den Gespenstern befreit hat. Heute, am See, dort, wo ich mit Wladimir auf dem Badetuch lag, kommen sie angekrochen, und ich kann endlich genau hinschauen: Was wollt ihr von mir? Sag's mir, Wladimir, was willst du? Aber Wladimir bleibt stumm, und die Gespenster auch. Sie lösen sich einfach auf.

Der Rauch vom Braunkohlewerk. Der Geruch meiner Kindheit. Hier weint man immer, und die Tränen sind krank. Die Bleßhühner auf dem kranken Wasser entwickeln Tumore an den Füßen. Mein Vater, der Hexenmeister. Kühltürme explodierten, Maschinenräume verbrannten, Staudämme brachen, und Vater kannte Zauberformeln. Wenn er am Abend zu Hause arbeitete, sah ich ihm zu. Auf dem Planpapier magische Zeichen. Der stumme Hexenmeister schützte mich, aber eine Zukunft konnte er mir nicht geben.

Im Gasthaus Zur Erholung bringt die Wirtin eine Photographie. Mein Rosenstrauch für Ulbricht. Er küßt mich, und ich sage: Ihr Bart tut mir weh. Er bückt sich, tätschelt meine Wangen, flötet süß, entschuldige, meine kleine Schöne. Ich bin ein Gegenstand, den man ausschmücken, vorzeigen und begrabschen kann. Also weg von euch, nach Innen, dort kriegt ihr mich nicht. Ich höre zerstreut der Wirtin zu und fühle mich befreit, muß nicht mehr weglaufen, mich nicht mehr ins Innere zurückziehen.

Diese Zeilen werden nur eine einzige Nacht überleben. Das Feuer: Schauderhaft schöne Vorstellung. Eine Stichflamme im Waschbecken, wenn sich der Brennspiritus entzündet, Rauch in allen Ecken der Wohnung. Ich wollte schon immer Gedichte in die Luft schreiben oder aufs Wasser. Was sich auflöst, hat Bestand. Das Gedicht, das ich jetzt entwerfe, wird sich morgen früh auflösen. Es spricht von einem Jetzt, dem ein nächstes Jetzt folgt. Vielleicht. Mein Vater konnte mir keine Zukunft geben, und jetzt bin ich bei dir, die Erdbeere in mir. Ohne Zukunft und glücklich.

TAUSENDUNDEINE NACHT

Der Henker fragt seit tausend Tagen,
Wann er ihr den Kopf abschlagen
Soll. Der Herrscher spricht: Nicht jetzt,
Ich brauch sie noch. Sie hat zuletzt -

Heut früh – gesagt: Mein Herr und Meister,
Hört, ein allzu langer Faden reißt. Der
Neue, den ich ausgedacht,
Den bringe ich Euch heute Nacht.

Ja, morgen kenne ich den Schluß
Vom Prinzen, der die Fee umwirbt,
Ob er sie endlich kriegt,

Und weiß, vor unserm Abschiedskuß,
Ob nun der böse Drache stirbt
Und ob die Liebe siegt.

Epilog

Vera und ich wurden am 9.11.1982 um 02.30 in der Wohnung von Boris Akovbiantz verhaftet und im folgenden Monat von Mitarbeitern des Ministeriums für Staatssicherheit (MfS) fast pausenlos verhört.

Am 15. Januar 1983 fand am Stadtbezirksgericht Leipzig unter Ausschluss der Öffentlichkeit der Prozess gegen uns statt. Die Verhandlung bestand aus dem Verlesen der Anklageschrift, der elf Zeugenaussagen und der Urteilsverkündung. Die Zeugen selbst erschienen nicht. Die wichtigste Zeugin war Susanne Klopfer. Ihre Aussage enthielt so viel Unwahrheiten, dass ich nicht darauf eingehen möchte. Schwer belastet wurden wir auch durch Heinz Weiler („Kern wollte mit die Geschichte der Dialyseprobleme für dreissigtausend Schweizer Franken abkaufen) und Werner Vogt („Kern und Krause stehen in Kontakt mit Mitgliedern ausländischer Geheimdienste"). Rührend war die Aussage von Nikolaus Stiller: Er habe uns für eine Nacht ein Zimmer vermietet und nicht mit uns gesprochen, denn unser Aufenthalt sei auf seinen Nachtdienst gefallen. Wir durften uns zu den Zeugenaussagen nicht äussern und wurden vom Richter und vom Staatsanwalt nicht einvernommen. Nach zwei Stunden wurde Vera zu einer Haftstrafe von acht Jahren und ich zu einer Haftstrafe von drei Jahren ohne Bewährung verurteilt. Dem Offizialverteidiger wurde nur ein Mal das Wort erteilt: Er erachtete das Strafmass als angemessen.

Die damaligen Gerichts- und Stasiakten sind heute in meinem Besitz. Auch unsere Tagebücher bekam ich zurück. Von den über zweihundert Stasi-Dokumenten gebe ich im Folgenden zwei wieder.

Auszüge aus der IM-Akte „Fuchs"

16.2.1980
Beurteilung
Die Kandidatin, Genossin Klopfer, Oberarzt im Universitätsklinikum Leipzig, erklärte sich bereit als IM zur politischen-operativen Durchdringung des Bereiches des Krankenhauses tätig zu sein. Aus der vorliegenden Ein-

schätzung zeigte sich die Genossin gesellschaftlich und politisch engagiert. Sie verhielt sich im Werbungsgespräch kooperativ. Auf Grundlage, der mit der Genossin geführten Gespräche wird sie für das MfS konspirativ arbeiten und unserem Organ alle Informationen bezüglich ihrer Arbeit mitteilen. Beruflich zeigt sie ein fortwährendes Bestreben nach oben zukommen. Nach Angaben der Kandidatin ist ihr Ziel die Position des Leiters der Inneren Medizin zu erlangen. Ab sofort erfolgt auch ihr Einsatz in Bad Düben. Ihre berufliche Tätigkeit bietet die Grundlage zur Legendierung für konspirative Operationen.
Die Kandidatin gibt sich den IM-Decknamen „Fuchs".
Gez.
Krause Hptm.

6.11. 1982
Information der IM „Fuchs" zur Ärztin des Krankenhauses, Gen. Krause.
Nach Meinung der IM, unterhält die Gen. Krause eine intime Beziehung zu dem Schweizer Journalisten Kern, der bei ihr eine zielgerichtete Kontaktaufnahme vorgenommen hatte. Bei der Genossin Krause handelt es sich um eine leicht beeinflußbare Person, die seinen politischen Ansichten folgt. Die Genossin zeigte sich bei ihrer bisherigen Arbeit diszipliniert, höflich und ordentlich. Die IM berichtete, dass die Gen. durch seinen Einfluß erwägt das Land zu verlassen.
Gegenwärtig werden Vorbereitungen getroffen, die Genossin Krause von dem Kern zu trennen. Gegebenenfalls müssen Maßnahmen ergriffen werden, sie zu internieren und politisch zu erziehen.
Gez.
Krause Major

8.11.1982
Information der IM „Fuchs" zur Ärztin Gen. Krause
Die IM führte am Abend des 7.11.1982 ein Gespräch mit dem Gen. Weiler über den Kern und

die Krause. Gen. Weiler berichtete über eine Kontaktnahme mit dem Kern und die negative politische Einstellung des Kern, der die Krause subversiv beeinflußt. Auch die IM erhielt am 6.11. in den Gesprächen mit der Krause den Eindruck, daß die Krause mit dem Kern die DDR illegal verlassen will. Das hat die Krause sogar handschriftlich so in ihren Notizen geschrieben. Die IM wollte der Krause helfen und suchte sie am Morgen des 8.11.1982 in der Wohnung des Genossen Akovbiantz auf, um sie von ihrem Vorhaben abzubringen. Die IM versuchte auf den Kern einzuwirken, keinen politischen negativen Einfluß mehr auf die Krause zu nehmen. Sie sagte dem Kern, er dürfe die Klinik Bad Düben besuchen aber er dürfe die Krause nicht mehr beeinflußen. Diesen Plan hat die IM vorher mit Gen. Krüger abgesprochen. Der Kern lehnte alles ab. Nach Angaben der IM wurde er aggreßiv und gegenüber der IM handgreiflich. Die IM konnte aus der Wohnung fliehen. Auf Grundlage, der mit der IM geführten Gesprächs, werde der Kern und die Krause unverzüglich versuchen unerlaubt das Land zu verlassen. Mit sofortiger Wirkung werden Maßnahmen zur Ergreifung des Kern und der Krause eingeleitet.
Gez.
Krause Major

Brief der Stasi an das Stadtbezirksgericht Leipzig

Abs. Bezirksverwaltung
für Staatssicherheit Leipzig
Betr. Anklage gegen Krause, Vera und Kern, David

Leipzig, den 3.12.1982

Werter Genosse Schröder,
nach Beratung ergeht folgender

Beschluß!

Beiliegend informiere ich Sie über die Festlegung des Urteils in Sachen Krause, Vera und

Kern, David. Beide Personen erfüllen die
Straftatbestände der §§ 97, 99, 100, 106, 213
und 245.
Durch politisch-operatives Zusammenwirken mit
unseren Organen, sowie ausgehend von den Zeugenaussagen der Gen. Klopfer und Krause, versuchten die Angeklagten die DDR illegal zu
verlassen. Der Angeklagte Kern führte ferner
Unterlagen bei sich, die er in der Schweiz veröffentlichen wollte. Sie enthalten Behauptungen, die das sozialistische Gesundheitswesen
der DDR diskreditieren und unseren Staat herabsetzen. Als strafrechtlich relevant ist
hierbei zu beachten, daß die Angeklagte Krause
vorsätzlich dem Angeklagten Auskünfte über
ihren Beruf erteilte, die gegen §§ 106 und 245
verstoßen.
Unter der Berücksichtigung der Schwere der
Straftaten wurde festgelegt, daß der Angeklagte Kern zu einer Haftstrafe von 3 Jahren
verurteilt und in die Strafvollzugsanstalt
Bautzen II verlegt wird. Die Angeklagte Krause
erhält ein Strafmaß von 8 Jahren und wird in
die Strafvollzugsanstalt Hoheneck verlegt.
Ich bitte Sie, darauf Einfluß zu nehmen, daß
der Bezirksstaatsanwalt Leipzig seine Verantwortung voll wahrnimmt und die Festlegungen
konsequent durchgesetzt werden.
Über auftretende Schwierigkeiten und Probleme
bitte ich Sie, mich zu informieren, um für mögliche zentrale Entscheidungen die Hauptabteilung VII einschalten zu können.

                Leiter der Abteilung VII/7
                Keller
                Oberst

Am 3. Juni 1983 wurde ich nach einer Intervention der Schweizer Botschaft aus der Haftanstalt Bautzen II entlassen und in die Schweiz abgeschoben.

Am 19. August 1986 erhielt Sarah Levi auf mir unbekannten Wegen die mikrophotographische Aufnahme eines handschriftlichen Textes, datiert vom 3. Februar 1983. Es handelte sich um eine Eingabe von Vera, inhaftiert in der Strafvollzugsanstalt Hoheneck, an die Anstaltsleitung. Vera beschuldigte einen Gefängnisarzt, ihr unter falschen Angaben ein Medikament verabreicht zu haben, das bei ihr eine Fehlgeburt bewirkte, und verlangt eine Untersuchung wegen vorsätzlicher Körperverletzung. Die Untersuchung fand nicht statt, der Text landete in den Stasiakten, und Veras Haftbedingungen wurden verschärft. Sarah Levi fand heraus, dass der Gefängnisarzt Vera Mifepriston verabreicht hatte. Dieses zur Schwangerschaftsunterbrechung verwendete französische Medikament befand sich 1983 in einem frühen Versuchsstadium.

Im Herbst 1986 schickte Fritz Veras Text, zusammen mit einem belastenden Kommentar seiner Anwälte, an die Berner DDR-Botschaft und begann Verhandlungen über Veras Freikauf. Der Freikaufspreis, von der Basipharm vorgestreckt, betrug 34'560 Schweizer Franken.

Am 3. November 1986 wurde Vera aus Hoheneck entlassen. Zwei Tage später kam sie in die Schweiz. Sie erhielt eine leitende Stellung in der Forschungs- und Entwicklungsabteilung der Basipharm. Wir heirateten am 15. Januar 1987. Unser Sohn André wurde am 5. August 1987 geboren.

Ich danke Vera, dass sie mit der Publikation unserer Tagebücher einverstanden ist.

Diese Erzählung beruht auf persönlichen Erlebnissen in der DDR und historischen Quellen, die den Bedürfnissen der Erzählung angepasst wurden. Nichts hat sich so ereignet wie hier erzählt. Ich danke Katja Danowski, Hamburg, Marjaleena Lembcke-Heiskanen, Greven, Dr. Juliane Meyer, Berlin, Samuel Weiss, Hamburg, Roland Wiegenstein, Berlin, und Dr. Johanna Wördemann, Berlin, für Quellensuche, Lektorat und konstruktive Kritik.

André Blum